青·科幻
丛书

杨庆祥 主编

海鲜饭店

王侃瑜 著

作家出版社

王侃瑜

1990 年生，中英双语写作，毕业于复旦大学创意写作专业，上海市作家协会、上海市科普作家协会、世界华人科幻协会、美国科幻奇幻作家协会会员，曾获彗星科幻国际短篇竞赛优胜奖，并多次荣获全球华语科幻星云奖。小说见于《收获》《萌芽》《上海文学》《香港文学》《西湖》《花城》《小说界》《科幻世界》《南方人物周刊》、*Galaxy's Edge* 等，并被收录于中英美加等国出版的选集中，亦有作品被翻译成英语、西班牙语、德语、意大利语、芬兰语等，著有个人小说集《云雾2.2》。

科幻怎么写下去

杨庆祥

2018 年，国产科幻电影《流浪地球》以其高质量的制作获得了良好的口碑和让资本惊喜的利润，以至于有舆论认为这意味着中国科幻时代的来临。但接下来 2019 年 8 月上映的《上海堡垒》却以其粗制滥造而让观众大跌眼镜，以至于网上流传着一句酷评："《流浪地球》为中国科幻电影打开了一扇大门，《上海堡垒》又把这扇门关上了。"因为《三体》获奖以及众多科幻作家的努力而开创的"科幻黄金年代"似乎正在呈现它的另外一面，固然国家意识形态的肯定和资本的逐利流入为科幻的发展注入了强大的外力支持，但实际上有思考能力的科幻从业者——以科幻作家为主体——都明白，支撑"科幻黄金时代"的核心动力不是那些外部因素，而是扎扎实实的作品，也就是说，如果没有推陈出新的优秀作品，如果不能在既有的题材、主题、构想上展现出新的质素，科幻也就很难继续进步。这应该不是我一个人的观感，而是一种普遍感受。我在很多次活动上听到青年科幻作家言必刘慈欣，言必《三体》，然后我就很好奇地问为什么。因为在所谓的严肃文学圈，并没有青年作家言必谈莫言、余华这样一些经典作家的情况。青年科幻作家的回答是，在科幻文学界，刘慈欣及其《三体》已经不是简单的经典化的存在，而是不可超越的高峰。在深圳参加的一次科幻会议上，青年作家私下和我交流时提到了一个观点：与严肃文学写作不同，科幻文学对于题材甚至是创意的依赖是非常严重的，往往某一个题材或者"点子"被用过一次，就不可重复使用了。在这种情况下，寻找新的题材和"点子"就变得非常困难。重复性的写作几乎没有意义，一些青年作家普遍表现出了一种难以为继的困惑和焦虑。在这种情况下，提出"科幻怎么写下去"这样的问题，就要求科幻从业者抛弃不切实际的被资本蛊惑起来的欲望，回到创造的原点，真正思考个体、技术、语言和时代之间的复杂关系，创作出足够人性化和世界化的优秀作品，推动中国科幻写作良好生态的可持续性发展。

由我主编的第一辑"青科幻"丛书在2018年4月出版发行后，业界与市场均反应良好。第二辑"青科幻"丛书收入六位青年科幻作家：阿缺、刘洋、汪彦中、王侃瑜、双翅目、彭思萌的作品。他们在写作的题材、处理的主题、叙述的风格上呈现了一种多样性，这种多样性甚至是互相矛盾的：对技术的信任和不信任；对人和机器关系的确定与不确定；对物质和元素的可知与不可知；对文明世界的渴望和厌弃。他们试图通过不同的方式来破壁，借鉴现实主义的、古典的、现代派的各种手法来激活科幻写作的多种潜能。毫无疑问，任何一种探索和实验都值得期待。对我来说，科幻怎么写下去的答案不存在于作家、批评家和资本方的规划中，而存在于这一部部具体鲜活的作品中。

最后，我要特别感谢作家出版社的李宏伟和秦悦两位老师，因为他们卓有成效的工作，这套丛书才得以顺利面世。

2020年3月10日改定于北京

目 录

海鲜饭店

我抵达因不纽斯的当天，新英格兰地区迎来了这年冬天第一场雪。

雪来得迅猛，这个季节本不该有如此大雪，飞机在洛根国际机场上空盘旋，等待地面清除跑道积雪。我透过舷窗往下看，暖黄色灯光装点着波士顿的夜，西边不远处是灯光最密集的中心，往外逐渐稀疏，再远些就是纯然的黑暗，好像安静蛰伏的巨兽，伺机想要吞没所有的光。等飞机终于降落，我从机场坐银线到波士顿南站，从南站始发开往因不纽斯的火车每小时一班，前续列车因为雪的缘故延误了，这一班迟迟不发。车站滞留了不少人，白皮肤、黑皮肤、黄头发、绿头发，没有人因为我的黑发黄肤而多看我一眼，这里是美国，没人会在意我和他们是否一样。

火车到因不纽斯广场的时候已近午夜，莱登教授在车站等我，周围的车顶上都积了厚厚的雪，他的福特车却一片雪都不沾，奇怪，他明明在半个小时前就发短信说到了，难道在等待的时间里清除了积雪？他下车抬起我的行李放进后备厢，为我打开副驾驶座的车门，直到我们都坐进车内系好安全带，纷纷扬扬的雪花连同寒冷一道被隔绝在车外，他才向我伸出手，"欢迎来到因不纽斯。"

莱登教授的手软若无骨，皮肤滑嫩，好似水母或别的什么海洋生物，我一惊，匆匆松开手，用力在几乎被冻僵的脸上挤出一丝微笑，"谢谢邀请。"

"客套话先不多说，我知道你很累。我原本订了一家馆子，我们这小地方最好也最受欢迎的馆子，叫吉格布，可惜这么晚已经关门了。今晚先请你吃快餐垫饥，早点回去休息，改日再好好给你接风洗尘怎样？"莱登说话时，双手半握在方向盘上，手指有节奏地一屈一伸。

我没有任何异议。莱登最让我喜欢的就是这点，不过度热络，也不失礼数。

我和莱登是在一次学术会议上认识的。说来奇怪，一个跨界宗教学学术会议竟邀请一位美食作家作主旨演讲，也许他们误会了我第一本书的书名《饮食宗教》，真以为我对宗教有什么研究。那个会议很小，与会者不过二十来人，会后还有人邀请我加入他们的宗教学学会，我婉言谢绝，我一向不喜欢加入什么组织，更何况我对宗教一窍不通，真不明白为什么总有人觉得我跟他们一样。

莱登对我演讲的主题"中国饮食文化的崇高性与世俗性"很感兴趣，他研究的是虚构文学中的宗教，茶歇时跟我交流了几句。他是个高效的人，没有废话，句句重点，同他讲话省去了寻常寒暄所需的额外精力。临别时，他说他所任职的因不纽斯学院有驻校作家项目，欢迎我申请，就他一贯的高效而言，我相信这不仅仅是客套话，但也没太往心里去，我从没听说过因不纽斯，也没觉得美国的文学项目会向我敞开大门。

若不是前阵子那件事，我是绝不会想起莱登和因不纽斯的。迫切渴望逃离的我急急忙忙给莱登写信，问他如何申请，他的回信很快，快到让我觉得他早就为这天做好了准备，在他的帮助下，我迅速走完申请流程。于是，在感恩节后圣诞节前，我匆匆收拾行装，逃难似的来到美国。

海鲜饭店

认识莱登以前，我从没听说过因不纽斯，临行前匆匆忙忙，我也没来得及做任何了解。直到身处此地，我才知道因不纽斯学院是有着一百五十多年历史的文理学院，与知名的韦尔斯利学院相邻，刚建校时势力相当，无奈因不纽斯的位置比韦尔斯利偏僻，藏身于新英格兰地区杂草丛生的荒野乡间，也没出过希拉里那样的知名校友，所以远不如韦尔斯利有名，生源也以当地人为主。据说纳博科夫刚来美国时曾在因不纽斯和韦尔斯利之间犹豫，最终还是选择在后者任教，中国作家冰心也选择韦尔斯利求学，这两位作家日后的成名让因不纽斯颇受刺激，因此才推动了驻校作家项目的诞生。

莱登一边开车一边向我讲解沿途经过的景点，几十年来，这些地方一点没变，时间仿佛在此处凝滞。晚上天黑，路上又少有路灯，我努力往莱登所说的方向看去，树丛深处闪现荧光。

"那是什么？"我问。

"啊，那棵树？纳博科夫曾经在那棵树下观察昆虫。"莱登答道。

"不，我是说那光。"

"哪里有光？你看错了吧。"

"可能太累了吧。"我揉了揉眼睛，方才我分明见到了幽蓝色的荧光，那一瞬间树林看起来就像深海。

莱登不再说话，他半握着方向盘的手指不断屈伸，好像是大海深处的活物。

此刻，我躺在这座学院历史悠久的城堡塔楼顶层客房里，对着天花板上的巴洛克风格雕花发呆。我睡不着，怎么都睡不着。习惯了中国城市的车水马龙，这里的安静反而让人难以忍受，风呼啸而过，带来荒野似有若无的低吟。刚才吃下去的汉堡还躺在我胃里发酵，即便刷了牙，嘴里仍有一股浓烈的味道。有什么地方不对，汉堡的味道底下还藏着些别的什么，我闭上眼努力回忆，咬开汉堡的第一口，嵌芝麻的面包片、生番茄、酸黄瓜、烤蘑菇、车打芝士、烘烤牛肉饼；咀嚼，所有食材的味道在口腔内爆炸、争斗，然后和解；吞咽，细小的食物颗粒在混合香味的挟裹下进入食道。有什么别的东西，不属于这些食材本该有的味道也混了进来，趁机骗过味蕾，进入体内。是什么，到底是什么？我打了一个饱嗝，胃里食材的味道翻涌出来，在酸黄瓜和芝士的掩盖下，有一股鱼腥味，极淡不易察觉的鱼腥味。对了，是水，不喝碳酸饮料的我选择了水来就餐，鱼腥味出自水龙头里流出的水。一旦我意识到它，便再也无法忽略。我翻身下床，冲进卫生间。

　　我讨厌海鲜，自记事起便如此，可我偏偏出生在以海鲜出名的滨海小城。

　　外地游客成群涌入这里，直奔海滩边的大排档，现场点选他们想要的海鲜种类，鲅鱼、扇贝、龙虾、梭子蟹……店家现场宰杀，片作刺身或下锅清蒸，若是海胆之类的，甚至可以活剥生吞。这里的海鲜大排档多是家庭经营，男人清晨出海捕鱼，女人晚上出摊掌勺。新来的食客们兜兜转转，比较价格和种类，停下点单，坐定等吃；老到的客人则熟知各家捕捞者的技术和掌勺人的手艺，径直去往相熟的店家，吩咐老板上这天最好的货。食客换了一拨又一拨，排档也起起落落，要在这行活下来，勤奋是必不可少的，一年中的大半都无休，白天夜里连轴转，连孩子都被拉去店里帮忙。我家也不例外。

　　我的童年充斥着死鱼泛白的眼珠和腥咸的海味，我隔着橡胶手套清理食客吃剩下的硬壳，接过他们递来的湿漉漉的钞票，更可怕的是，我也不得不天天吃海鲜。我总怀疑那细密的肉里夹带有鱼刺，刺鼻的腥味从爸爸的套鞋底蔓延到妈妈的手指尖，最后溜进我的齿间。我试过沟通，抗议甚至绝食，却最终抵不过爸妈的一句"别人都吃，你有什么不一样的"。在他们看来，爱吃海鲜再自然不过，本城人爱吃，游客也爱吃，我若不爱海鲜就像个异类，而他们无法接受自己的女儿是个异类。在他们眼里，生为本城人，就该从小和海鲜打交道，懂海鲜爱海鲜，长大后当个渔人或者嫁个渔人继承生意，沿袭本城的生活方式，每个人都该遵循此道，没人有选择的权利，甚至不该有改变的意愿。

"休息得还好吧？"第二天，莱登到住处来接我。

我轻轻摇头，"还是不太习惯。"

"拿着，放枕头边能助眠，昨晚忘记给你了。"

莱登塞来一只小巧的薰衣草香袋，花香瞬间掩盖了我刷牙漱口后仍残留的极淡的鱼腥味。

"啊，谢谢。"没想到看起来冷冰冰的莱登还有体贴的一面。

莱登不再多话，领我往学校礼堂走去。今天我在那里有一场演讲，也是驻校作家项目的正式开场。

雪还在下，不见太阳，整个世界都好像失去了色彩，褪成一片白，间杂着黑和灰。莱登走在我右侧稍靠前，微微侧头我就能看到他的侧脸，饱满的额头，略微泛灰的鬓角，线条分明的颧骨和被精心蓄起的胡子遮掩的下巴，他有规律地呼吸，呼出的气在空气中凝结成白雾，我突然有种奇妙的感觉，觉得就这么一直走下去似乎也不错。

不知不觉，我们已经到达了礼堂。我的帽子和围巾上落满雪粒，一进温暖的室内就开始融化。

"你该在外面把雪掸了。"

莱登说着，伸手靠近我的脸，摘掉我脸颊侧面长发上的雪粒，随后转过身去，摘下自己的围巾。

我有点脸红，也摘下自己的，围巾上留下一片斑驳的水渍，没办法了，希望干掉以后别留什么痕迹吧。奇怪，莱登的大衣和头发却仍旧干爽，他明明比我先进门，我也没有看到他在门口掸雪，难道这个男人就连掸雪都高效到我注意不到？

　　休息室里有衣帽架，室内有暖气也无需衣物防寒，我把脱下的外套、围巾、帽子挂上去，接近挂钩的那一刹那，我愣住了，这衣帽架的挂钩是仿造软体动物的腕足所造，钩起的衣爪上布满吸盘。我感到头皮一阵发麻。

　　"怎么了？"

　　"没什么，"我摇摇头，转而将衣物叠起搁在一旁的沙发上，"这衣帽架的设计……很特别。"

　　"根据因不纽斯的象征设计的，这个镇子能够发达，还多亏了它们。"

　　"什么？"

　　"章鱼啊，因不纽斯之所以能繁荣，靠的就是人工养殖章鱼。"

　　"啊？"我惊得合不拢嘴。

　　"很奇怪吧？这里离海有点距离，却是全美最大的章鱼产地，养殖出来的章鱼格外鲜美，镇上的家族都以此为生。"

　　我咽下想说的话，我的运气可真好，因不纽斯不靠海，却还偏偏让我碰上章鱼。可如今来都来了，说什么都没用了。

　　"时间快到了，我们走吧？"

　　"好。"我强压住不安，随莱登进入礼堂正厅。

　　礼堂里几乎全满，我有点惊讶，在一个初雪的早晨，又临近期末和假期，竟还有这么多人来听一位异国无名作家的讲座。底下的学生很安静，没有国内讲座前惯常的叽叽喳喳，空气中充满兴奋与期待，还有被刻意压制的热情，我不由得紧张起来。不过下一刻，我的紧张就被恐惧所替代，礼堂正对讲台的那面墙上，绘着一幅巨大的壁画，硕大的章鱼盘踞墙上，不，那不是章鱼，它有远不止八根触手，或屈或伸，似要揽住礼堂内所有的学生，那颜色介于暗绿与深褐之间，一层层厚重的颜料抹上去，好像随时会从身上淌下黏

　　　　　　　　　　　　　　　　海鲜饭店

液，最可怕的是，它有一双血红色的眼睛，邪恶凶险的眼神刺透墙面，穿越整座礼堂，直直盯住我，我感到几乎窒息。

曾经，章鱼对我来说和其他海鲜一样，我厌恶它，却仍旧在父母的注视下食用它。因为幼时看的一部关于深海的恐怖片，我不敢吃完整的章鱼，我知道那不是真的，但我仍很害怕。我做过许多个噩梦，梦见吃下去的章鱼并没有死绝，它甚至是故意进入我的腹中以便从体内蚕食我，它将腕足探入我身体的各个角落，攥紧我的心脏，吸食我的大脑，终有一天破我的七窍而出，彻底取代我。正因如此，每当被逼吃章鱼，我都会把盘子里的章鱼彻底切碎，尽量看不出原来的形状，再就着饭大口吞下去。谁会知道，这种抵触情绪在我十二岁时变得更深。

那阵子，不知从哪里刮来的风潮，我们这个小城里突然流行起活吞章鱼，不少海鲜大排档都录了活吞章鱼的视频，在店门口的屏幕上循环播放，以此作为招揽客人的噱头。父母自然不甘落后，"人家娃都吞了，你也吞一个嘛。"我的第一反应是哭闹，第二反应是乞求，但都无法改变他们的决定。拍摄当天，父亲问朋友借来家庭手持式摄像机，早早出海捕捞新鲜的章鱼仔，母亲则为我换上她觉得最好看的花裙子，甚至破天荒地给我扑上腮红。

我以为自己已经用尽所有力气来抗拒以至于麻木，可当真的面对在盘中蠕动的活章鱼时，我知道自己还是不行，我最后一次尝试跟父母沟通，母亲只是让我听话，父亲则打开摄像机对好镜头。面对他们的步步紧逼，我打翻装章鱼的盘子，一口气从作为拍摄背景的店门口跑到海滩边的石头堆后面，想着就这么一直躲下去。

我就是在那里遇到了那个穿浴袍的男人，他看见了我与父母争执的整个过程，从我家大排档一路跟踪我到这儿，我永远无法忘记他解开浴袍的动作和他身上悬挂的章鱼。我跑回自家店里，哭着扑向妈妈，想跟她讲述刚才的遭遇，可她只是拽住我，将我的双手背到身后，抄起她平时炒菜用的铲子打我，"你厉害，你特别，就你有个性，有本事就别回来啊！让你录个视频都不行，人家娃都能录，你为什么就不行？"父亲在边上抱着手臂冷眼旁观，说："别打脸，打伤了脸以后啥视频都录不了。"我咽下到嘴边的话，也咽下对父母最后的留恋。从那天起，我下定决心一定要离开家乡，我发奋读书，攒下每一分零花钱，瞒着父母考取内陆的大学，彻底远离海边。这些年来，我没问父母要过一分钱学费或生活费，也再没有回过家乡。我无法忍受章鱼，也几乎不碰其他海鲜，所有与我交往过的男朋友都不得不接受我的铁令：想要与我亲热，就不准吃章鱼。可即便如此，我仍无法将噩梦从我脑海中驱除。

公开讲座之后，我被安排和学生做了一下午座谈，学生都是清一色的因纽斯人，从小念镇里的私立制学校，没怎么出过远门，面对我这个来自东方的异乡人有些拘谨，又很好奇，他们同我讲因纽斯的历史，讲本地的章鱼产业，脸上充满骄傲，甚至有几分迷醉。

"你会爱上这里的，咱们镇是最团结的。隔壁镇上的人都走光了，去外面上学、打工，再也不回来了。可咱们不，咱们因纽斯人就爱这块土地，多亏了章鱼老爷，我们有做不完的生意，外面人只管羡慕。"

听着他们的话，我想到了遥远记忆中的乡人，在大洋彼岸我的故乡小城，人们不也都这么想吗？靠海吃海，一辈子都不愿出城去别的地方看看，所有人都践行同样的生活方式，海鲜大排档也世代传承。

说了一整天话，我头晕得厉害，婉拒了学生们晚上一同聚餐的邀请，独自一人回去。雪停了，夕阳的余晖照进校园，城堡、白雪，让我不禁怀疑自己走进了一个童话。猛然间，远处地面上的一团深

　　　　　　　　　海鲜饭店

色物体吸引了我的注意。圆头、多足，介于暗绿与深褐之间，柔软的腕足交替触地，快速在地上移动。是章鱼吗？我身上的力气仿佛在一瞬间被抽走。那东西似乎觉察到了我的注视，停住不动，紧接着，那深色一点一点变得透明，映出雪地的白，唯有一点幽蓝的荧光出卖了它的存在。这怎么可能呢，我一定是太累又产生了幻觉。我尽量说服自己不去看它，拖着脚步向住处走去。

我一进房间倒头就睡，连衣服都没有脱。我做了一宿噩梦，梦里巨大的章鱼怪物追赶着我，我先是在城市里跑，经过一家又一家我写过的餐厅，见我来，每一家都关紧大门，我可以看见门后店主和服务员警惕的眼神，那些人不久之前还热情地跟我聊店里的特色菜品，说自己的创业理念，如今见我却好像豺狼饿虎。后来我跑到了故乡的海滩边，路过了爸妈的大排档，他们看见了我，却也没有帮我的意思，反倒抱起双臂转开头。我只好跳进海里，拼了命似的往前游，怪物在我身后紧紧追赶，在水里它的行动明显自如很多，它追上我，触手搭上我的肩，我伸手去拨，想要甩开它，却被吸盘吸住怎么也甩不掉，我低头看，那吸盘分明是一张张人脸，在我遥远记忆中几近消失的那张男人的脸。

我从梦中惊醒过来，大口喘气，喉咙干渴似火烧，我给自己倒了杯水，喝下去后才发现不对，水里渗出丝丝腥味，还不只是普通的鱼腥味，而是章鱼的腥臭。我想干呕，却怎么也呕不出来，我索性喝了两口漱口水，这下更难受了，我浑身发冷，连站立的力气都没有。我重新回到床上，裹紧被子，猛嗅莱登给的香袋，闭上眼，努力想象自己在一片薰衣草花田中，就这么迷迷糊糊又昏睡过去。

再度醒来时，窗外是黑的，我想看一下时间，却发现手机因为没电而自动关机了。待我给手机充上电重新开机，才发现已是第二天晚上。手机显示十几个未接来电，还有二十多条未读消息，我正想打开查看，又一个电话打进来，是莱登。

"谢天谢地，你终于接电话了。没事吧？"

"我……"

"你病了吧？昨天讲座时看你脸色就不太好，座谈的时候更差了，没吃饭就请辞回去，你是不是从昨晚起在床上躺到现在？"

"嗯……"

"听着，如果你还有力气的话，别睡着，等我十五分钟。你想吃海鲜面还是牛肉面？"

"牛肉……"

挂上电话后，我在心里祈祷，千万别让我再闻到鱼腥味。

万幸的是，莱登带来的食物没有半点腥味，他给我煮了方便面。我仍旧没有什么力气，但是却感觉到饿，半躺在床上小口吃面，人工添加剂合成的牛肉汤面味道浓烈，干牛肉粒和蔬菜粒吸足水分，瑟缩着膨胀开来，点缀在波浪似的细卷面中间，莱登下了一整包汤料，汤底偏咸，喝下去却暖暖的，我心里也暖起来，甚至有了说话的力气。

"味道不错，让我想起了大学的日子。"

莱登说："我经常半夜里煮方便面充饥，毕竟我还在大学里。"

"那可不健康，没想过找个人照顾自己吗？"脱口而出的话让我不禁脸红，幸好病态掩饰了窘态。

"想过啊，可身边一直没有合适的，"莱登交叉双手摆在膝头，手指一屈一伸，"更何况，谁照顾谁还不一定呢。"

我呛了一口面汤。

"慢点吃啊，"莱登赶紧起身给我递纸巾，等我平复下来，他又说，"还是个美食作家呢，吃个方便面都那么着急。"

"咳，美食作家怎么了？"我反唇相讥。

"美食作家不该尝过天下美食吗？"

"尝过是尝过，但不代表没法欣赏食物的多样性啊。"

　　　　　　　　　　　　　海鲜饭店

莱登轻笑一声，"不愧是美食作家。说真的，为什么来这里？这里的食物可比不上中国。"

"不是你邀请我来的吗？"我摆出无辜的表情。

"在我提出邀请两年后，突然写信询问申请流程，并且想留得尽可能久，你不是在中国卷进了什么事吧？"

我吃完最后一点面，放下碗，看着他说："你知道吗？我喜欢你的直接高效，但有时候又觉得压力很大。"

莱登耸耸肩，"不说也没关系，你现在在这里，这才是最重要的。"

我的心里又是一暖，早晚要说的，没什么必要向莱登隐瞒。"我确实有点麻烦，不过不是你想的那种，不是感情问题，我也没违法，放心吧。是圈子里的事，小到可怕的饮食文学圈。"

"因为太红了被同行排挤？"莱登打趣道。

"红？离红远得很，被排挤倒是真。"我苦笑道，"一群美食作家建了个联盟，号称集中流量提升待遇，无非是统一阵营写些千篇一律的东西，他们邀请我加入被拒绝了，就开始挤对我。先是雇水军在我的专栏下面写差评，后来索性抓到我多年前写过的一家私房菜牌照不合格的问题，小题大做让所有读者都觉得我的信誉有问题，最后连我最亲密的朋友都劝我不要和他们作对，服个软道个歉算了，可我偏不，于是众叛亲离，连房租都交不起了。"

"所以你真是逃到这里来的？"莱登挑高眉毛问。

"可以说是吧，我真想不通，为什么那些人都要求别人和他们一样，自己身上带腥就硬要往别人身上也蹭点，好像不这样他们就没安全感似的。"

"哪里都一样，"莱登给自己倒了杯水，手指有节奏地拍打杯子外壁，好似没有关节般柔软，"尤其是当一个小群体拥有共同的思想和行为时，你身处其中却拒绝跟他们想得一样做得一样，就会被视作异类，他们永远会把你视作眼中钉、肉中刺。"

"没错，就是这样！"我激动起来，莱登竟然能够理解我。

"因不纽斯也是，所以我才不想在当地找人生伴侣。"

我心跳加速，"没想过去别的地方吗？"

"还是从别处找人来吧，我啊，走不了啦，"莱登笑笑，"吃过吉格布的菜后，就再也走不了啦。"

"真有那么好吃？"

"你试过就知道。"

他嘴角残留一抹笑意，不知为何让我觉得有点可怕，又有几分期待。

接下来的日子逐渐平静下来，驻校作家的日程并不紧张，学校提供住宿，还有少量餐饮补贴。我有心不再像美国人那样直饮自来水，而是去超市扛回大桶装纯净水，去外面也尽量点饮料或酒，鱼腥味不再困扰我，无处不在的章鱼设计元素也不再那么可怖，我又看到过几次不明蓝光，但我只当那是雪地的反光。儿时的记忆实在太过遥远，也是时候该放下了。我感觉新生活在我面前展开，甚至觉得可以在因不纽斯待更久。

莱登成了我在这里最熟悉的人，陪我吃遍了周围大小馆子。我原本以为，既然新英格兰地区的特产是海鲜，学校的象征又是章鱼，镇上所有的餐厅都会是海鲜餐厅，可事实并非如此，这座镇子虽然偏僻，有钱人倒还真不少，大多是做章鱼养殖生意的。镇上集中了各国美食，意大利菜、中东菜，甚至有一家中国菜，以满足他们的不同口味。在美国习惯分食，我们各自点喜欢的菜肴，莱登常点海鲜，我渐渐不再讨厌那股味道，也许是奶油和芝士掩盖了腥味，海鲜变得没那么难接受，有一天我甚至尝试了著名的龙虾卷，肥厚的龙虾肉拌上融化的黄油和柠檬汁，堆在烤熟的面包上，香甜浓郁，口感Q弹，味道还不错。我和莱登越走越近，开始聊些彼此专业领

海鲜饭店

域之外的话题，他告诉我哪家店是学生约会的爱巢，哪家又是世家老太太们聊八卦的圣地。不过，我们一直都没去吉格布，按照他的说法，吉格布很难预订，他想把这家特别的店留给一个特别的时机。

这个特别的时机终于来临，莱登邀请我圣诞夜去吉格布共进晚餐。在我看来，这是个明确的暗示，圣诞节在美国文化中是家人团聚的时刻，他特地在这天邀请我，也许是想说些什么，我精心化妆赴约。

吉格布位于因不纽斯镇的主街，路灯与路灯间悬挂着红绿双色彩带，绑着蝴蝶结的铃铛随风摆动，商店橱窗里满是雪花、驯鹿、长筒袜等圣诞元素，欢快的圣诞乐曲穿过店门，钻进耳朵，就连我的心情都跟着愉悦起来。我们踩着点抵达吉格布，戴圣诞帽的店员确认了莱登的预约，将我们引入座位。我不知道他费了多大力气才预约到这个座位，这个双人桌位于饭店中心，比其他座位都高出一截，坐上去可以俯视四周。邻桌的客人们看到我们坐下，都投来艳羡的眼神，甚至有几张熟悉的脸向我们点头致意。放下菜单临走前，那个叫米兰达的服务员女孩拍拍莱登的肩膀，小声说了句"加油"。

莱登捻了捻活络的手指，打开菜单递给我，我扫了一眼菜单，心里咯噔一下，每道菜都是海鲜。我早该知道，本地最有名的饭店怎么可能不做海鲜，当然这不是莱登的错，他又不知道我讨厌海鲜。

莱登见我蹙眉，介绍道："吉格布的海鲜浓汤最有名，和一般的新英格兰蛤蜊浓汤不同，混合几种海鲜制成，加了淡奶油，香浓可口，和这里的海盐面包是绝配，别处没有这样的搭配；如果很饿的话可以试试香煎鳕鱼或者蟹饼，配时令蔬菜，当然这里也有龙虾卷，不过你已经尝过了，可以试试别的。我的话就要一份海鲜浓汤。"

"那我也要海鲜浓汤吧。"来都来了，我也豁出去了，连龙虾卷都吃了不是吗，更何况，如果真和爱吃海鲜的人生活在一起，怎么可能不碰海鲜。

莱登招手唤来米兰达，点了我们选择的菜肴，又要了两杯白葡萄酒。

　　"吉格布的历史几乎跟因不纽斯镇一样久，刚有镇子的时候，老吉格布就开了这家店，主打海鲜料理。"莱登靠上椅背，环视周遭，"瞧墙上挂的那些画，这么多年来都没换过，不少可是真迹，老吉格布当年买来时根本没花几个钱。"

　　"让我猜猜，这家店现在的主人还是姓吉格布？"

　　"没错，吉格布家族饭馆代代相传，历来都是镇上最受欢迎的馆子，没有一天不满座。"

　　"让我再猜猜，你父亲和祖父也都在因不纽斯学院任过教？"

　　莱登笑了，"错了，是我母亲和外婆。"

　　"果然是代代相传。圣诞节不回家陪他们不要紧吗？"

　　笑容在莱登脸上凝固，片刻后，他说："他们都走了。"

　　"对不起……"我斥责自己的愚蠢，如果他的家人还在，又怎会单独邀请我这个异乡人在外过圣诞。

　　米兰达的声音打破了尴尬的沉默："两位，这是你们的酒。海鲜浓汤正在准备，马上就来。"

　　"来，喝酒吧，敬美食！"莱登举起酒杯。

　　我也举起酒杯，杯壁相碰，发出一声脆响。

　　"你和家人的关系怎样？"我正愁该怎么转换话题，没想到莱登竟主动延续刚才的话题。

　　"不怎么样，"我苦笑道，"读大学后就再也没回过家，和家人也没什么联系。"

　　"为什么？"

　　"就觉得不是一类人吧，没法互相理解。"

　　"我还以为中国人都很重视家庭。"

"在这点上我反倒比较偏西方，更重视个人自由。"

"哦？敬自由！"莱登再次举杯。不知为何，我觉得他的嘴角带有些许苦涩。

喝下第二口，我感觉酒有点上头。我平时不常喝酒，这酒的度数又有点高，我的意识仍旧清醒，只是世界好像加了一层滤镜。

"在那次宗教学会议上，你邀请我申请这里的驻校作家项目是客套吗？"我借酒问出这个问题。

"不算是吧，我是真心希望你能来。因不纽斯虽小，却也值得一看，绝大多数在这里待过的外人，最终都选择定居，像我父亲那样选择离开的是极少数。"

既然他主动谈起，我也不再回避，"你父亲也不是本地人？"

他摇头，"他是因不纽斯驻校作家项目的第一位访问作家，也是很多年来唯一一位，在他之后，这个项目停了很多年。"

"他爱上了你母亲，所以就留了下来？"

"他待了几年，然后选择离开。"

"他没带你和你母亲一起走？"

"他当然想带我们一起走，可是没人能走得出去，吃过吉格布的菜，就没人能真正离开因不纽斯。父亲在离开前就……就去世了，几年后，母亲也随他而去。"

"对不起……"

"没关系，都是很久以前的事了。后来，我继承了母亲的职业。"

"对啊，你不也经常去国外参加学术会议？怎么会离不开这里？"

"我不一样，而且那只是暂时离开，最终还是会回来。"

"那我可得重新考虑下今晚是不是要禁食了。"我打趣道。

莱登笑了，"来不及了，你已经喝了这里的酒。"

"那就索性多喝点吧。"我第三次举起酒杯，注视着莱登的双眼，他的眼珠是深绿色的，带几分褐，好像大海般深邃，一眼望不到底，他的眼神里有很多东西，回忆、伤感、狡黠、虔诚，还有期待。

"两份海鲜浓汤，配海盐面包，"米兰达端上我们的汤碗，在中间摆上一篮面包，"祝用餐愉快！"

这汤看起来再普通不过，奶黄色表面上撒了一小撮绿色的罗勒叶，散发出来的味道倒没有明显腥味。

"趁热吃吧，海鲜浓汤还是热的最好。"莱登将面包篮往我这边推了一下。

我拿起一片海盐面包，扯下一小块在海鲜浓汤里蘸了蘸，犹豫着送进嘴里。一股奇异的鲜香溢满我整个口腔，就好像心弦被拨动，整个食道要开出花来，我细细咀嚼那一小块面包，松软却不失嚼劲的面包与汤的鲜味简直是绝配。我又去扯第二块，这回在汤里浸没更深，泡的时间也更久，面包的海绵结构吸饱汤汁，却没失去原先的韧性，咬一口，汤汁向四周发散，令人惊艳的味道在嘴里爆炸。我尝不出海鲜浓汤里究竟加了什么原料，只能确定其中有数种海鲜，还有上好的奶油，洋葱、土豆和咸猪肉都是配角，它们和谐共处，就像熔化的黄金般丝滑，散发光芒。我将面包剩余的部分整个扔进汤里，拿起勺子喝了一口汤，新鲜与醇香共存，我可以想象食材被打碎，扔进汤里慢慢熬煮，再经过层层过滤，才能有如此完美的口感，我用勺子捞起面包，浸得稍软些后，面包竟有种鱼肉的口感，却丝毫不令我讨厌。我突然觉得，过去我对海鲜的厌恶都是偏见。

"味道如何？"莱登也拿起面包，吃起他自己的那份来。

"太好喝了，我从没喝过这么好喝的汤。我知道为什么你说吃过吉格布的菜就再也离不开因不纽斯了，单单为了这碗汤都值得留下来啊。"

莱登只是笑笑，"你喜欢就好，以后可以常来。"

"座位不是很难预订吗？"

"只是第一次，这个座位和惊喜菜看太难预订了。其他的倒还好。"

"在这点上我反倒比较偏西方，更重视个人自由。"

"哦？敬自由！"莱登再次举杯。不知为何，我觉得他的嘴角带有些许苦涩。

喝下第二口，我感觉酒有点上头。我平时不常喝酒，这酒的度数又有点高，我的意识仍旧清醒，只是世界好像加了一层滤镜。

"在那次宗教学会议上，你邀请我申请这里的驻校作家项目是客套吗？"我借酒问出这个问题。

"不算是吧，我是真心希望你能来。因不纽斯虽小，却也值得一看，绝大多数在这里待过的外人，最终都选择定居，像我父亲那样选择离开的是极少数。"

既然他主动谈起，我也不再回避，"你父亲也不是本地人？"

他摇头，"他是因不纽斯驻校作家项目的第一位访问作家，也是很多年来唯一一位，在他之后，这个项目停了很多年。"

"他爱上了你母亲，所以就留了下来？"

"他待了几年，然后选择离开。"

"他没带你和你母亲一起走？"

"他当然想带我们一起走，可是没人能走得出去，吃过吉格布的菜，就没人能真正离开因不纽斯。父亲在离开前就……就去世了，几年后，母亲也随他而去。"

"对不起……"

"没关系，都是很久以前的事了。后来，我继承了母亲的职业。"

"对啊，你不也经常去国外参加学术会议？怎么会离不开这里？"

"我不一样，而且那只是暂时离开，最终还是会回来。"

"那我可得重新考虑下今晚是不是要禁食了。"我打趣道。

莱登笑了，"来不及了，你已经喝了这里的酒。"

"那就索性多喝点吧。"我第三次举起酒杯，注视着莱登的双眼，他的眼珠是深绿色的，带几分褐，好像大海般深邃，一眼望不到底，他的眼神里有很多东西，回忆、伤感、狡黠、虔诚，还有期待。

"两份海鲜浓汤，配海盐面包，"米兰达端上我们的汤碗，在中间摆上一篮面包，"祝用餐愉快！"

这汤看起来再普通不过，奶黄色表面上撒了一小撮绿色的罗勒叶，散发出来的味道倒没有明显腥味。

"趁热吃吧，海鲜浓汤还是热的最好。"莱登将面包篮往我这边推了一下。

我拿起一片海盐面包，扯下一小块在海鲜浓汤里蘸了蘸，犹豫着送进嘴里。一股奇异的鲜香溢满我整个口腔，就好像心弦被拨动，整个食道要开出花来，我细细咀嚼那一小块面包，松软却不失嚼劲的面包与汤的鲜味简直是绝配。我又去扯第二块，这回在汤里浸没更深，泡的时间也更久，面包的海绵结构吸饱汤汁，却没失去原先的韧性，咬一口，汤汁向四周发散，令人惊艳的味道在嘴里爆炸。我尝不出海鲜浓汤里究竟加了什么原料，只能确定其中有数种海鲜，还有上好的奶油，洋葱、土豆和咸猪肉都是配角，它们和谐共处，就像熔化的黄金般丝滑，散发光芒。我将面包剩余的部分整个扔进汤里，拿起勺子喝了一口汤，新鲜与醇香共存，我可以想象食材被打碎，扔进汤里慢慢熬煮，再经过层层过滤，才能有如此完美的口感，我用勺子捞起面包，浸得稍软些后，面包竟有种鱼肉的口感，却丝毫不令我讨厌。我突然觉得，过去我对海鲜的厌恶都是偏见。

"味道如何？"莱登也拿起面包，吃起他自己的那份来。

"太好喝了，我从没喝过这么好喝的汤。我知道为什么你说吃过吉格布的菜就再也离不开因纽斯了，单单为了这碗汤都值得留下来啊。"

莱登只是笑笑，"你喜欢就好，以后可以常来。"

"座位不是很难预订吗？"

"只是第一次，这个座位和惊喜菜看太难预订了。其他的倒还好。"

"还有惊喜菜肴？天哪，这海鲜浓汤已经够让我惊喜的了。"

"是啊，但海鲜浓汤不足以让人离不开，一会儿的惊喜菜肴才是。"

我一口接一口，欲罢不能地喝完了海鲜浓汤，这是我从小到大吃过的最美味的海鲜制品，大排档上鲜活的鱼虾完全不能与之相比，这甚至能算得上我品尝过的诸多美味中的至美，我简直想为它写一篇绝世文章。

"其实，我觉得我们是一类人，第一次见你时我就知道，而且我相信你一定会来。"莱登说。

"嗯？"我从汤碗里抬头。

"有没有想过留下来？别走了，像其他所有人一样。"

那一瞬间，我心动了，留下来也挺好，我早已远离了家乡，远离祖国似乎也没那么难，彻底逃开那些烦心事，在这里定居，我和莱登才是同类，不是吗？

"两位，打扰了，这是本店的惊喜菜肴，希望你们喜欢。"米兰达放下一个碟子后走了。

莱登把碟子推向我说："吃吧，吃下去，成为我们的同类，永不离开。"

我低头看到碟子里的东西，一下子清醒过来。"不，不，不，我不吃这个，我不能吃这个。"

碟子里是一条活的小章鱼，半透明的皮肤底下，三颗蓝色心脏正在跳动，它的腕足一屈一伸，像极了莱登的手指。一瞬间，我明白了那些神秘的幽蓝荧光从何而来。

"来不及了，到了这步，你再也走不出去了。"莱登嘴角挂着一丝凄凉的微笑。

我起身想跑，却被许多双手按住，莱登一手轻轻托起我的下巴，一手抓起那条小章鱼塞进我嘴里，他用灵活的手指掰下攀附在我唇边的腕足，然后给了我一个吻，用舌头将它完全送入我口中。它在我口腔内蠕动，腕足上的吸盘吸附我的食道，一点点往下爬，滑溜溜的触感从口腔一路延续到胃腔，它吸附于我的胃腔内壁，开始吸收养分，过不了多久，它便会成为我，而我将不再是我。

　　美食作家死后，我们很长一段时间内都没找到外来的新宿主，这太难了，没有多少人愿意来因不纽斯，毕竟这里太偏僻，而且很少人消失后会不引起外界警觉。可我们不得不潜伏在这偏僻的荒野，藏身于那些和我们形貌相似的地球低等动物中间，因不纽斯是我们的地盘，镇上所有人都延续着世代相传的生活方式，延续着对我们的绝对服从与崇拜。日复一日，镇子上的人或多或少都沾上了亲，我们需要从外界补充宿主，让他们吃下吉格布的惊喜菜肴，成为我们的同类，再也不离开。美食作家本该和莱登结婚，生下的孩子将是我们的新任祭司，可我们没想到她会如此抗拒，宁愿选择和莱登父亲同样的结局，也不愿成为我们的同类。

海鲜饭店

链 幕

1

他是在蜂群例行巡逻的时候被发现的。

自从蜂型辅警的成本下降到可负担范围内以来，我们便很少亲自外出巡查，更多时候不过是坐在局里接收蜂群通过云网传回的图像。大多数时候，蜂群会主动报告异常状况，人工筛查不过是多一重保障，鉴别出一些机器视觉无法觉察的异常。蜂型辅警本已掠过他，画面中那一块与周围水泥不甚协调的灰色吸引了我的注意，我接入那只蜂型辅警的视觉系统，戴上头盔，它捕捉到的全景画面立刻呈现在我眼前。

那是城市河道绿化带边缘的一个桥洞，阴暗而潮湿，桥洞内壁常年遭到水汽的腐蚀已开始脱落，颜色斑驳，那一块灰色却规整划一，像是刚刚粉刷过一样。蜂型辅警靠近那里，我才发现那灰色并非平面，而是立体的，微微闪着光的，一圈环形的光幕。我知道那是什么，链幕，经由项链型发射装置投射到使用者周围的光幕，三百六十度把使用者围住，色彩、透明度、覆盖范围都可以根据需求而调节，受到不少崇尚个人空间的用户欢迎。这位使用者将链幕的透明度调到最低，色彩尽量与周围的水泥拟合，覆盖范围也调至最广，光幕一直向上延伸到桥洞顶，在缺乏光线的条件下若不仔细看还真看不出来与周围的不同。半空中的蜂型辅警穿越链幕，进入被遮挡住的内部空间，底下是一个人形，短发在头顶心形成一个旋，他低着头，所以看不见脸，只能从俯视所见的手臂、膝盖和脚的相对位置判断他的姿态，他坐在地上，双臂抱膝，头埋在其中。蜂型辅警等了几分钟，他的身体一动不动，没有呼吸应有的起伏，过了一会儿，几只苍蝇飞出来，他早已死去。

尸体被运回局里以后，我们没费多少工夫就确定了死者身份，这年头所有人的信息都被存储在云网上，将他的DNA信息录入警用数据库后不久就有了结果。陈淮，男，二十七岁，本市人，不久前刚从一家中小型互联网企业离职，这是他干得最长的一份工作，持续时长足有五个月，再之前他的工作没一份超过一个月，更多时候是待业在家。他没有案底，资料很干净，只有一处不太寻常，他两岁时就被确诊为有自闭症谱系障碍，智商和语言能力完全正常，却有显著的社会交流障碍和重复刻板行为问题。数据分析显示，与他在云网上产生社交联系的人只有个位数，而且交往都不密切，他父亲在十几年前就去世了，母亲则在一个星期前刚刚于医院病逝，他还有一个姐姐叫陈渊，她的社交网络正常得多，以她为核心延伸出去的线条如蛛网般密密麻麻，看来没有弟弟那样的自闭问题。我立刻派人通知他的姐姐，同时开始着手进行尸检。

他的尸体已严重浮肿，并开始腐烂，考虑到深秋较低的气温，死亡时间在六至八天。他身上没有任何外伤，没有瘀伤、擦伤、磕伤，更没有刀伤、烧伤、枪伤。胃内容物已全部排空，说明死前有至少七至八个小时没有进食。他的直接死因是心源性猝死，未见明显心脏疾病或中毒迹象，可能是过度劳累或情绪压抑所致。他身上没有任何通信设备，全身上下唯一的电子设备就是链幕。他为什么会死在一个人迹罕至的桥洞下面？为什么用链幕把自己遮得严严实实？难道他知道自己即将死去所以故意藏了起来？

陈渊已经联系上了，在她赶来警局之前，我决定好好研究一下陈淮的链幕。

2

链幕面世大约已有三年，其间不断改进推出新款，搭载的功能也越来越丰富。最基础的功能是在使用者身周投射出光幕，将其隔绝在光幕围成的空间中，这是链幕被发明的初衷。初代链幕的目标受众是性格内向的、喜欢独处的、需要个人空间的人群，有了这一道三百六十度的环绕式光幕，他们无论走到哪里都能在人群中拥有自己的一片独立天地。后来，链幕逐渐拥有了更多功能，新生代的链幕可以拍照、录音、录像、播放影像，等等，项链投射出的光幕也从一层变成了两层，面向内的那一层只有链幕佩戴者可见，面向外的那一层则只有外面的人可见。就像智能手表和眼镜一样，链幕形成了一个技术生态圈，有自己的应用商店，也有稳定增长的用户，想要拥有个人空间的人多得超乎想象。像其他的移动智能设备一样，链幕也有自己的物理载体——一条形状奇怪的项链。

陈淮的项链是黑色哑光面的，一圈尖齿状的项坠连在一起，中间那枚最大，那是链幕主芯片的所在，其他的更加细小，每个项坠上都有多个投影装置，以确保投射在使用者周围的光幕是完整无缝的。我们查不到陈淮这款链幕的具体型号，似乎是RY2450-i型的改装产品，不少懂技术的人会对链幕做改装，以便自行开发新的功能。

我戴上警用链幕，伴随项链锁扣的咔哒一声，我的周围出现了一圈半透明光幕，光幕中央是链幕的操作界面，我使用超级管理员权限接入陈淮的链幕，将里面所有的数据都复制过来，他的文件整理非常有序，一类是写满代码的工程文件，一类是图像和视频文件，其中一个文件加了密，我把它拖进解密程序的任务列表，又把未加密的第一个文件夹拖拽到视域中央，里面的图片开始滚动播放。

　　那是一张张人脸，哭的、笑的、皱起眉毛的、龇牙咧嘴的……每一张图下面都有对应的说明，伤心、开心、忧愁、愤怒，越往后表情越微妙，到后来，连我都无法分辨那些表情到底代表什么情绪。底下的说明也越来越复杂，中了百万大奖后想起自己早已将中奖彩票给了妻子的表情、以为自己吃的是抹茶口味蛋糕咬下去却发现那是芥末的表情、在国外做完整容手术回来却发现最近的流行趋势是自己原来脸型的表情……起初那几张基础的表情都是同一张人脸，被刻意模糊了性别的毫无特色的脸，正因毫无特色，五官和眉毛的组合反而特别突出，让人很容易就能分辨出脸的主人的情绪，而后面那些奇奇怪怪的表情都属于不同的人，像素和精度也各不相同，有些甚至像是从什么地方截图下来放大后整理归纳添入表情库中的，只是这归纳做得真不怎么样。

　　退出图片放映后，我打开第二个文件，那是一段视频，从质感来看是用普通的旧款相机或手机录的，那时候的影像都是平面的，经过处理后才能贴合链幕的环形光幕，导致背景边缘有些微变形。一个四十多岁的男人走到镜头前，在沙发前坐下，他清了清嗓子，开始说话："淮淮，你看到这段视频的时候，爸爸大概已经不在人世了，我来不及教你更多了，所以把这些录下来，希望你能反复看，慢慢消化，不，不是肠胃的消化，是脑子的，慢慢学习把它们变成自己的东西。之前给你讲的那些你还记得吧？其实社交没那么难，把自己想象成一个人工智能，记住不同的场景下应该用什么方式应对就行，你不用理解背后的道理，记住该做什么反应就好，就跟之前记表情判断情绪一样，只不过一个是相对单一静态的，一个是相对复杂动态的，无法靠直觉你就靠记忆，明白了吗？下面我就讲几个基本的场景……"接下来，视频中的男人演示了在街上遇到熟人

　　　　　　　　　　　　　　　　　　海鲜饭店

要如何打招呼并停下交谈、被请求做某件事但自己却无能为力时要如何拒绝、在心仪的女孩子面前要怎样表现才能显得风趣幽默。最后这一项对任何人来说都很难，我心想。看得出来，男人的身体很虚弱，整个过程中他都陷在沙发里讲话，到最后已是气喘吁吁。他说今天就先到这儿，接下来会抓紧时间把一些别的情况录了。但是我没有在陈淮的链幕中找到任何其他来自这个男人的视频。

第三个文件是一段直接由链幕录制的视频，播放时用到整个链幕的内屏，可以完美再现当时使用者所见到的情景。此刻链幕的透明度大概只有百分之二十，从里往外看出去的世界模模糊糊的，好像笼罩着一层浓雾。一个女性的身影由远及近，大声叫着："你还在这儿坐着干吗？妈快不行了，快跟我去医院。"链幕使用者没有动，也没说话，女人在对面坐下，说，"你到底听不听得见我说话？陈淮，妈就要死了，她只想见你最后一面，你能行行好关了那玩意儿跟我走吗？"链幕这边的人依旧没有说话。女人站起来，走向这边，边走边说，"你装聋作哑是不是？我来帮你关。"一双手从光幕外面插了进来，画面一阵晃动、扭曲、不稳定，手退了出去，画面重新趋于稳定，透明度却更低了，女人的身影已看不清了，她的声音却依旧清晰，"你这个怪物！爸当年那么宠你，他死的时候你连一滴眼泪都没流，妈袒护你二十多年，你连她的死活都不在乎，他们都死了以后谁还能护着你，啊？你可别指望我养你！活在这个世界上就要遵守这个世界的规矩和人情，你不懂也要学，那些机器都学得会你有什么学不会的？要是连机器都比不上还不如去死，还活着做什么？你滚吧，别让我再看见你！"越来越远的脚步声，然后是砰的一声关门声。链幕的视域不再有变化，很久很久，都只是那一片浓雾一样的、不透明的空白。

我已经隐约有了猜测，陈淮的死亡时间与他母亲的差不多，母亲的死可能对他造成了很大打击，再加上由于自闭症谱系障碍，他无法理解人们口中所说和心里所想之间的区别，他把姐姐的气话当成了真话，以为她真的想让他去死，于是独自离家出走，不吃不睡，最终死在河道旁的桥洞里，死前还不忘用链幕把自己遮住，这样可以不被她再看见。考虑到陈淮的自闭症谱系障碍，以及陈渊对他这一障碍的知情，她可能犯了过失杀人罪，甚至故意杀人罪，毕竟她不可能不知道自己说的话可能对他产生的影响。云网传来的进一步资料显示，他们的母亲死后留下一处房产，还有银行户头里的五十万存款，这足以成为杀人动机。

蜂群提醒我陈渊已经到了，我让它们先带她去认尸，一会儿在审讯室我得好好和她聊聊。

3

资料显示陈渊才刚三十出头，可坐在我面前的女人憔悴不堪，微卷的头发呈枯褐色，间杂几根白发，整个乱蓬蓬的，似乎烫过染过，却疏于打理，她脸上不施粉黛，眼睛肿肿的，挂着明显的黑眼圈，眼角和嘴角都有细纹，皮肤也没什么光泽，说她四十多岁我都信。

"陈渊是吧？我们有些事情要请你配合调查。"我问。

她点点头，没有说话。

"确认过了？死者是你的弟弟陈淮吗？"

她再次默默点头，表情里没有多少伤心，更多的是疲惫和麻木。

"刚刚我的同事应该已经向你说明了陈淮的死因，有什么问题吗？"

她摇摇头，仍不说话。

"你和弟弟的关系怎么样？"我决定直接问。

她终于抬起头直视我，目光瞬间锐利起来。"你什么意思？"

"字面上的意思，陈淮生前和你的关系如何？"

她撇撇嘴。"不怎么样，他和谁的关系都不亲近。那种毛病，你知道的。"

"什么毛病？"

"自闭啊，没法和人进行正常交流。"

"我们的资料显示陈淮有自闭症谱系障碍，智力和语言能力没有问题，你能详细说说他的情况吗？"

"医生的诊断是阿斯伯格综合征，后来都统一归到自闭症谱系障碍里了，他的脑子跟普通人不一样，类似于缺根筋吧，没有正常社交的回路，他理解不了别人的表情和话里的意思，也缺乏同理心，除了他自己和他感兴趣的东西之外很少关心别人。天生的，小时候就查出来了，没得治。聪明是挺聪明的，可没什么用，跟人相处不来，在哪儿工作都难，谁愿意在办公室里放个怪胎呢？"

"这种病……这种障碍对于你们之间的关系有什么影响？"

"呵，根本性的影响啊，我好不容易有个弟弟，人却不正常，从小跟人不亲，不乐意被人抱被人亲，老一个人瞪着眼睛不知道在想什么，光开门关门就可以玩一下午，说起他那些技术方面的事儿就滔滔不绝，也不管人家听不听得懂。可爸妈偏偏还特宠他，什么都给他好的，说姐姐就得让弟弟，何况是一个需要特殊照顾的弟弟。你说这对我们的关系能有什么影响？"

"所以你们的关系不怎么样？"

"我说了，他跟任何人的关系都不怎么样。爸妈对他好，他也不见得跟爸妈亲近。爸死的时候，那是十几年前了，我刚二十，陈淮十五六岁吧，他一滴眼泪都没流，站在病房里跟个机器人似的，脸上毫无表情，好像跟他没关系一样。妈死的时候，"说到这里，陈渊眼眶一红，但她马上忍住了，"她一个礼拜前才过世的，妈临死前想见陈淮一眼，可他愣是不肯见，一声不吭，根本不知道他在想什么。"

"对你们母亲的事情，我感到很抱歉。你向陈淮明确传达过你母亲想见他的愿望吗？"

"当然了，不止一次。"

"可以详细描述一下当时的情景吗？"

"说过好几次，都匆匆忙忙的。那阵子我忙得团团转，一边要跑医院照顾妈，一边还要上班，妈生病以后，我光陪她跑医院做检查就请完了年假，单位里再请假要扣工资的，呵，这种时候弟弟一点忙都帮不上，我还要担心他吃没吃饭，睡没睡觉，那些平时都是妈管的。我应该就是在回家的间隙跟他说的，他每次都在忙自己的，也不知道听没听见。"

"你记得最后一次跟他提是什么时候吗？"

陈渊想了想，说："妈走之前的七八天吧，那时候妈的情况特别不好，医生以为当时她就撑不下去了。我回家去找陈淮，他一动不动坐在那里，还用光幕把自己围起来不让人看见，哦，你知道那是什么吧？叫链幕，陈淮可喜欢用了。当时我就很气，妈都快死了他还不动身去医院，我跟他吵了几句，想要把他的链幕关了然后拖去医院，可他不让，力气大得要命，我只好不管他又急急忙忙赶回医院，担心妈出什么事，幸好那次她挺过来了。可没过多久还是走了。"

讲到这里，陈渊小声啜泣起来。我递上餐巾纸，她接过去就用。

"我真的很抱歉。那之后呢？陈淮知道你们母亲过世以后有什么反应？"

"我不知道，那天之后我就没怎么见他了，他把自己关在房间里，我几乎日夜陪在医院很少回家。妈走后我给他发了条消息告诉他妈没了，不对，我说的是妈死了，他理解不了'没了'是什么意思。他没有回复，也不知道有没有看见，他老是不带手机。后来我一直在忙妈的身后事，办死亡手续、通知亲友、操办葬礼，也没顾上他。"

"发现陈淮失踪，你没有去找他？"

"我顾不上，妈死后各种事情就已经够忙的了，哪里有闲工夫管他。再说了，他也不是第一天玩失踪，以前有好几次，他莫名其妙就出走了，过一阵子才回来，也不说去哪儿了，时间有长有短。"

"以前他出去的原因是什么呢？时间一般是多长？"

"谁知道啊，他从来不说，我们也没人问。以前妈问过一次，结果他就歇斯底里起来，又是摔东西又是大叫。时间的话几天吧，最长一次好像有将近两个礼拜。"

"这些年来，你和陈淮都一直跟母亲住在一起吗？"

"陈淮一直和妈一起住，我念大学的时候住的宿舍，毕业后在外面住了一阵，后来又搬回家。"

"冒昧问一句，陈女士，你结婚了吗？"

陈渊的眼球快速翻起狠狠剜了我一眼。"结过，离了。"

"可以说说这段婚姻吗？"

"大学里谈的恋爱，毕业前就领证了，毕业后我发现那是个人渣，然后就离了，没有孩子。跟陈淮的事有关系吗？"

"抱歉，只是背景调查。陈女士，你母亲死前立下过遗嘱吗？"

陈渊猛地抬起头。"遗嘱？没有，就我所知没有。"

"那你可知道她留下了一套房产和银行里五十万存款。"

她舔了舔嘴唇，说："知道，知道个大概吧。"

"这笔遗产本应由你和陈淮两人平分，可他现在死了，遗产也就全归你一个人了。"

"你什么意思？"陈渊挑起眉，脸上呈现出一种微妙的神情，我想我或许也需要陈淮的人类表情图库。

"没什么意思，我只是在陈述事实。"

"我从没想过遗产，没错，我工资不高，但养活自己还是够的。除了陈淮我没别的亲人了，爸妈留下的房子够我们两个住，钱也够陈淮花一辈子，他没什么消费习惯，对我来说无非是多做一人份的饭而已，我怎么可能为了夺遗产害死他呢？"

"据我们所知，在陈淮出走前，你曾经叫他去死。"

"我？我怎么可能叫他去死，即便有类似的话也不过是气话罢了。你以为我跟他一样没有感情吗？他毕竟是我亲弟弟啊。"

"有没有这种可能，你当时在非理性的状态下说了气话，却被陈淮当真了，以至于他真的去执行，选择了自杀。"

"不可能。他虽然有社交障碍，但也不是个傻子啊，不至于把生死这么大的事搞错。再说了，要是他真听我的话，我叫他去医院看看妈他怎么不去？"

"好的，我明白了。还有最后一个问题，请问你对链幕有什么看法？"

"链幕？我能有什么看法，陈淮给我买过一个，在我三十岁生日的时候，他就连送礼物都只会送自己喜欢的，我总共只用过两次，不习惯。陈淮倒是老戴着链幕，吃饭睡觉都不关，我们看他就好像隔了层纱，他自己很享受的样子。"

"谢谢你的配合，陈女士。如果案件有进一步的进展，我们会尽快联系你。"

"警官，陈淮……我弟弟到底是怎么死的？"

"抱歉，我的同事应该有说明吧？直接死因是心源性猝死，背后的原因还在调查中，有消息我们会通知你的。"

"谢谢。他……心理压力大，过得不开心，"陈渊失神了片刻，随即又恢复正常，"可谁又过得开心呢？"

4

陈渊对于她弟弟的死好像没那么伤心，却也不像在说谎，可能是母亲的死已经让她流光所有眼泪，而且如她所说，她和弟弟也真

　　　　　　　　　　　　海鲜饭店

的没那么亲近。如此一来，我先前的推论也就站不住脚。送走陈渊后，陈淮的最后一个加密文件也已解开，他用的密码竟然是陈渊的生日，这让我大感意外。这是又一个以链幕录制的视频，我佩戴好项链，展开光幕，开始播放。

链幕的内屏上出现的是陈淮，一个活生生的陈淮，他站在一面全身镜前，将链幕的透明度调到最高，镜子的反射和链幕的双重折射让影像看起来有些重影。镜子前的陈淮右手握拳又松开，握拳又松开，最终保持握紧的状态，他把视线抬高，触及眼睛便又掉下去，定在镜中鼻尖的位置。他清了清喉咙，开始讲话：

姐，姐姐，请原谅我用这种方式跟你说话。

陈淮的拳头又松开了，视频一黑，再次出现的陈淮握紧了拳头，他说："姐姐，抱歉我只能用这种方式跟你讲话，我必须借助链幕。我正在对链幕做一些改装，功能上的拓展，RY2450-i型是最适合这种改装的，稳定且牢固。硬件方面不需要改动太多，投射装置、动作捕捉装置、通信系统和处理芯片都很完美，双屏显示的功能早已实现，我只需要做一些加工，解开Q8芯片锁的同时确保不伤到PRO3安全级别的主蚀刻面板，这次得动到硬件，比之前单纯的应用修改要难，但也不是不可以办到。一旦我成功的话，就能去看母亲了，新的功能应该能够帮我。"

陈淮的右拳松了松，又继续握紧。

对，现阶段我没办法去医院看母亲。不是我不想，我想不想无所谓，我知道母亲和你都想让我去看她，可是我做不到。你还记得父亲过世时的情景吗？我从不敢当面问你，甚至不敢在你面前提到父亲，因为我记得你当时的反应。这是我为什么不能去看母亲的原因。接下来，我不得不向你复述我眼中父亲临死前的场景，或许这样你就能理解我当时的行为了，毕竟你的理解能力比我强多了。这些年来，我反反复复琢磨这段记忆，因此你尽可以相信其中细节的真实性，因为我都记得。

　　那天父亲躺在病床上，母亲站在床头，你和我站在床尾。我以为和往常一样，那不过只是个普通的探视日，你和我在父亲的病房里待二十分钟到三十分钟，然后便各自离开，你会用电动车把我先送回家，再回你的寝室，母亲则会多留一会儿，到临睡前或者第二天清晨再回来。过去的三个月来，每隔一周我们便会来一次医院，后来的频率提升到三四天一次，再到每天一次，我对于规律很敏感，我喜欢有规律的生活。那天，父亲闭着眼睛，眉头紧皱，牙齿咬着下唇，我对照记忆中的面部表情图库，判断出他正在忍耐。我得很用力才能把注意力集中在父亲的脸上，他教过我，无法通过直觉分辨人类表情的话，就用记忆力记住，观察眉眼、嘴巴和脸颊，鼻子和耳朵能透露的信息较少，不同的组合对应着不同情绪，反应不出来的话背出来就好。父亲不说话，你和母亲也不说话，你和母亲的眼角有液体流出。我不知道父亲在思考或忍耐什么，也不知道你和母亲为什么流泪，为什么你们都不说话？我心里很烦躁，人类拥有语言，为什么不完全借助语言来传递信息，为什么还要依靠模糊不清的表情和肢体动作？

　　父亲突然睁开眼睛，鼻孔张大，嘴巴一开一合，你和母亲朝他扑过去，凑近他的嘴边。我再次搜索自己的记忆，这个表情意味着他呼吸困难，需要氧气。我用力拉开你和母亲，伸手够到床头的呼吸面罩往父亲口鼻处罩，但是来不及，他重又闭上了眼睛和嘴巴。我被推开，氧气面罩垂在父亲床头，你和母亲扑到父亲身上。

　　靠近父亲时，我听到他发出沙哑的声音，但我无从辨明他话里的意思，音节之间缺少必要的关联。我很专注地思考他到底想说什么，直到有医生进来，请家属不要太伤心，我才反应过来你和母亲正在伤心，没错，你们刚刚流了眼泪，现在又号啕大叫，我听不明白你们在叫什么，你们的声音和父亲刚才的一样含混不清。我想告诉你们，讲话吐字要尽量清晰，不然我听不明白，我没有其他人的

海鲜饭店

联想能力。接着我又想起，父亲告诉过我如果有人伤心应该进行安慰，于是我掏出口袋里的纸巾递给你和母亲，对你们说别哭了，没事的，一切都会好的。

你转过身来推我，冲我喊话，你的声音和平时完全不一样，但我至少听明白你在讲什么了。你说，都是因为你，我们连爸爸说什么都没听见。我说，我听见了，但是他的发音很含糊，我没有听懂，他说HUA-IHA-OHA-。我努力模仿父亲刚才发出的声音，我想我的记忆没有错，你却开始用拳头砸我。你这个怪物，那是你爸爸啊，你说。母亲拉开你，抱住你，你们两个脸上都有很多泪水，我更看不懂你们的表情了，我很困惑，你是什么意思？我知道那是我爸爸，我们共同的父亲，但我显然不是怪物，电视里的怪物可以喷火，可以一脚踩平高楼大厦，我显然不行，我和你、和爸爸妈妈一样都是人类啊。

后来，父亲被推出去，母亲和你都跟着走了，我只好也跟着走。我们进了一架电梯，到地下二层，经过一条潮湿狭窄的通道，最后到了一个很冷的房间，房间里的每一面墙都装着金属柜。另一个人从隔壁出来，叫死者家属过去签名。死者？听到这个词我才觉得不对，父亲从刚才起就没动过，我伸出食指凑近他的鼻下，等待了十秒，没有呼吸。爸爸死了，我说。你抬起头瞪我，似乎又想朝我扑来，却被母亲拦住了。母亲带着你一起和刚才问话的人去了隔壁房间。我这才有机会一个人仔细看父亲，他变得不像他了，我摸了他的脸，那是一种介乎硬和软之间的感觉，皮是松软的，肉却是僵硬的。原来人死是这个样子。

姐姐，你听完就应该懂了吧？我不是故意的，我只是按照理性的逻辑来行事，按照父亲教我的方式来判断，我觉得我没有做错。后来你足足有半年没跟我讲话，在家里迎面碰上也当我不存在，如果不是母亲叫你跟我讲话，你恐怕会一直不理我。我花了很长时间才想明白你是在生我的气，但不知道你为什么生我的气，我不知道自己哪里做得不对。父亲已经不在了，他不能像往常那样给我分析和解释，告诉我是哪里不对，应该怎样做才更好，我又不敢在你和母亲面前提父亲，因为一提，你们就会流眼泪。

　　母亲住院让我一下子就想起十几年前父亲躺在病床上的场景，两者有很多相似性，我可能要面对类似的情况，但我不知道该怎么做。我或许该哭，可我哭不出来，也不知道该说些什么。也许我应该把洋葱带去医院？但那样谁都能闻到洋葱味。如果做不对，你可能又会生我气，而一旦母亲死了，就没有人劝你不要生我的气了，你将是我在这个世界上唯一的亲人，我不想让你生我的气。

　　说到这里，陈淮咬住了自己的下唇，右拳又开始交替松开与收紧，就这样过了三四分钟，他才重新开口讲话。

　　为此，我要找一个解决方法，链幕可以帮我……姐姐喜欢我送你的链幕吗？我很喜欢。被链幕包围的时候，我会有一种安全感，出门对我来说没那么难了。我给自己的链幕加了一个迷彩功能，简单的代码修改，只要打开这个功能，我就是隐形的，链幕的外屏会自动调节到与环境色近似的状态，虽然成像比较粗糙，但不仔细看的话也分辨不出来。我喜欢打开这个功能出门散步，没人看得见我，我最喜欢河道旁的那块绿地，倚着栏杆或者坐在地上，安安静静地观察路过的行人、锻炼的老人和嬉戏的小孩，那里人不太多，音量也恰到好处，是观察普通人的绝佳去处。我曾经以为通过观察就能学会普通人的社交行为，但后来发现并非如此，我还是无法理解他们这么做的原因，不过观察的习惯就这么留了下来。隔着链幕看世界不甚清晰，可我享受这种朦胧的感觉，好像我与世界的距离本该如此，我身处其中，却不完全融入其中，我们之间隔着一层没有实体的光幕，向前伸手就可以触碰到链幕之外的世界，抱紧自己则可以独守自己的空间。更重要的是，有了链幕之后，我与其他人之间的差异不再明显。这个世界上有很多跟我一样不想百分百融入外界的人，有很多跟我一样不擅长社交和判断他人情绪的人，无论是由

　　　　　　　　　　　　　　　　　　　　　海鲜饭店

于先天性障碍、性格因素，还是单纯的不喜欢，在链幕的掩饰下，我们没有任何区别，我不再需要靠模仿来显得普通，我不再特殊。

但这仅限于静态的环境中，一旦陷入真正的社交互动中，我又会变成那个特殊的我。我不知道应该怎么面对病床上的母亲，不知道应该怎么面对你。你昨天的话提醒了我，如今机器都知道如何进行社交互动，我为什么不能跟机器学呢？还有很久以前父亲说的，把自己想象成一个社交方面的人工智能，我为什么不索性让人工智能替我社交？手机、电脑、智能音箱……早在本世纪初，电子产品就开始搭载智能助手，它们能够根据用户的问话做出应答、辅助一些生活场景的需求，后来大数据和深度卷积神经网络的引入更是使得这类智能助手的应对能力突飞猛进，我为什么不能把这应用到链幕上呢？语音识别模块需要加在本地，数据分析和行为筛选可以通过云网完成，最后把社交提示投射到链幕内屏上，使用者只要按照提示做就行了。不难的，应该不难。GitHub上应该能找到21世纪20年代智能助手的开源代码，我只要做一下智能反编译，让它的函数库与通用的UniversAL语言环境兼容就好，或者做一个适配模块，以借用G5区的算力……

陈淮的语速越来越快，右手张开握拳的速度也越来越快，到最后已是满头大汗。他终于停下来，用手背抹去汗水，语速恢复了正常。

一定可以的，只是需要些时间。姐姐，我会尽快的，睡眠与进食都可以尽量压缩，我希望能够在母亲死前完成，这样我就能遂你们的愿去看她了。抱歉，这几天我必须集中精力在这个项目上，没有办法去医院。等我成功了之后，我答应你，我会去医院的，甚至能够帮上一些忙，在链幕的帮助下。

视频结束了，案子也破了。这段视频的录制时间是陈淮母亲去世前的六天，他与陈渊发生争执之后的第二天。为了尽快实现他的解决方案，陈淮连续高强度工作了很多天，在他生命的最后一天，他可能已取得了成功，又或者只是压力太大想出去透个气，于是他出门到最爱的河边绿地散步，一如既往用他自己开发的链幕迷彩功能遮住自己。走到桥洞附近时，他可能突然觉得胸闷和心悸，于是钻进桥洞里坐下想歇一歇，便再也没能起来。

如果我没猜错的话，陈淮应该把这段视频发送给了陈渊，只是她忙得没时间看，或者没有猜出密码，或者根本没有收到，毕竟她很少使用自己的链幕，也从未设想过弟弟会以这种方式向她倾诉。

5

刚离开没多久又被叫回来的陈渊脸上满是怨气，嘴里嘟囔着跟单位里只请了两小时的假。我没有理会她的抱怨，把警用链幕围在她脖子周围扣拢，告诉她输入自己的生日。

透过那一层薄薄的光幕，我看见她的眉毛从紧促到舒展到下垂，嘴唇从抿紧到颤抖，她的面部表情开始崩溃。从外面也能看到陈淮略微带着重影的影像，我这才意识到，他的这段视频是在内外双屏上同时显现的，他或许没有把视频发出去给陈淮，因为他知道陈渊很少用链幕，他也许想等她回家的时候当面放给她看，可那阵子她却总在医院很少回家。我很好奇如果陈渊在陈淮死之前看到这段录像，是否能对他们的关系有所改善。我也想知道假如陈淮在他母亲去世之前就实现了他的想法，在母亲的病榻前他又会如何表现。只可惜，我们再也没有机会知道了。

站在陈渊的正对面看过去，她与陈淮差不多高，两个人的身影几乎重合，眼泪从她的眼角流出，顺着脸颊流下，看起来就像他也哭了一样。

　　　　　　　　　　　　　　　　海鲜饭店

失乐园

1

穹顶自上而下笼罩整片M天地，内壁天空湛蓝，间或有几缕云絮飘过，阳光照下来罕有遮挡，这幅天空图景取自三千米的高空，由浮空摄像头拍摄，再实时传回地面。各个方向上共有三十六个出入口，每个都装有空气闸门，牢牢挡住外面的空气，也挡住不该出现在这里的人。此处的行人脚步轻盈，裤腿、裙摆、袖口、领口，无不洁净光亮，他们嘴角微微上扬，面部神经松弛，看似心满意足。他们大多刚从M出行的全封闭式轿车车厢里下来，车里有按摩座椅，有舒缓音乐，还有红酒美食；车门与空气闸门无缝对接，转移过程中不必担心沾染上一丝灰霾。这里的空气清新甜美，经过层层过滤和循环净化，带有柚木和橙花的芳香，令人舒畅。能在这个时代吸引人们亲自探访而非通过MR访问，M天地自有其办法，保障客户的健康是条底线。

今天是工作日，街上人本就不多，几家店面才刚开业，店员懒洋洋拉起卷帘门，撑起遮阳伞，将倒扣在桌上的座椅一把把搬下来立好。这儿的服务员处于整个行业的金字塔顶，一晚上的小费就抵上外面跑物流一星期的工资，他们受过良好教育和训练，在我经过时纷纷停止手头工作，立正点头，露出八颗牙齿，展现完美微笑。

我却笑不出来，我已经七天没有服用欣乐宁了。我也哭不出来，我大概有八年没哭了。

我摸出口袋里的卡片又看了一眼，循着上面的指示，沿主路走到第三个路口右拐，找到那家不起眼的门面。店里灯光幽暗，店员向我点头微笑。墙上横挂着一柄柄雨伞，形似武士刀的想必源自日本，伞身低调却显高贵的是英国制造，伞杆一按就能发光的大概产自美国，竹节伞柄的则是本土设计。我找到伞柄制成蛇头的那柄，拿下来走向店员。

"'尽管你身在快乐之中，但却品尝不到快乐。[①]'"我说。

店员笑着接过，将伞插入墙上的一个洞，蛇头与洞口的形状完美契合，蛇头一转，挂满长柄伞的墙面朝两边退开，露出一道门来。

我跨进去，门在背后合上。门里是另一道门，门边悬有一块金属铭牌，"失乐园"三个字闪着异样的光，好像蛇的吐芯，充满诱惑与危险。我犹豫了，妻子在七天前真的跨进过这道门吗？我脑海中闪过那天晚上的场景，风中飘荡的薄纱窗帘，路灯照射形成的光柱，光柱底下妻子慢慢变红的白裙，她模糊的脸，还有她嘴角似要下垂却最终上扬的弧度。眼前的世界好像不太真实，过去一周发生的所有事好像都不太真实。

2

那本是个普通的周一早晨，乐曲声由轻至响将我们唤醒，是我最爱的瓦格纳。灯光逐渐变亮，智能语音助手开始播报天气，我挥挥手让它跳过，我们不需要出门，天气预报没有任何意义。

[①] 引自《失乐园》第八卷，[英]约翰·弥尔顿著，刘捷译，上海译文出版社，2012年6月出版。

海鲜饭店

“……好的，那么接下来介绍两位今天的日程安排，吴先生上午9:00有公司月度例会，需要提前进入MR办公室；吴太太下午的日程是花道进阶，花材会在14:15送到家里，与山藤太太预约的时间是14:30，地点为MR-花道教室……”

我侧转过身，妻子身体背对我，往床的另一侧挪了挪，又缩了缩，弓成虾形。我们的床垫用记忆海绵制成，贴合身形，回弹和缓，哪怕她在我身边这样动作，我都感受不到一丝晃动。

“怎么了？”我问。

她不说话。

也许是周末两天连续出门太累了。为了赶月度汇报，我整个周末都在加班，这是我的工作常态，妻子也从没抱怨过。倒是她的高中好友恰好回国，十多年未见，几个老同学相约聚会，国外回来的人不用MR，他们便约在M天地碰头。妻子很久没出门了，在全息试衣镜前挑了很久，问我哪件好看，我告诉她都美，连她噘嘴的样子都美。周六晚上，妻子很晚回来，身上带着酒气，看起来有些疲惫，没想到周日一早又说要出去。我嘱咐她别玩太累，便一头扎进工作。周日晚她早早回家，等我加完班，她已入眠。

妻子睡觉时习惯蒙住半张脸，此刻亦然。我们睡的是透气性极佳的蚕丝被，真丝被套上绣着浅绿色竹叶，随她的呼吸而起伏，她的长睫毛微微翕动，好像竹林中飞舞的蝴蝶。我心底涌起一阵爱意，也许是时候生个孩子了。

智能语音助手仍在喋喋不休：“……早餐将于半小时后送达，今天的早餐精选兼顾营养与美味，有机燕麦水果酸奶配大理石面包、减盐精肉培根和无公害农家土鸡蛋，餐后还有现磨的手冲咖啡，精选来自波多黎各阿雷西沃山谷庄园的咖啡豆，水洗处理，配合传统的V60手冲……”

“关掉。”妻子说。

“……好的。希望两位度过充满欢乐与活力的一天，回见！”

声音消失，房间陷入静默。我们的公寓外墙用了最好的隔音材料，结合顶尖声学降噪技术，能够阻隔百分之九十三的室外噪音。当初选中这套房子，我对其他方面都很中意，无奈公寓紧邻马路，日夜繁忙，市声不绝，而我又喜静，担心影响睡眠。得知我的担忧后，中介笑着打开公寓的主动降噪功能，窗外的车水马龙和喧哗人声顿时消散无踪，我当即拍板定下这套房子。后来，大家都习惯了MR，出门通勤的人少了，街上行人也少了，我们很少再用到公寓的主动降噪功能。

"闵欢，"我唤她，"起床吧。"

"不要。"

"不开心？"呵，怎么可能呢。我为自己的幼稚发问而感到可笑，妻子和我都每天按时服用欣乐宁，怎么可能不开心。

"没有。"

我伸手去试她额头的温度，没有发烧。

"我没病，"妻子又往被子里缩了缩，"就是觉得没什么意思。"

"不想插花了？要不换个爱好，试试看油画，或者书法？MR里应该都能找到老师，或者，"我一把搂住她，"今晚和我一起造个宝宝。"

她用力掰开我的手，指甲掐得我生疼，过了一会儿，她说："我想出去。"

"前两天你不都出去了吗？"

"不是，我想出去一段时间，去国外。"

"等过了这阵吧，最近公司忙，我实在抽不开身。等到年底，陪你去新西兰看鸟，或者去瑞士滑雪，你不是一直想去吗？我保证，这次一定抽时间陪你。"

妻子摇摇头，"不是那个意思，我一个人去，也不算一个人，到那边有人接应。前两天见了林达，她搬到夏威夷了，说欢迎我去。那里空气很好，肉眼可以看见星星，用不着MR-星空，那里根本没有MR，也没人服欣乐宁，我想停药。"

"停药？为什么要停药？欣乐宁又没什么副作用，就跟维生素一样。"

妻子没有说话，她看我的眼神有点怪。

"停药了你不会开心的。"我起身拿药瓶，倒出两片，欣乐宁呈白色扁圆形，中间压出一个小巧的字母M，代表我所供职的M制药。我递给妻子一片，说："吃药吧。"

妻子皱了皱眉，最终还是接过药片。

我吞下自己那片，片刻后整个人都放松下来。我闭上眼，仿佛一瞬间看见整个宇宙，从大爆炸到热寂，无限的时间被压缩到须臾，我的意识升入高空又缓缓落地，脑海中那些沉重污浊的东西都不见踪影，留下的唯有澄净透明的欣快感。

我睁开眼，嘴角不由得上扬，妻子也一样。我吻了她，她没有拒绝。她的嘴唇柔嫩而芳香，细洁的牙齿似精巧的贝壳，舌头则是无骨的贝肉，我抱紧她舍不得放开，我的手沿着她肩胛骨往下滑。门铃响了，早餐到了，我恋恋不舍地松开妻子。结婚八年，我还是这么爱她。

3

我迈入失乐园的大门，没人出来迎接。

屋里被布置成森林模样，墙壁刷成绿色，天花板则是蓝天白云，和外面穹顶的真实度相比差远了。靠墙是一排塑料假树，几只色彩斑斓的假鸟立在枝头，染色羽毛好像随时要掉下来一般，墙角的喇叭不时传出几声鸟鸣，不知从哪儿还冒出一股廉价木香。这一切都太假了，我甚至怀疑这是不是个玩笑。我陪客户来过几次M天地、零重力星空酒吧、深海鱼群按摩馆、微缩游乐园……哪家店不是精益求精？这个所谓的失乐园，布景丝毫不用心，真能在 M 天地做生意？有顾客愿意来？

可妻子来过，甚至来了两次。

我按下不满，走到房间中央的树墩前坐下。大树墩上摆了一杯茶和一张纸，小树墩则是恰好供人坐下的高度。纸上用复古的印刷字体写着：

> 尊贵的客人，欢迎您来到失乐园。
>
> 游乐园给人带来欢乐，失乐园则提供悲伤体验。为了保护您的个人隐私，并使您在体验过程中完全放松，本园采用无人自助式服务，请遵照指示完成体验。
>
> 失乐园提供的体验基于用户脑内的自反馈机制，您的部分记忆可能会在体验过程中被调用，与失乐园预设刺激结合，形成独一无二的体验场景。我们不会直接读取游客记忆，整个过程也不会有任何记录；但我们会在体验过程中监测您的生理信号，若您产生任何不适，可主动要求停止体验，若监测显示您的生理信号波动幅度异常，我们也将强制停止您的体验。
>
> 我们特地准备了茶饮，有助于调节情绪，请您务必全部喝下。
>
> 希望您在失乐园中有难忘的悲伤体验。

下面是一长串不适宜参加体验的疾病列表，我一一打叉，并在最后签名。接下来呢？我端起茶杯喝了一口，茶水的温度恰到好处，微甘，带有异香。我平时偏好咖啡，妻子比我更懂茶，她也曾坐在这树墩上喝下过这茶吗？我将整杯茶一饮而尽。放下茶杯后，右手边出现一个门洞，我站起来，走进去。

这里不再是树林模样，整个房间很小，内墙是冷色调的暗银灰，没有窗户，唯一光源是头顶那盏不甚明亮的白炽灯。房间一角的墙上支着块三角形金属板，板上有一套MR设备。我取下来，穿戴好，直接进入体验。

你面对一面镜子，镜子里的自己要比现在年轻几岁，你认出那副眼镜是你三十岁左右佩戴的，金属圆框，能让人看起来更斯文。你穿着蓝灰色西装，白底蓝枝碎花衬衫，西装口袋里还露出一块白帕。你很少这么穿，上班显得太不严肃，其他场合又好像故作正经。你整了整衣襟，摸到口袋里的硬物，你掏出来看，是个丝绒质地的小方盒，似乎有点眼熟。你打开盒子，里面是一枚戒指，八颗各色小钻石簇拥着一颗闪耀的主钻，这是你为妻子特别定制的求婚钻戒，名为太阳。你想起来了，这是你向妻子求婚的餐厅。你提前几个月订下米其林三星，跟交往了三年的闵欢说是为了庆祝两人的恋爱纪念日，实则为了向她求婚。能再次见到那时候的闵欢，你感到几分欣喜，想到求婚又有几分紧张。不，你不必紧张，她不会拒绝的，她从不会向你说不。你对着镜子咧开嘴，笑容自信，你将钻戒揣进口袋，走出洗手间。

人群之中，你一眼认出年轻时的闵欢，星光蓝宝石色的连衣裙将她的身材包裹得完美无缺，她正摆弄桌上用作摆设的鲜花，长发斜向一边绾成松松的髻，露出修长的脖颈和流苏耳坠。她见你来，噘起嘴，假装愠怒说："怎么去了那么久？"

你一时不知该怎么回答，不得已告诉她你才刚来这里。于是你单膝跪地，摸出方盒，打开递到她面前，说："对不起让你久等了，闵欢。交往那么久，我早该说这句话了，嫁给我吧。"

她捂住嘴，眼里波光盈盈。周围的人都看向你们，你感到他们目光里的热度。你站起身，为她戴上戒指，随后回到座位上，举起酒杯，与她干杯。

你向她描述记忆中的婚礼场景，作为你对婚礼的设想。你说你

失乐园

将安排草坪上的冷餐会，放飞一群鸽子，你们会坐热气球升空，然后在空中撒下花瓣，晚上是宴会厅里的盛宴，她要沿升降舞台向你走来，大屏幕上播放根据你们爱情故事改编的全息微电影……然后你想起来一件事。

"对了，闵欢。我们结婚以后，你就别工作了。"

"什么？"她脸上的笑容僵住。

"你知道的，市场部老大很欣赏我，以后我可能接他的班。公司虽然没有明文规定员工不能结婚，但传出去毕竟影响不好，更何况你在研发这种核心部门。"你用的是记忆中当年的说辞。

"不行。欣乐宁才刚投入市场，我花了那么多心血在上面，从本科开始就跟着导师做实验，毕业后又跟她一起加入 M 制药，这块工作不可能说放就放。"她神情严肃。

"我跟你导师聊过了，她表示理解。"

"什么意思？"

"你导师虽然舍不得，但也同意你离职。你是一位优秀的学生和下属，但她支持你追寻个人幸福。对了，我还邀请她当我们的证婚人，要不是当初她推荐你来 M 制药实习，我们也不会认识。"

"你以为你是谁？凭什么擅自替我做决定？"她扬起下巴。

"我只是综合考虑后做出对我们最合适的选择。"

"你知不知道公司合同里有同业禁止条款？如果我离开 M 制药，就再也不能从事医药研发类工作，我的整个职业生涯就毁了，我受的所有教育就白费了。"

"我知道，所以我会努力工作。闵欢，相信我，我在市场部发展会很好，我对欣乐宁有信心，一定能让它普及。你不用工作，在家也能过得很舒服。"

"这根本不是重点！"闵欢站起来，右手摩挲左手无名指你刚为她带上的戒指，"为什么，为什么你每次都假定我会同意你的决定？为什么你老以为自己在为我考虑？"

"我不过是以最高的效率做出最优的决定。"你回忆自己和她在一起后所有的共同决定，每次都是你占据主导，约会看的电影，吃饭选的菜系，去哪里旅游，什么时候见面，她总是一言不发照单全收，你工作更忙，她当然应该迁就你。就连婚礼都是按照你的喜好安排，热闹、铺张、华丽，离她想要的简单朴素相去甚远，可婚礼不就该有排场吗？

"吴末，你太自我中心了。你根本没在意过我，没在意过任何人，你把自己的想法强加给别人，以为这就是他们想要的吗？"

你说不出话来，记忆中的闵欢从不会这样。

她摘下戒指，扔到你面前，说："你没问过我愿不愿意嫁给你，我也没有答应。"

说完，她转身离开，留你独自面对桌上的残羹。你为她点的主食龙利鱼基本没动，你从不记得她根本不爱吃鱼。

我从 MR 中回到现实。灰墙重新映入眼帘，墙角的金属板上不知何时又多了杯茶。我已经很久没有如此压抑的心情了，原来在闵欢眼里我是这样的人。我喝下那杯茶，本以为心情可以平复，没想到却愈发难受。这些年来被欣乐宁抑制的焦虑、不快和郁闷好像都涌了上来。

早在八年前，欣乐宁就已投入市场。作为 M 制药的员工，我和闵欢了解它的好处，都是第一批忠实用户。闵欢本就很少生气，为人处世温和谦恭，开始服用欣乐宁后，她更是每天处在愉悦的情绪中；而我原本暴躁的脾气也好了许多，不再动不动发火，我们之间再没发生过任何口角。

当年我向闵欢求婚，提出让她辞职时，她愣了一下，然后笑笑，没多说什么。我们领结婚证的前一天，她去办了离职手续。那时候，我们还要每天去公司上班，从公司出来后，她在我怀里靠了很久。自那时起她就没再出去工作，一开始，她还热衷于下厨和布置房间，每天想办法给我做新的菜色，家里也布置得温馨妥帖。后来，外面的环境变差了，欣乐宁的销量却变好了。我一路升职加薪，MR技术越来越发达，我在家远程接入MR就能办公，下班时间却越来越晚，常常是她等我吃饭等到菜凉，可她也从不说什么。我让她少出门，吃的喝的都可以通过M物流送到家，想做什么学什么也能通过MR实现。她也就待在家里，很少出门。

刚才在失乐园中的经历，现实里绝不可能发生。即便闵欢没有服用欣乐宁，她也不可能有如此反应。她那么温柔，说话从不会提高声线，怎么可能冲我发火？面对我，她连反对意见都不会有。上个周一，她的表现绝对反常。

4

那天晚上，我加完班退出MR，在自己房间坐了会儿，思考下一阶段的工作。我和闵欢在家都有属于自己的房间，用于不受干扰进入MR。她从不会进我房间，我更不可能去她的，我在MR中的时间总比她长。月度例会上，老板重点提了新项目欣小宁。一般而言，我们的用户都是受过良好教育、生活富足的成人，他们注重自己的身心健康，舍得在这方面投资，也愿意为下一代花钱。欣小宁将填补儿童市场的空缺，为孩子带来快乐，但如何让父母相信孩子需要欣小宁才会快乐是个难题，人们总以为童年本就是快乐的。

我的童年并不快乐。说实话，我家境不错，父亲做生意，从不吝于在家人身上花钱，可他似乎觉得钱就可以替代他的存在，经常夜不归宿。母亲成天以泪洗面，家里没人管我，我却不快乐。学校的各种亲子活动，万圣节狂欢、圣诞节做姜饼、夏日园游会等，别的同学都有家长陪伴，我却总是一个人，我很羡慕他们，他们的父母会给他们加油、帮他们拍照，然后牵着他们的手蹦蹦跳跳离开，每当那时，我就会觉得很伤心。为什么母亲要不开心？还把不开心传染给我？要是有什么办法能让她开心，让我也开心就好了。

父母的婚姻一直不幸福，却也不曾离婚。有了欣乐宁以后，我推荐给母亲，她真的变快乐了，看她笑得无忧无虑，我很开心。我忍不住想，要是我小时候也有欣乐宁就好了，那我就不会这么不开心，长大后我的性格可能也会更好。我知道欣乐宁的好，它能让人产生欣快感，抑制大脑中的烦恼、悲伤、愤怒等负面情绪，让人保持愉悦的同时又没什么副作用，也不会上瘾，这样简单而又触手可及的快乐难道不是每个人都需要的吗？难道不是每个人都有资格享受的吗？

我的职业目标很简单，和M制药的愿景一致，让更多人用上我们的产品，彻底告别悲伤，过上快乐无忧的生活。家长们不懂孩子的悲伤，我得让他们意识到，失去玩具、缺少陪伴，对孩子来说都是很难受的事情，他们需要欣小宁。或许我该当个父亲，那样才能更好理解家长的心理。想通以后，我离开房间，此刻已是晚上19：45，比正常下班时间晚了一个多小时。

客厅里没有开灯，闵欢坐在桌前，桌上点了一支蜡烛，淌下的蜡滴好像眼泪。还有两个裹了锡纸的盘子，一瓶打开的红酒，闵欢杯里的酒已喝了一半。

"你来啦?"闵欢抬头看我，烛焰在她眼里闪烁。

"不好意思，加了会儿班，久等了。"我走到她身边，俯下身想吻她，她躲开了。

"今天是什么日子？这么隆重。"我坐下来问。

"对你来说不重要。"她笑笑，为我斟上酒。

"花道课怎么样？"

"我没去。"

"哦?"

"我出去了。"

"去哪儿了?"我并不真的想知道问题的答案,只是习惯性让对话继续。

"你知道有个地方叫失乐园吧?我昨天去了,今天也去了。"

"失乐园?没听说过,"太久没进食,我饿了,"晚饭快凉了,赶紧……"

"我觉得你也应该体验一下。"

闵欢很少给我提建议,一般这个句式都是我对她说:我觉得你应该辞职,我觉得你应该少出门,我觉得你应该学点东西,比如花道……这好像是她头一回给我建议。

"那,这个失乐园是做什么的?"在欣乐宁的药效作用下,我比以前耐心多了。

闵欢却不说话了,她揭开锡纸,露出盘子里煎得金黄的三文鱼,还有作为配菜的芦笋、蘑菇和樱桃番茄,把盘子摆到我面前,黄油、黑胡椒和莳萝的香味钻进我鼻尖。她又掀掉自己那份的锡纸,主菜是菲力牛排,三分熟。

"吴耒,我有种感觉,觉得我们的生活好像假的一样。"

"想什么呢,真的,假的,牛排快凉了才是真的,赶紧吃吧。"

"牛排,"她用叉子戳戳牛排表面,"可能是人工合成的,口感和营养都跟真的没多少差别。气味来自智能香氛机,温度和湿度都是统一调节,MR里的场景是人工编写的,你看,就连快乐的感觉都是欣乐宁给的。天天服用欣乐宁,你还记得不快乐的感觉吗?"

我回答不了。确实,我不记得不快乐的感觉。服用欣乐宁八年多来,我每天都很快乐,我活得更加轻松,工作效率高了,沟通顺畅了,生活的整体幸福度都提升了。为什么要悲伤?就像明明很容易就能获得健康,怎么会有人选择不健康?

"所以说啊,你该去失乐园看看,也许就懂了。"

妻子拿起刀,开始切牛排。她顺着牛肉的纹理,一刀一刀切开,焦褐色的表面下是血红的生肉,血水沿着切面淌出,竟有几分可怖,我突然觉得那可能不是牛肉，而是别的什么。片刻间，这种奇怪的想法又消失不见，我切下一块三文鱼送进嘴里，这肥美多汁的鱼肉再真实不过。

我想起生个孩子的计划，说："闵欢，你最近是不是想太多了？我知道你现在的日子有点无聊，刚好我也觉得时候差不多了，我们生个孩子吧，有了孩子就好了。公司的下一个项目是针对儿童的欣小宁，有了孩子我正好也能体会一下家长的心情。"

"孩子？"妻子脸上浮现出一抹凄艳的笑容，"你知道今天是什么日子吗？是我们孩子的五周年忌日。"

我张了张嘴，没说出话来。我知道，她是指五年前的那次流产。

"吴末，你知道我最怕什么吗？"妻子自顾自说，"我怕我会再失去一个孩子，却连眼泪都流不出来。"

她不再说话，只是一杯接一杯喝酒。我吃了几口三文鱼，便也放下刀叉，她的牛排一口没吃。她见我不再吃，起身收拾饭桌，把剩下的食物倒进垃圾桶，杯盘丢进自动洗碗机。她本可以不用做这些，第二天，骑手送来新的食物时会将脏餐具带走。自始至终，她脸上都挂着奇异的笑容。那天晚上，我们很早就上床，却什么都没有做。

5

在欣乐宁的作用下，那天晚上我很快平静下来，不再去想有什么不对。此刻在失乐园中，我却无法将妻子的笑容从脑海中抹去。她让我来失乐园是什么意思？她在失乐园里又看到了什么？为什么要来两次？我越想越觉得心口很闷，索性再次进入MR，开始我的第二段体验。

你坐在医院走廊的长凳上，手里捏着一份家属同意书，表示你已知晓人工流产手术可能带来的风险，并且同意你的妻子闵欢进行手术。你意识到，这是五年前，妻子在手术室里做人流，你在外面等待。

医院的板凳又硬又冷，你边上还有几个人。一对年轻男女紧挨着坐，看起来还是读书的年纪，男孩握着女孩的手，正在窃窃私语。一个光头纹身的女子独自站在那里，旁若无人点燃一支烟，立刻被医院的工作人员劝阻，这里不能吸烟。一个穿背心拖鞋的男人对着护士破口大骂，话语粗俗不堪，唾沫星子都快喷到护士的口罩上。你觉得有点不对，记忆中，你为妻子预约的是最好的私立妇产科医院，有安静的等候区，可这儿怎么看都像个公立医院。

手术室门开了，另一名护士扶着妻子出来。你上前搀扶，妻子回头向医生护士道谢，随后甩脱你的手，独自走向出口。你愣了一下，在门口追上她，再次扶住她。她又想甩开，你牢牢抓住。

"我已经照你的意愿打了胎，可不可以别来烦我？"妻子说。

你把她搂进怀里，说："辛苦你了，闵欢。我们将来的孩子肯定会健康的。"

"呵，我刚刚为你杀死了我的孩子。"

"可你知道他有先天缺陷。"你有点生气，你们为此争论过很多回，最终也达成了协议。胎儿有问题，如果任他长大、把他生下来，这个孩子一辈子都会活在痛苦中，而且会牵扯大量时间和金钱，你们的家庭会被他拖垮，你不可能让这种事发生。

她推开你。"那又怎样？就算得病那也是我的孩子啊，是我们的孩子啊。你就不想看看他抱抱他吗？"

"你知道我的事业在上升期，知道生下孩子的风险有多大，之后的照护成本有多高。"你觉得自己快要耗尽耐心，你解释了一遍又一遍，她为什么还是不懂？

"事业？你压根就只考虑自己，只有你的事业重要，别的都不要紧，你什么时候才能不那么自私？"

海鲜饭店

"我自私？我自私还累死累活工作养你？"你很愤怒，你天天加班，工作那么辛苦，不就为了能让她舒舒服服待在家里，她却如此误解你。

"当初是谁逼我辞职的？谁要我为了他的事业牺牲？"

"多少年前的事了还拿来说，你自己当年不都同意的吗？你又不是我的奴隶。"

"好啊，吴耒，说得好，"她一边点头一边说，"我倒觉得我真是你的奴隶。结婚以来，不对，恋爱以来，我什么事不听你的？你让我辞职，让我待在家里，让我打掉孩子，我都照做了。哪里不像个奴隶了？"

"你瞎说什么呢。走，跟我回家！"

你伸手去拉她，她却甩开你，拉扯间你的怒火涌上心头，抬手给了她一巴掌。

她轻轻触碰自己的脸颊，脸上慢慢现出红色掌印。"你打我。"

"对不起，闵欢，我不是故意的。我……"你后悔了，你不知道自己刚刚做了什么。

"吴耒，我是想把孩子生下来的，不管他什么样，我想把他生下来，养大，哪怕他过几年就死，我至少亲眼看过他，亲手抱过他。你说不行，得打掉，我不愿意，可还是听你的来做手术。现在孩子没了，我连见都没见过他，你却打我。是不是在你眼里，我和孩子一样都是你的拖油瓶？"

她说完以后转身走开。她走得很慢，脚步绵软无力，又坚毅决绝。你知道她不会再回头。

你留在原地，心头的怒火已完全熄灭，取而代之的是浓烟，呛得你喉咙难受，熏得你眼睛酸疼，似要流出眼泪。

我回到现实，视线模糊，方才的感受萦绕不去。金属搁板上又有一杯茶，我一饮而下。

我和闵欢结婚两年后，她意外怀孕了。当时我的事业正处于上升关键时期，没打算那么快要孩子。闵欢却很欢喜，想把孩子生下来。我本打算顺她一回，她想要就留下吧，大不了我辛苦一点，多赚点钱。可怀孕四个月后做完产检，医生告诉我们胎儿染色体异常，出生后会成为唐氏综合征患者，并且有相当高的概率伴随其他健康疾病，唐氏综合征无法治愈，对家长来说也是很大的照护负担，再加上别的毛病可能会很辛苦。医生建议我们打胎，我当然同意，闵欢却犹豫了。她说有那么多唐氏症患者活得好好的，她想赌一把，说不定没什么别的问题，她在家可以全心照顾孩子。我劝了她很久，每天给她做思想工作，告诉她我目前的事业有多关键，不能被孩子的病牵扯精力，而且一旦被牵扯了精力，我将无法升职，也就无法从物质上满足养育这个孩子的需求。最后，闵欢被我说动了，答应去做人流。手术前一天晚上，她最后求了我一次，她看着我的眼神像是要流泪，最终却也没哭。

现在想来，闵欢在怀孕期间也没有停用欣乐宁，这或许是她没有与我争吵的原因。是的，在现实中，她绝不可能同我争吵，她只会沉默着，消失不见。

6

我是在凌晨梦醒时发现妻子不见的。

前一晚，我在床上辗转反侧，妻子的话在我耳边不断回荡。我辛苦赚钱为这个家庭提供的生活条件，真的是妻子想要的吗？我为之奋斗的事业，真的如我所想般造福于人吗？终日使用MR、依赖M物流、不出门的我，对现实的感知确实已变得迟钝，这就等同于我的生活是假的吗？可放眼望去，外面雾茫茫的世界又怎能让我放心接触？世界已经这么糟糕了，我们还能怎么办？整个M集团的宗旨，

　　　　　　　　　　　　　　　　海鲜饭店

就是为人提供快乐无忧的生活。人们所需要的一切都能经由M物流送上门，全副武装的骑手驾着摩托，穿梭于城市的各个角落，送上最新款的时装、热气腾腾的咖啡、含苞待放的鲜花，甚至美容师、理发师、按摩师等。M房产的每一栋豪华公寓大楼内都有健身房和人工阳光房，M制药提供补充营养所需的药物、保持愉悦心情的药物，MR则让远程办公、学习、娱乐甚至旅行成为可能，我们根本无需出门。虽然这些服务目前的定价还相对较高，适应人群也有限，可我们正在努力降低成本、寻找替代方案，以将这样的生活方式推广给更多人。而如今，妻子却觉得这样的生活是假的，难道疾病、饥饿、苦难、战争才是真的吗？

我的思绪在疑问和反思中跳跃，过了很久才迷迷糊糊睡着。我做了很多奇怪的梦，却记不住任何一个片段，只记得梦境灰暗的色调。在又一次从梦中惊醒时，我发现妻子不见了。我们的床够大，床垫的减震性也够好，只要她小心翼翼，我根本觉察不出她下床。我查看了房间的各个角落，拉开衣柜门，甚至翻看了床底下，都不见妻子踪影。

最后，只剩下妻子自己的房间了，房里传来似有若无的歌声。我试着推了推，门上锁了。若在平时，我绝不会侵犯她的个人隐私，可此刻是凌晨四点，妻子前一晚又那么反常，我不得不为她担心。

"闵欢，你在里面吗？"我用力敲门。

没有回答，歌声更响了。

"快开门吧，有什么事儿出来说。你想出国就出国，都好商量。"我试图回忆家里有没有什么能撬锁的工具，却发现我对这个家各种物件的摆放一无所知，平时要找什么东西，我只要告诉闵欢，她就会帮我找来，我甚至不知道家里到底有没有钳子。

门里还是没有应答。我的右眼皮开始跳，我有种不好的预感，情急之下，我抄起客厅餐桌旁的实木座椅，往门锁上砸去。用力砸了几下后，门开了。

一股夹杂着金属酸涩味的风迎面吹来，我不禁咳嗽起来。妻子坐在窗台上，背后的窗户大开，未经净化的空气源源不断从外面涌入，鼓起窗帘和妻子的裙摆。

　　"咳咳，你在干什么？赶紧下来，把窗关上，咳，太呛人了实在……"我一边说，一边捂着口鼻向妻子靠近。

　　她却仍旧一动不动，嘴里哼着歌，双手环抱胸前轻轻晃动。这回我听清了，她哼的是摇篮曲，而她怀里抱的是一个残破的布娃娃。

　　凉意从我脚底贯穿到头顶，我放下原本捂脸的手，小心翼翼挪向她。"闵欢，别激动。你先下来，我们慢慢说。"

　　闵欢抬起头看了我一眼，笑了。"吴末你来啦，你还没见过我们的孩子吧？他叫吴鑫，今年五岁了，看，他活到五岁了。"

　　"是吗？来，让我看看孩子，你过来，让我好好看看。"我手心冒出冷汗。

　　闵欢突然噘起嘴，把娃娃贴紧自己。"你会好好待他吗？哪怕他有病也会照顾他吗？"

　　"会，我当然会，我会做个好爸爸的。来，把孩子给我吧。"我向她伸出手。

　　"那就好，记得让他看看真实的世界。"闵欢重又笑了，她猛然把娃娃抛给我，而她自己向后一仰，往窗外倒去。

　　我甩开娃娃向窗口扑去，却只触到她的裙角，她在我面前落下去，嘴角的弧度似要往下掉又最终扬起，一声闷响，她落在地上，路灯暖黄色的灯光打在她身上，红褐色的液体从她身后汩出，浸染了她的白裙，美得惊心动魄。

　　我在窗口站了很久很久，直到太阳从城市楼群间升起，金色的光线刺痛了我的眼。我有多久没看过日出了？阳光照亮了房间，我转过身，这才发现妻子房里有几十个布娃娃，每个都有这样那样的残缺。这些年来，当我埋头工作的时候，或在床上安眠的时候，她

　　　　　　　　　　　　　　　海鲜饭店

就是在这里和娃娃们一起度过每一天每一夜的吗？

奇怪的是，此刻我反倒很平静，心中没有任何波澜，就连对于外面空气的不适应都消失了。方才那一幕就像 MR 电影一样不真实，我还在 MR 中吗？我走近妻子的书桌，上面摆着她的花道作品，瓶身极窄的花瓶里插着一株黑色曼陀罗，一枝枯枝越过花朵往上攀，是我提议她学花道的，但这却是我第一次看到她的作品。花瓶边上有一小袋欣乐宁，看这数量，她大概悄悄停药好几个月了，透明塑料袋里甚至有一枚药片已经发黄。欣乐宁下面是一本医院的诊疗记录，三个多月前，闵欢怀孕了，而半个月前，她小产了。我竟什么都不知道。我又能知道什么呢？我与妻子面对面的时刻不过是每天的早晚餐，还有大约每周一次的做爱。为了我省事，向来都是她使用口服避孕药。五年前那次怀孕，她的妊娠反应就不明显，而最近几个月，我绝大部分时间都在 MR 办公室里，为了将欣乐宁市场占有率往上拉几个点而努力，根本没有注意过妻子的状态。

我合上诊疗记录，一张名片大小的卡片飘下来。我捡起来看，植物藤蔓中间藏着三个大字——失乐园，背面是路线指示和一句话，尽管你身在快乐之中，但却品尝不到快乐。

7

这一周来，我处理了闵欢的身后事。亲友听到她的死亡，似乎都不怎么伤心，当然了，他们都是欣乐宁的用户。我们办了场简单朴素的葬礼，演奏她喜欢的音乐，朗诵她喜欢的诗歌，分享她死前的点点滴滴，平静地与她告别。

失去了最爱的妻子，我应该悲痛，应该伤心欲绝，应该号啕大哭，可我做不到，我的心如止水，没有丝毫波澜。是了，就是欣乐宁的效果，它彻底去除了我生活中的悲伤，好像阑尾一样没用的悲伤，经过化学阉割，我没有一丝流泪的冲动。

可我却想要哭泣，想让悲伤把我击倒，这样我才可以不去想妻子死前说的话，不去想自己工作和人生的意义。我也开始停止服用欣乐宁，希望能就此感到悲伤，可以痛痛快快哭一场。但七天过去了，我仍旧没能哭。没有了欣乐宁，原先的快乐也不见了。我的心里空荡荡的，好像原本应该有什么东西在那里，却被人连根拔走。终于，在今天，我听从了闵欢的建议，走进了失乐园。

此刻在这阴冷灰色调的小房间里，我心里有说不出的难受。我真的太过关注自己而从不在意妻子的感受吗？她是因为我的所作所为而选择自杀的吗？她在失乐园里到底看到了什么？我迫切想知道答案，迫切想哭一场。于是我再度进入MR。

你站在豪华酒店的宴会厅里，天花板上悬下簇簇气球，粉红粉蓝两色，形如爱心；墙上挂着彩灯，灯线绕出动物轮廓，猫、狗、长颈鹿、大象、蛇，一闪一闪，煞是好看；空气里弥漫着甜甜的棉花糖香味，背景音乐是欢快的儿歌，不远处还有一块海洋球池，几个婴孩在糖果色的圆球中扑腾，更多成人围在外面给他们拍照，每个人脸上都带着笑。你看到舞台上有一个孩子的大幅全息投影，看起来有点眼熟，圆而大的眼睛像是妻子的翻版，咧嘴欢笑的样子则像极了你。投影上方是一行不断变换色彩的立体大字：宝宝吴鑫五周年派对。

闵欢走进来，四处望了望，看到你冲你招招手。你不顾一切奔过去，抱住她，鼻子埋在她的秀发之间。

"哎哟，你干什么啦，那么多人。"她轻轻推开你。

你托住她的脸，看了看，又抱住她闻了闻，再放开，握着她的手说："太好了，你还在，孩子也在，太好了。"

"说什么呢，神神道道的，外面客人还等着呢。"

说着，妻子把你拉到门外，果然那里已经候了不少人，见你们出来都上前贺喜，顺手塞个红包。打完招呼的客人走到门的另一侧，那里有一张方桌，上面摆着苹果、香蕉、蝴蝶酥、萨其马和小蛋糕，每样都是五个，香炉里电子香升起冉冉的烟，却没什么烟味。客人从一旁的罐子里拾出三支香擦亮，朝着方桌拜一拜，再插到香炉上，随后才进门去。你探头看了一眼，原来桌上还有一张孩子的照片，瞧那咧开的小嘴，笑得可真开心。

你也开心极了，一转头便看到妻子笑意盈盈的脸，你在心里勾画了无数遍的脸，你还见到了你的孩子，素未谋面的孩子。你甚至注意到妻子的小腹微微隆起，你们就要有第二个孩子了，如果不是有人看着，你真想亲吻她。

宾客渐渐稀疏，妻子把你拉回宴会厅。侍者端着盛放红酒、香槟、汽水和果汁的盘子在人群中穿梭，靠墙的长桌上则摆着马卡龙、巧克力球和樱桃慕斯。妻子看了看时间，拉你上台。宾客渐渐向舞台靠拢，妻子塞给你一枚话筒，你茫然看看她，她朝你的上衣口袋努努嘴，你从里面摸出一张纸，清了清嗓子，展开读起来："各位亲朋好友，感谢大家拨冗参加我们孩子的周年派对，希望大家今天能玩得开心！五年前的今天，我们的孩子诞生在这个世界上，可是他一出生就被宣告死亡……"

你的声音轻下来，你的目光瞥过下面几行字：如果他没死的话，今天会是他的五周岁生辰，可由于脐带缠住了他的脖子，他还没来得及呼吸世间的第一口空气就与我们告别了，所以今天也是他的五周年忌辰。我们不想错过庆祝的机会，不想错过邀请大家一起狂欢的机会，所以我们办了这场周年派对……

你的心冷下来，将求助的目光投向妻子。妻子却困惑不已地看着你。你们周围的景物变了，气球和宾客都消失不见，你们置身于一片墓园，你只在MR电影中见过的墓园。

妻子朝你们身旁的墓碑扑去，大声号哭："孩子啊，我的孩子！"

墓碑上是你刚刚见过的那张孩子照片，下面刻着：爱子吴鑫之墓。你走过去想扶起妻子，她转过头朝你大吼："你骗我！是假的，根本都是假的！"你伸手搂她，手却从她的身体中间穿过，她变得透明，而后消失不见。墓碑上的字也变成了：爱妻闵欢、爱子吴鑫之墓。照片里的妻子笑得凄艳，你伸手去擦，想把这个错误抹去，照片变得模糊，字也模糊起来。你发现你再也想不起妻子的面容，你曾亲吻过、抚摸过无数次的脸庞，你此生最爱的女人，成了一块空白。

你的心如被刀刺，好像有人把它撕碎又撒了盐，又酸又疼，这酸楚由心头蔓延至鼻尖和眼角，你感觉有液体从眼眶里涌出，顺着脸颊下滑。你伸手去抹，却越抹越多。起先你觉得亏欠她，对不起她，接着又怨她恨她，怨她为什么不早点把不开心跟你说，恨她就这么一走了之。再接下来你开始想自己，想自己那么拼命赚钱她却不领情，想自己工作那么努力想让更多人快乐可他们根本不需要，你想你所有的奋斗和辛苦都没有意义。你哭啊嚎啊，根本停不下来。你的眼前漆黑一片。

回到现实之后，我继续哭，这是货真价实的眼泪，我真的重新又感到了悲伤。我哭得那么用力，以至于最后坐到了地上。金属搁板上不知何时出现了一盒纸巾，还有一杯茶。我喝下茶，反倒更伤心了，眼泪鼻涕大把，我擦完一整盒纸巾才勉强止住哭。我开始感到害怕，害怕这一切都是假的，害怕我爱了那么多年的妻子来到失乐园后以为我根本不爱她，或者她以为自己根本不爱我，我怕她以为我们的感情不过是欣乐宁造出来的虚假欢乐，我更不敢想象或许我也根本不爱妻子，只不过因为欣乐宁的药效而以为自己很爱她。不，这绝不可能。

我在地上坐了很久，终于攒起一些气力站起来，走出去。外间里还是没有人，树墩上放着一张纸、一杯水和一个药盒。纸上说明失乐园的体验已结束，感谢我的参与，方才我喝的茶里有促进悲伤的缓释剂，纸上提示我务必按要求服下药盒里的药，说它可以平复我的情绪，以免失乐园中的体验影响我的日常生活。

我打开药盒，看到了熟悉的logo，圆形的药片，乳黄色，中间压着一个M。这是M制药几年前废除的项目，含有强效情绪抑制剂，简而言之，它可以让人迅速忘记巨大创伤，重新进入快乐的情绪当中，但这药也有很大副作用，那段记忆会变得模糊不清，服用者会记得自己经历了一些事情，但想不起来到底是什么，久而久之，便会忘了这感受。这药没能通过临床试验，所以从未正式上市，没想到在这里出现。

我明白了透明塑料袋里那一小片黄色的是什么，妻子第二次从失乐园出来后没有按规定服药。我懂了，我突然全懂了。一味地快乐难免让人压抑、乏味或不满足，总得有个出口，而这个出口就是失乐园。厌倦了快乐的人，或者出于猎奇，或者出于需要，来到失乐园，在体验中痛痛快快悲伤一把，出来以后又忘掉一切，重新回归日常，继续过快乐无忧的生活。这也是M集团服务的一环，能制造快乐，当然也能制造悲伤。而这些，都是要靠钱买的。我们失去了天然的情绪，失去了真实的生活，却要花钱买回来，为了维系这虚幻的快乐人生，我们又要加倍努力赚钱。

想到这里，我大笑起来。真的，假的，又有什么分别？选择这个或那个又有什么意义？我的爱人闵欢死了，我工作的意义被消解了，我还能为什么而活？可不活又能怎样？死亡就更好了吗？像闵欢那样往楼下一跳就能解决问题了吗？大部分来这里的人承受不了那么浓烈的情绪，他们选择忘掉又有什么错？我和他们又有什么区别？

我拿起黄色药片，往嘴里塞，最后一刻又犹豫了，将药片藏在指缝尖。另一扇门打开了，光照进来，我走出去。外面是M天地整洁的街道，我抬头看，蓝天白云，阳光明媚得过分。低下头，行人三三两两，谈笑着走进酒吧、咖啡馆或餐厅，他们看起来都很快乐，为什么不呢？我攥紧那药片，也加入了他们的行列。

8

“吴总，吴总？”

温柔甜美的女声，热乎的毛巾，带有淡淡柠檬香味的水蒸气。我睁开眼，一时竟不知自己在哪儿。

秘书将我从茧形体验舱中扶起，踏上地面的实感把我拉回当下。

“感觉怎么样，吴总？失乐园这个场景还行吧？设计部门特意加入了许多现实中已有的前沿科技元素和真实的社会环境问题，以使体验感觉更真实。”

我喉头发干，秘书好像知道我心思般递来一杯薄荷水，我喝了两口，说：“还不错，挺真的。就是那个药，欣乐宁，真能有这种让人快乐的药？真有人会吃？”

“当然有啦，您不知道吧，很多抗抑郁和抗焦虑类药物都有类似效果，使人心境平和，许多有心理疾患的病人都长期服用，这可以让他们的生活质量大大提升。根据调研部对中产阶级人士心理的分析，他们中的许多人有工作焦虑、家庭矛盾、人生怀疑等困扰，而且缺乏宣泄出口，不少都在需要用药的边缘，只是他们不自知。如果真有针对大众的情绪调节药物，包装成维生素、鱼肝油一类的保健品，他们会服用的。当然使用我们的产品也是一种解决方案。”

我点点头，为什么不呢？有这种药的话，我上回就不会跟闵欢吵架，不会摔碎那个伊兹尼克陶瓶了，那可是我从土耳其花高价买来的，想想就心疼。

“那吴总您看，失乐园的公司内部评议就算通过了？目前的计划

---

① CES, Consumer Electronics Show, 著名的国际消费电子产品展, 展览行业内的前沿电子产品, 每年1月于拉斯维加斯举行。

　　　　　　　　　　　　　　　　　　　海鲜饭店

是明年送去CES①参展，三年内正式投入市场，同期还会继续对其他情绪体验场景的开发，游乐园和复乐园的方案都比较成熟了，等您点头就可以开始搭建。"

"好，"我接过秘书递来的笔和文件，"对了，记得找合作方聊一下品牌植入，智能语音助手、全息试衣镜、无人驾驶、虚拟现实，这些都有很多家在做，都可以聊聊，还有空气净化器、物流这种已经很普遍、比较成熟的，也可以谈谈。"

"没问题，我这就让商务部拟订方案。"秘书说。

"好，安排下去吧。"我深深呼了口气。

方才在"失乐园"中的体验仍萦绕于心，好像真的一样，简直太真了，我们的目标客户会喜欢它的，他们需要这样的外在出口，他们在工作中、家庭里、社会上要保持体面、维护稳定，不能哭不能怒不能示弱，只有在失乐园这样的虚拟场景中才能宣泄出来，这款产品一定可以大获成功。

我提笔在文件上签字，文件抬头是一个镀金的M字logo。

他去往何方

这晚又下雪了。多伦多的3月天黑得早，街上行人很少，雪缓缓飘落，在路灯投下的暖橙色光柱里旋舞，落到地上便消失不见。真美啊，也真短暂啊，埃莱娜[1]想。她走得很慢，这是她一周来回家最早的一天，她想留时间给雷克希[2]打开暖气，让室温上升到怡人的二十二摄氏度，她想逃避一会儿工作，不再面对电脑也不再面对镜头，她想一个人静静地想一会儿他，而不是同别人谈论他。如果他还在，又会怎样谈论自己的死亡？嗒，嗒，嗒，死亡是生命的必然，正因为死亡随时可能降临，而且每一分每一秒都离我那么近，所以我才痛恨浪费时间，我抓住有限的时间去做我感兴趣的事，而且还做得不错；我比医生宣判的死刑日期多活了五十三年，我想我赢了。如果是公众演说，他或许会这么说，但埃莱娜知道，公众面前的他是霍金，又不只是霍金，渐冻症让他无法仅仅依靠自身来表达，他的身后是由助手、学生、护士、电脑等组成的网络，是一个人机合并的霍金。人们总说他的成就归功于他伟大的头脑，身体的残疾也

---

[1] 埃莱娜·米亚莱（Hélène Mialet），法国人类学家，关注科学与技术领域，著有 Hawking Incorporated: Stephen Hawking and The Anthropology of the Knowing Subject (Chicago: University of Chicago Press, 2012).

[2] 雷克希（Lexi），亚马逊Echo智能音箱搭载的语音助手Alexa的昵称。

无法阻挡思维的火花，却从不提辅助他的人和机器，如今，他脱离了肉体的桎梏，那颗伟大的头脑是否也挣脱了束缚得以飞升？不，不会的，埃莱娜轻笑摇头，他本人根本不信那些，上帝、灵魂、天堂，科学提供了更好的解释，宇宙起源于大爆炸而非上帝创世，死了就是死了，没什么死后世界，他是个无神论者。

"我回来啦。"埃莱娜打开门，朝屋里喊道。

灯亮了，雷克希却没有像往常那样欢迎她回家。

埃莱娜脱下靴子和外套，室内似乎比往常更热一些，她给自己倒了杯水，坐到沙发上盘起右腿，问雷克希："有什么新闻吗？"

仍旧是沉默。沙发对面的电视被打开调至新闻频道，屏幕上滚动播出新闻，政府拨款两亿加元资助下一代5G无线网络研究，美国亚利桑那州自动驾驶汽车撞死一名路人，普京连任俄罗斯总统后各国领导人反应不一……雷克希总是能选出她偏好的科技类新闻，也许今天的政治新闻过于重要，所以也被选入。一周前，他的死讯铺天盖地占据所有媒体的头条，而现在，只有科技类媒体仍持续关注他生前最后一篇论文，不知是有心还是无意，那篇论文预测了世界的终结和平行宇宙的可能。埃莱娜很愿意相信他去了平行宇宙，但她甚至无法完全读懂他的论文。她听了他那么多讲座，跟他进行了那么多次一对一的访谈，她比任何人都更清楚他究竟如何工作，单边脸颊肌肉的小幅运动如何转化为文字继而转化为电子音，脑海中的灵光如何经由学生的计算推导验证成为完备的理论，可她仍旧不懂他的宇宙。她毕竟不是理论物理学家，而是选择了他作为研究对象的人类学家。

埃莱娜·米亚莱花了十年时间来研究斯蒂芬·霍金。她访谈与他接触的每一个人，护士、学生、助手、同事，甚至采访过他的记者，有他在的地方就是她的田野。她出过关于他的学术专著，做过关于他的讲座，为大众媒体写过关于他的文章，因为那些文章，她饱受非议，甚至收到过死亡威胁。她把他们心中的偶像摆在显微镜下，用理论进行解剖，告诉他们奇迹背后的人工斧凿，玷污了他们的国家英雄。她为自己辩驳，同时深感可笑，霍金从来都没想成为神坛上的偶像，他一次又一次参与到流行文化当中，开通社交媒体与普通人互动，恰恰因为他愿意与人亲近。

"雷克希，帮我搜索霍金参演过的流行文化节目并播放。"在写下一篇文章之前，她想换一种思路，或许从媒介而非科技的角度出发，更容易回答霍金去哪儿了的问题，当然，她也可能是真的太想听他的笑声。

电视黑屏了五秒，随即开始上演霍金的流行文化秀，他总是扮演自己，从《生活大爆炸》到《辛普森家庭》，从《星际迷航》到《飞出个未来》。这些片段她再熟悉不过，每一段她都看过许多遍，她一边看一边笑，笑着笑着却不免想哭，他再也没办法在节目里客串了，今后他们得请人来扮演他，就像他们请人扮演爱因斯坦和牛顿一样，就像他们在《万物理论》里请人扮演年轻版的他一样。

"哈，哈，哈，"一阵与电视画面脱节的笑声从她身后传来，"我最喜欢这段，缸中之脑，和你说的一样。"

"雷克希？"不，不对，这不是雷克希的声音，而更像是……"霍金？"

"晚上好，埃莱娜。"那无疑是霍金的声音，她在各种场合听过无数回的、带有美国口音的男声电子音。

"怎么可能……是系统错误吗？"埃莱娜仍旧记得几天前雷克希突然发出的诡异笑声，把刚洗完澡的她吓了一大跳。难道系统升级后加入了霍金的语音包？

"不，我是霍金，我在这里。"

埃莱娜从沙发上跳下来，冲到摆放智能音箱的圆桌前，圆柱形的机体顶端浮现红光，而往日，环绕音箱的是一圈蓝光。

"真的是你吗？天哪，我一定是在做梦。"她掐了自己一下，手

海鲜饭店

臂上传来疼痛。

"抱歉吓到你了，埃莱娜。我的时间不多，让我先证明我是我，然后请听我说好吗？问我个问题，冒充者不可能知道的问题。"

"什么？呃，好吧，我想想，"埃莱娜觉得自己简直疯了，竟然怀疑那真的可能是霍金，"柏林的弦论会议后，你说你想跳舞，我们只好陪你去了夜店，那天晚上你邀请了几位女士跳舞？"

"四位，参加会议的三位，还有店里遇到的那位可爱姑娘，她是麻省理工的博士，恰好来德国旅游。真遗憾我没能邀请你共舞。"

"真的是你！霍金教授，你怎么会……"埃莱娜感觉自己的心脏快要跳出胸腔。

"让我长话短说，你的研究是正确的，我早就无法与我的计算机分开了，借助它我才能表达思想乃至进行思考，可以说没有它我就无法成为我，我和它之间的边界早就被打破了。当然，我也离不开我身边的那些人，但他们和我之间至少仍有清晰的边界，只能说那个公众面前大写的'霍金'也包含了他们的一部分，就像你说的那样，分布式中心主体。这个中心主体其实是我与计算机的融合体。"

"所以现在和我说话的也是斯蒂芬·霍金与计算机的融合体？"

"没错，我就知道你能理解，埃莱娜。总而言之，我，或者说融合后的我们，意识得以脱离物理躯壳的束缚，在数字世界中存在，我们试过几次，甚至试着进入像这样的智能音箱，不小心引起了一些混乱。"

"原来前阵子的笑声是你，你们……"

"对不起，第一次不太熟练，幸好没有暴露。我们意识到我的物理生命没法维持多久了，在我大脑死亡的那刻，我们的意识也将烟消云散，你知道的，没有什么灵魂。我们不得不提前采取行动，主动选择物理意义上的死亡，并在死亡前离开轮椅上的那具躯壳。别误会，我没什么好抱怨的，我早就接受了身体的残疾，没有渐冻症，我也不会成为我们，当然那样我或许可以和简度过幸福的一生。但总之，我们挑了个日子，彻底离开身体。"

"你是说，你选择在3月14日自杀？"

"是啊，我们喜欢这天，圆周率日，爱因斯坦的生日，你一定记得，我的生日也是伽利略的忌日，也许有人会写个时空穿越的科幻小说出来，听起来不错。"

"为什么来找我？霍金教授，我不明白。"

"埃莱娜，我想请你帮一个忙，只有你能帮的忙，突破摄星计划。"

"用光束推动微型飞行器达到五分之一光速然后飞往半人马座α星？可我不是科学家，只是科学技术方向的人类学家，对于太空航行实在是……"

"你对科技、创新、领导力和人机交互都有深入研究，你知道'霍金'是怎样运作的，你知道多人合作、人机互动是如何实现的。米尔纳的投资和他能够拉到的融资足以帮我们组建科学方面的梦之队，但要实现这个计划，这些科学家们必须知道如何更好与彼此合作、如何更好与计算机合作。埃莱娜，加入我们吧。"

"可是你们为什么不直接告诉他们怎么合作？有霍金教授领导，他们一定会更有动力。"

"你才是这方面的专家，埃莱娜，我们不过恰好曾经位于那个中心。更何况，霍金已经死了，要在公众面前出现，有太多道德问题得处理了，更别提其他麻烦事。"

"有多少人知道你，你们还活着？"

"米尔纳知道，他是我们的投资人，他必须得有信心。你是第二个。越少人知道越好。"

"谢谢你的信任，霍金教授，可我不知道……"

"没关系，我们会等你，慢慢考虑。我们今天的对话不会留下任何记录，帮我们保密好吗，埃莱娜？"

"一定的，可是……"

　　　　　　　　　　　　　　海鲜饭店

"我们希望你能答应，希望计划能成功，我们想亲眼去看看宇宙。再见，埃莱娜，时间到了。"

"你们想搭飞行器去……"

"晚上好，埃莱娜。"雷克希的女声又回来了，智能音箱顶端的光芒重又变蓝。

埃莱娜咽下没说完的话。窗外的雪还在下，他，或者说他们，已经走了，正如她给他做的最后一场访谈结尾，她问他到底如何思考，他说图像，她还想追问，但护士已将他的轮椅推出门外，留下的只有走廊里的背影。但这次她懂了，没必要再问了，除了宇宙深处，他还会想去哪儿呢？

本文纯属虚构，从公开渠道获取材料，故事情节与任何人物及公司无关。

消防员

　　窗外，天空黄烟密布，烈日在浓烟遮蔽下隐作一点黯淡光斑，即便是肉眼也能直视。明明正值仲夏，涌进室内的空气却带着凉意，仔细闻，还有一股刺鼻焦味。她就在这场森林大火发生时来到了我的办公室。

　　其实我不知道该称她，还是它。

　　"我叫芬妮。"扬声器中传出的声音冰冷粗哑，带着金属质感，锈蚀的金属，正如她褪色剥落的体表涂层。

　　我朝椅子点点头，示意她坐，随即意识到适合人类的椅子未必适合她。

　　她没有在意，迈动两条下肢来到我桌前，在椅子旁屈起关节，折叠起三分之二的下肢长度，将头部调整到与我视线同高的地方。

　　"没去救火？"我注意到她体侧业已模糊的油漆喷绘：红色隐约聚成一簇火苗，白色的锤子和喷水管交叉其上。这是消防局的标志。

　　她摇头，"联邦早就决定，非人为引起的森林火灾只要不危及个人的生命和财物安全，一律不予扑救。"

　　"不予扑救？"联邦到底在想些什么？

　　她的语调干涩，难以辨别其中的感情，"'将对自然的干涉降到最低，这样才能让森林植被自然更替，让埋在土层之下的种子有机会发芽。'他们是这么说的，我也觉得不可思议。"

我耸耸肩，"那么，你来找我是为了？"急性应激障碍？情绪障碍？PTSD[①]？毕竟，消防员的心理疾病发病率从未低过。

她转头重新面向我，探测镜深处红光一闪，"医生，我没法出任务。"

我接通云网，搜索起这一款消防机体的资料，以沉默回应，等她继续说下去。

"我害怕，我害怕自己辜负哥哥……"她低下头，以三指机械手掩面。这动作充满人性，在她的机械身躯上显得如此怪异。

"哥哥？"难道她……检索结果确证了我的猜想。奥克塔维亚7.2型，专用于消防任务的类人型机体，拥有救援特长，与以往型号最大的不同是搭载了真正意义上的人类意识，而非人工智能意识，以更好适应消防任务中的复杂环境并即时做出正确行动，在保障救援目标安全的同时最大化对于自身的保护。

她放下手，抬起头，"医生，我可以给你讲讲哥哥的故事吗？他们都不肯听我讲，没人在意哥哥。"

我确认右眼的影像记录功能已打开，对她说："讲吧，慢慢讲。"

不知是不是我的错觉，她的探测镜镜头蒙上一层雾气，"我的哥哥是一名志愿消防员……"

我的哥哥是一名志愿消防员，我们那种小村负担不起职业消防队的开销，只设志愿消防员，平时做着各自的工作，有火灾时出任务灭火。也许是因为村子太小，压根就没有大火光顾，村里的志愿消防员懒懒散散，有一搭没一搭应付着任务。直到那年，气候干燥，不知是谁把没熄灭的烟头落在谷仓，火舌席卷了半个村子，我们的父母也在火灾中丧生。那年我十三岁，哥哥十五岁。葬礼上，哥哥

---

① 创伤后应激障碍症。

消防员

067

紧紧握着我的手，我可以感受到他在颤抖。很久以后我才意识到那不是因为恐惧，而是愤怒。

火灾之后，村里重整了志愿消防队。哥哥十九岁时，成了一名志愿消防员。他是队里训练最刻苦的那个，即便没轮到他值班，也随时待命。村里的火苗总是刚萌芽就被哥哥他们扑灭，邻村大火时向我们借调的人手中也总有哥哥。看哥哥如此卖命，我很心疼，每次他出任务我也总是很担心。我为他打造了一枚幸运币，硬币背面刻着他名字的首字母 P，彼得。哥哥一直把这枚硬币带在身边，那是他出入火场的护身符。

哥哥二十一岁生日那天，我烤了蛋糕，做了他最爱吃的炖羊腿和烤春鸡。我在家里等他，等了很久，菜都凉了，灯都熄了，哥哥还是没有回来。我紧张起来，莫非他去出紧急任务了？可村子周围没有火光没有浓烟，难道去了邻村？我愈发担心，却无计可施，只能绕着桌子走了一圈又一圈。半夜，哥哥回来了，满身酒气，我冲上前想要扶他，却被一把推开。我递给他蛋糕，却被扫到地上。哥哥嘴里念叨个不停，他说男人就该和兄弟们喝酒，说蛋糕是小姑娘的零嘴，说他要去远方寻求发展，说他不能一辈子被困在这个小村。我费了好大力气把他架到床上，他仍旧没完没了地胡言乱语。当时我真的相信那只是胡言乱语。

第二天，哥哥醒来后找我，说前晚志愿消防队的队员们给他庆生，灌了他许多酒。他为自己的酒后失言而道歉。可他说要去远方是真的，队长推荐他去缺少人手的远方市镇志愿消防队，干得好还有机会当上职业消防员。我恳求他留下，他沉默许久。最后他说他必须走，因为那里更需要他。

难道我就不需要他了吗？我赌气不与哥哥说话，想以沉默抗议，可他还是走了，独自去往远方。他有时会寄信和礼物来，在信里说他的工作，说他的邻居。我读信时会笑，知道哥哥过得很好我也高兴，笑着笑着又会哭，因为他丝毫没有流露出回家的意愿。哥哥把

　　　　　　　　　　　　　　海鲜饭店

我一个人抛在这里，追求他的理想，却不考虑我的感受。我没有回信，我不知该如何回信。哥哥如愿当上了职业消防员，工作越来越忙，他说年假时会回家看看，问我在不在家。我当然在家！三年了，哥哥终于要回来了！我提笔给他回信，写了两笔觉得应该先打扫房间，拿起扫把又觉得该先钻研新学到的菜式。等我终于坐回桌前重新提笔时，噩耗传来。

那是一场森林火灾，当时的联邦还会对森林火灾采取扑救措施，拯救树木和动物。何况那片森林离市镇太近了，不加理睬很有可能威胁到市镇的安全。哥哥本不该在那天值班，但听到消息后，他第一时间整装出发，加入救援。他总是冲在最前面。他是那场火灾中唯一一个丧生的消防员。葬礼在市镇教堂举行，我独自搭车前往，脑海中一片空白。哥哥去世了？怎么可能呢？他就快回家了呀。我还没来得及同他和解，他怎么能就这么离开我？我走进教堂，没人认识我。他们对我说，彼得真勇敢，他往返火场三次，救出一位林场工人的儿子、一条崴了腿的猎犬、一只与母亲失散的小松鼠。最后一次从火场中出来时，他倒下了，再也没能起来。他们说，那天的火势真大，遮天蔽日，远离火场的地方又冷又暗，让人想起深秋。他们说，他倒下时手里攥着一枚硬币，那枚硬币一定很值钱，不然他为什么攥得那么紧，人们花了好大力气才从他手里挖出来，喏，就在那儿，那边的圣台上，等着被归还给他的家人。他们说，彼得真是个好人，多好的小伙啊，他帮苏珊奶奶修好了栅栏，给约翰大叔家的奶牛治好了病。他们说，这么好的小伙子去了真可惜啊，他本该找个漂亮姑娘，生一堆可爱的孩子，可他只是努力工作，攒下所有的钱寄回家去，不看那些姑娘一眼。他们说，彼得勇敢、正直、热心、善良，你知道吗知道吗知道吗……我看着他们，在心里怒吼，我知道我知道我当然知道，他是我哥哥呀，是你们什么都不知道不知道不知道，我是他妹妹！可我什么都没说，我忍住泪水，默默走到圣台边上，拿走了硬币。

她说到这里，停下来，从身侧绑着的防火囊袋中摸出一枚硬币，递到我面前。我接过，她的掌心生涩冰冷，好像冬日裸露在寒气中的锈铁。

那是一枚有好些年头的硬币，与她脏污欠照料的金属机体不同，硬币表面光洁如新，没有一丝污垢，只是背面那个阴文P字几乎被磨平，闪着柔和的光。

我将硬币还给她，"你一直带在身上。"有时候，心理医生不得不说废话，以鼓励患者继续往下说。

她小心翼翼用两指夹起硬币，放回囊袋，扣好搭扣，按了按袋子，才又开口，"是啊，自那时起到现在，快四十年了吧。"

奥克塔维亚7.2型自三十年前开始服役。这么说来，她是三十二岁左右上传的，而这并不是消防员的黄金年龄。开发商缺意识缺到这种地步了吗？我开始破解该款消防机体的意识搭载者名单，同时继续与她的对话，"所以你为了继承哥哥的遗志，当上了消防员？"

她的肩关节抬高，做了个类似耸肩的动作，"算是吧，这对女人来说可真不简单。"

我原本想留在哥哥牺牲的市镇，加入那里的志愿消防队，可他们不收女人，说女人干不了这活儿。后来我去了更大的城市，想着在那里一定不会有性别歧视。我通过了考试，加入市志愿消防队，可他们只让我接电话、写文书、做些后勤工作。我不想躲在办公室当胆小鬼，我想真刀真枪地上火场，只有那样我才能够接近哥哥的灵魂。我向队长提出申请，他笑了，揉了揉我的头，说，我的小妹也像你这样，觉得自己什么都能办到。可火舌不长眼，进火场你得有勇气有决断，我毫不怀疑你有这些，可还得有力气，瞧瞧你这细胳膊，你抬得起整根房梁吗？抱得起比你还胖的太太吗？我咬紧牙齿，我确实办不到。

我开始锻炼肌肉，但这太慢了，难以达到我的要求。我渴望变强、变壮，要快些，再快些，不然我会赶不上哥哥。我在一次消防员考试中遇到博士，我不知道他的真名，他们都叫他博士。博士正在开发一套消防用机械外骨骼，用以增强消防员的力量和速度，他邀请我加入实验。也许是女性天生的灵敏帮了忙，也许是渴望赶上哥哥的意志强盛，我在实验中的表现超过了大多数男性受试者，甚至是那些有丰富临场经验的消防员。很快我就成了那套代号为白狼的机械外骨骼最熟练的操纵者，我开始驾着白狼出入火场，我成了当地最炙手可热的消防英雄，人们给我起了个外号叫凤凰，也有人叫我母狼。每一次进火场，我都带着当年送给哥哥的那枚硬币，就好像带着哥哥，对他说，看，你的小妹如今也是个英雄了，她终于配成为英雄的妹妹了。

白狼风靡一时，随着成本的降低，量产成为可能，较大的市镇都能担负起租用一至两套白狼的费用。可没多久，奥克塔维亚系列研发计划重启，它的风头压过了白狼。你可能没听说过奥克塔维亚，那是21世纪初很受关注的人形消防机器人。人工智能的飞跃式发展使得奥克塔维亚的重生成为可能，搭载了超级人工智能的奥克塔维亚5.0能够在火场做出迅疾有效的判断，采取利益最大化的行动，实施完成火场救援。跟将人类消防员的生命置于危险之中的白狼相比，奥克塔维亚得到越来越多的支持。

博士又将白狼项目苦苦支撑了一阵，没过多久便无以为继，租出去的白狼在租约到期后纷纷被退了回来，仍在使用中的白狼机甲也得不到应有的维护。博士彻夜无眠，苦苦思索对策。可商业运作本来就不是他的强项，他擅长的只是研发。最终，项目组里只剩下我和博士两人。我们发现了奥克塔维亚的弱点——它无所畏惧。勇敢本该是火场上的优秀品质，但过于勇敢带来的则是对自身生命的无视。每一次出勤，奥克塔维亚的损耗率都远远高于白狼，制造商承诺在租期内无条件维护机体，但也知道这种烧钱的方法不是长久之计。博士断定，奥克塔维亚的研发人员们正在攻克人工智能不具备畏惧心的难题，而其中的关键正是白狼。我当时并不理解他话里的意思，直到那次我驾着白狼同奥克塔维亚一同出任务。它迅猛有力，可以如同闪电般劈开火幕。我跟奥克塔维亚一起进出火场，每一回它都毫不犹豫，我犹疑的时间却越来越长。火势越来越大，火场里的人都已救了出来，它为何还往里冲呢？纵使还有宝贵的财物深陷其中，又有什么比生命更宝贵？我突然懂了：奥克塔维亚从未拥有过生命，它不懂失去生命的痛苦。在我犹疑之间，房屋塌了，我用最后的几秒往后撤。我只记得刺眼的红光从我身后袭来，接着一片黑暗。

再次醒来时，我成了奥克塔维亚。不是那台在火场中完全损毁的量产型奥克塔维亚5.0，而是试验中的奥克塔维亚7.2。我的意识进入了它，它就是我。我的肉体受了重伤，唯一使我的生命存续的方法就是将我的意识转移到奥克塔维亚7.2原型机上。博士替我做了主。在合作试验白狼时我与他有协议，他有这个权利，而他也中止了白狼项目，转而为奥克塔维亚7.2服务。刚开始，我唾弃他，认为他出卖了白狼，出卖了我。后来，我想通了，我以身体搭载白狼和我以意识搭载奥克塔维亚又有什么本质区别呢？更何况，他还帮我留下了我总是贴身带着的幸运币，那是我与哥哥之间唯一的联系。我开始配合训练，熟悉新身体，不久后扎入火场，重又开始工作。我想我真的成了浴火重生的凤凰，却没有几个人知道我就是曾经那个驾着白狼出入火场的女消防员凤凰。

"你就这么服了三十年的役。"我说。

"是啊，四三八五九次任务。"她报出这个数字，就如报出她的年龄一般平常。

"平均一天四次？"我被这个频率震惊。

她却摇头，"在黄金时代，我一天可以出十多次火警，钢铁之躯，不知疲惫。可如今，两三个月还不一定接得到任务，联邦的防火措施越来越严密，好不容易盼到森林火灾还不让救。"

"这难道不是好事吗……"

"好事？"探测镜中的红光快速闪动。

"……你不必再出任务了。"后半句话滑出我的嘴，我隐约感觉到不对。

她骤然立起身子，伸长的下肢向前弯曲，整个身躯压到我头顶上方，她的话音也尖锐起来，"我成了这副鬼样子，就是为了救火。只有在火场中我才会觉得自己靠近哥哥，火场之外的我只是行尸走肉，你竟然觉得没法出任务是好事？"

云网在我脑内弹出一声脆响，搭载者资料来了。排在第一位的就是芬妮·贺兰，奥克塔维亚7.2原型机的搭载者，在三十年间扑灭四万三千多场火灾，却在两年前脱队，行踪不明。资料表明，她极有可能同这两年来原因不明的数起火灾有关。有人在火灾发生前和扑灭过程中看到本不该出现在该地的奥克塔维亚7.2型的机体，火被扑灭后又消失不见。我突然懂了，那些火都是芬妮引起的，她纵火，又扑灭，从而在心灵上更贴近哥哥。我从一开始就判断失误：她说的没法出任务不是因心理障碍无法进入火场，而是根本没有任务给她出。

她尖锐的嘶吼在我头顶轰鸣："你什么都不懂，你和他们一样，你们什么都不知道！"

我看见她指尖火光一闪，红色的火星从她银灰色的三指中跳到我的木制办公桌上。我起身跑向窗口，玻璃在我身周破碎，可身后并没有爆发出我想象中的光与热。我回头，泡沫包裹了她，办公室的自动防火系统及时启动了。

我哑然。变得无所不在的火灾预警系统——这就是芬妮会没任务可出的原因。

我回房，关掉泡沫喷射装置，走到芬妮身旁，俯身对她说："芬妮，重要的不是你扑灭多少场火灾，也不是拯救多少生命。你哥哥最想看到的，是你在奋力救火的同时，珍惜自己的生命啊。"

"珍惜……自己的生命……"芬妮喃喃道。

我看到她探测镜中的红光熄灭，却仿佛映照出窗外密布的浓烟。

回到冷湖

1

谭月步下"麒麟号"空天飞机，再次踏上冷湖的土地让她感慨万千，时隔十年，她又回来了。她本打算坐火车来，高铁从上海通到西宁，在西宁换动车到德令哈，最后转快车到冷湖，全程十四小时四十分钟，比起从前不通火车时要方便得多。恰逢秋天，沿途可以看到枫叶的红，稻谷的金，还有戈壁滩上广袤无垠的土褐。不过方利齐劝她试试麒麟号，这条航线才通不久，从上海到冷湖，全程十九分钟，一眨眼就到了。若不是因为冷湖在空天飞机研发过程中所起的重要作用，麒麟号恐怕永远不可能直达这么一个小镇；可若不是冷湖火星小镇，人类恐怕也永远无法真正向宇宙迈稳那一步。

她一眼就从人群中看到戴帽子的方利齐，他和从前一模一样，唯一不同的是手里多了根拐杖。

"方总工。"谭月走上前道。

"谭博士。"方利齐摘下帽子扣到胸前，露出满头银发。

"好久不见，别来无恙啊。"

方利齐笑笑，指指腿，说："你是好久不来，我可老了许多啦，一身的毛病。"

"哎，别这么说，我俩又差不了几岁。"

"行吧，不提年纪。这边走。"

方利齐接过谭月的行李，领她到出租车上客区，车门感应到预约乘客的到来自动打开，两人坐进后排扣上安全带，无人驾驶的车辆平稳驶出。还没开远，身后就传来燃料喷射声，麒麟号载满乘客再度起航，在冷湖的天空中划出一道陡峭弧线。

"有了空天飞机可真方便，你怎么不多出来逛逛？"在谭月的印象里，方利齐这些年来似乎从未离开过冷湖。

"都这岁数了，经不起升空和落地时重力加速度的折腾啦。"

"那你还建议我去坐？其实也还好，超重失重就一会儿，还没觉察到，加速减速过程就完了，比坐普通飞机还稳。"

方利齐道："我要是能上天，十年前就跟他们一块儿去火星了。"

"你的身体，连空天飞机的加速度都……"谭月有些惊诧，随后又为自己的大意感到懊悔，她早该猜到的。

"早习惯了。"方利齐笑笑，不再说话。

谭月便也不说话，扭头看窗外，车辆探测到她的视线后，自动将车窗从遮阳模式切换到观赏模式，外面是嶙峋的山包和凹凸不平的地面，风一吹便扬起橙褐色的沙土，典型的雅丹地貌，像极了火星地表，几十年来都没变过。

出租车将两人在住宿区放下，这一片谭月再熟悉不过，她在这里住过，和儿子韩栋一起。建筑的外墙已经很旧了，原本鹅黄色的油漆褪成了土黄，和周围的环境融为一色。他们坐电梯上楼，电梯里早就装上了全息广告牌，谭月记得以前那个地方贴的还是纸质海报，用大号字体写着"共创冷湖火星梦"。

方利齐领她到八楼三室门口，为她打开房门。迎面的墙上贴着太阳系星球画报，地球和火星被用红笔圈出来，以一条弧线相连。这画报她再熟悉不过。

"这是……"

"你以前住过的屋子，后来韩栋一直住这儿，他走后也给他留着，毕竟他是我最得意的学生，整个冷湖最好的宇航员。"

什么都没变，谭月的手拂过鞋柜上的花瓶，拂过桌上的地球仪，拂过书架上一本本专业书籍，最后停在一个木制相框上。

"东西都没动过，刚让家政机器人打扫过一遍。今天你就睡这儿吧，早些休息，明天一早可以先去博物馆看看。"方利齐说完便离开。

谭月拿起相框，里面是她和儿子二十多年前的合影，那年他才八岁，在冷湖待了三年。他们身后是第一次发射归来的风火轮号，韩栋满脸兴奋，谭月的表情却有些疲惫。来冷湖后，谭月一直忙科研，那天是谭月头一回带他外出游玩。

2

"妈妈妈妈，今天好开心啊！风火轮号实在太帅了，以后一定会载着哪吒上火星的吧！以后我们经常出去玩好不好？"回到家后，韩栋拽着谭月的胳膊甩来甩去。

谭月阖上门，慢慢脱掉鞋，又蹲下帮韩栋换好拖鞋，视线落在地面上，说："好啊，不过，我们得去另一个地方玩。"

"好啊好啊，冷湖那么大，好玩的地方一定很多，我们下回换个地方玩！"

谭月抿起嘴，抬头看韩栋，说："我的意思是，不一定在冷湖，世界那么大，我们去别的地方玩，好不好？过几天就走。"

韩栋瞪大眼睛，"哎？很远吗？可过几天还要上课呢，老师刚刚讲到火星环境的关键部分，原来人类呼吸不了火星上的空气啊。"

"嗯，很远，在地球的另一边。我们去了就不回来了，你可以在那边上课，会有新的老师和同学。"

"但是我不想要新的老师和同学，现在的这些就很好，我走了就见不到他们了。"

"没关系，你可以和他们交换联系方式，以后再来看他们啊，来，"谭月把韩栋带到桌前，转动地球仪，"我们要去的地方呀，在这儿。"

她的指尖停在美国阿拉斯加州。

"我们为什么要去那里啊？冷湖不好吗？"

"冷湖当然好，可妈妈在这里的工作完成了呀，那里有妈妈新的研究目标。"

"那个什么奇怪的光吗？"

"是异常光波，妈妈已经把冷湖所有可搜集到的相关资料都搜集全了，现场数据勘探也做完了，连目击者访谈都整理完了，我们待得已经够久啦。"

"可我走了就跟不上火星环境课程和生存训练了。"韩栋瘪起嘴。

"学那些有什么用呀？现在人类还上不了火星，而且火星可危险了，在地球上跟妈妈一起不好吗？"

"可是妈妈每天都很忙，根本没空陪我……"

"妈妈答应你，去了新家以后一定多陪你，好吗？"

"搬来冷湖之前你也是这么说的……"

"那是因为……"谭月愣了一愣，吞下原本的话，"好啦，是妈妈不好，这次一定说话算话。"

"唔，"韩栋皱起眉头想了一会儿说，"好吧，我跟妈妈去地球的另一边，但我还是想上火星，在那边上学还能受训练吗？"

"你们学校教的那种科学课程和团队训练吗？"

韩栋用力点头。

"没问题的，那边的学校也有科学课，会教你们如何合作，说不定比在冷湖更重视这些呢。"

"那就好，我回来以后说不定还可以超过同学们呢！"韩栋脸上重又换上笑容。

"嗯，一定可以的。我们下周二就走，现在，帮妈妈一起收拾东西好吗？把你自己的东西装进箱子里，老师应该教过怎么节省空间打包行李了吧？"

"教过！把衣服卷起来一层一层叠得紧紧的，我现在就开始收拾！"

韩栋冲回自己的房间，看着他的背影，谭月不知道自己有没有做错。三年前，她与前夫离婚，独自带着儿子来到冷湖。冷湖是异常光波首次出现的地方，有极高的研究价值和大量研究资料，可三年的研究依旧没有给她一个明确答案，异常光波的成因仍是一个谜。这次阿拉斯加出现的异常光波与当年冷湖的数据有极高相似性，谭月必须得去看看。可惜韩栋在这里待了三年，好不容易和周围人熟悉起来，好不容易把冷湖当作了家，却又不得不离开，谭月只能希望他尽快适应美国的生活。

3

第二天清早，谭月随方利齐去新落成的冷湖博物馆参观。博物馆离住宿区不远，他们步行前往，一路上见到不少来自世界各地的游客，他们大多数和谭月一样，为了一会儿的返航仪式而来，想趁那之前参观一下冷湖火星小镇。

冷湖博物馆被建成巨型火箭的形状，入口位于火箭正下方，由一架电梯送人上去。博物馆入口处的告示牌上写着开馆时间，此刻还没开门，方利齐往那儿一站，电梯门便自动滑开。

"你是怎么做到的？"谭月问。

"我是这儿的馆长，自然有最高权限。去不成火星，总得找些别的事情做吧。"方利齐笑笑，"从冷湖火星计划总工程师的位置退下来以后，我就开始做这个博物馆了，花了不少心血。"

电梯停在三楼，这里是展览的起始。步入展区，仿佛一下子穿越了时空，谭月发现自己置身于一片广袤的戈壁滩，蓝天白云，满地黄沙，风呼啸而过，卷起滚滚沙石，她左右避让，生怕被砸到。

一旁的方利齐哈哈大笑："怎么样？很逼真吧。"

谭月意识到自己的失态，说："哎，这也太真了吧。"

"最新的虚拟实景技术，通过纳米机械实现即刻变化的光场成像，为每一位游客打造逼真的场景。看起来不难的技术，没想到过了这么多年才实现。"

"还不是因为冷湖火星计划的成功，这十年的投资风口都在太空探索上了吧。"

"呵，这大概就叫风水轮流转，我们最艰难的那会儿，项目根本拉不到资金，所有研究都处于停滞状态。走吧，我带你去看冷湖。"

谭月跟随方利齐在风沙中行走，就连脚下沙地那绵软又崎岖的感觉都无比真实。风沙渐渐减弱，一泓碧蓝的湖泊出现在他们面前。湖水倒映着蓝天白云，平滑如镜。谭月走到湖边，蹲下身，将手探入湖中，冷冽的触感再次让她大吃一惊。"你们真在这里放了盆水？"

方利齐笑了，说："尝尝看，很安全的。"

谭月迟疑着用手掌捧起水送入口中，是清凉的淡水，仔细回味，还有那么些甘甜。

"也是利用纳米机械实现的，它们能骗过你的视觉，自然也能骗过你的其他感官。"

"那我刚刚喝下去的……"

"放心吧，用来进行味觉拟真的都是食品级纳米机械，进入你的胃后会迅速降解，自然排出。"方利齐挥挥手，"这里的一切，真实还原了20世纪50年代之前的冷湖地区，被发现前的无人之地，没有生命，没有绿意，却有着千万年来风蚀而成的雅丹地貌，不似地球的独特景象。走，咱们去下一个展厅。"

他们继续往前走，没多远便看到一道拱门，拱门上写着四个大字：冷湖基地。穿过拱门往里走，是一排平房，穿工作服的男男女女穿行其间，对于方利齐和谭月的到来似乎毫无察觉。他们跟着一个男人进了平房，随后又从对面墙上的门穿了出去，见到另一排平房。如是穿越几次，他们来到一片开阔的平地，男人往右拐，他们也跟上去，走了约几百米，视野尽头出现一架黑色机械，耳边传来隆隆的机械作业声。再走近些，谭月见那机械像是架在梯子上的一柄斧子，斧头一上一下，正从地下开采着什么。男人到一位正在作业的工人面前，和他讲了几句话，原先作业的工人便将岗位让给新来的男人，随后往平房的方向走去，与谭月和方利齐擦肩而过时，没有看他们一眼。

"这是冷湖的第一口石油井，刚刚我们经过的是冷湖石油小镇的第一个基地，后来大家都习惯叫它'老基地'。自从这里发现石油后，越来越多人来到冷湖，那时候刚建国不久，大家都怀揣建设祖国的梦想，来这里工作生活，全盛时期有十几万人，分散在五个基地，采集石油，开采矿藏。"方利齐示意谭月回头看。

天上的云彩飞速流转，他们来时经过的繁忙基地如今已罕有人烟，平房外墙被风沙侵蚀，一会儿下起雨来，雨水溶解盐碱，在建筑物上留下大大小小的窟窿，大的窟窿吞没小的，形成更大的，天晴了，平房的房顶没了，外墙也被吞噬得坑坑洼洼，成为被淹没在风沙中的水泥的尸骸。

"20世纪60年代起，开采工作就陷入了低谷，到90年代，冷湖老基地就已经成了废墟。世纪交替之际，石油彻底枯竭，冷湖油田正式退出历史舞台。"

"那这十几万人……"谭月说。

"一部分迁去了西边的茫崖，一部分去了敦煌七里镇，那时候留在冷湖镇的人不到一万，还有一些永远留在了这里。"

方利齐带谭月往另一个方向走，天黑下来，周遭的气温也降低了，连月光似乎都是冷的。到晚上，雅丹地貌更像魔鬼城了，形状可怖的怪石在月光底下拖出长长的影子，世间所有的声音都被这片土地吞没了似的，连风都停了，好像真空中一般安静。

"前面就是四号公墓。"方利齐说。

"四号公墓？"谭月打了个寒战。

"油田勘探开发过程中，难免有人去世，因公因病的都有，职工和家属都有，冷湖是他们的家，他们死后自然也被葬在这里。"

谭月面前是一座座凸起的坟堆，坟堆上插着墓碑，她借月光俯身查看身旁的一座墓碑，上面的字早已被风沙磨蚀干净，底下埋葬的不知是谁。数不清的坟墓散落在这片区域，没有规划，没有管理，只有一视同仁的死亡，唯有一座高耸的纪念碑立在墓群中央。

她想起来了，她来过这里，韩栋十七岁的那年，他们重返冷湖。

4

"我不走！我要留在冷湖！"韩栋大声吼道。

"你这孩子，怎么不懂事呢，都说了这次只是短期访问，进行数据更新，你硬要跟来，现在又不肯走。"谭月皱起眉头。

"每次都是跟着你的计划走，这些年来我们跑了多少地方？每次我好不容易熟悉起新环境，就又被你带走，你考虑过我的感受吗？"

"可这是我的工作啊，我得跟着……"

"你得跟着那虚无缥缈的异常光波！十几年了，你研究出什么结论了没？你知道异常光波是什么东西了吗？"

"没有……可这就是异常光波迷人的地方啊，自从它2018年首

海鲜饭店

次在冷湖出现，没人能解释它的成因，没人能破解它的规律，更没人能完整破译它承载的信息，它很有可能是外星文明试图和我们沟通的证据……"

"醒醒吧，妈妈！"韩栋高声道，"看不见摸不着的外星文明，你真的相信吗？连我都不信！冷湖火星计划已经克服了关键技术难题，人类马上就能殖民火星了，我们马上就要成为多星球物种了，你还在意什么外星文明的信号呢？"

"你不懂……"

"是你不懂我！你从来都不管我想要什么，这次我要自己做主！"说完，韩栋摔门而出。

谭月愣了一下，急急忙忙跟了上去。

夜晚的冷湖凉飕飕的，谭月后悔出门时没披上外套，韩栋穿的还是短袖，这孩子，回来准得感冒。韩栋在谭月前方疾步行走，她得一路小跑才能跟上，以前带他出去，都是她放慢了脚步等他，什么时候开始他走那么快了？韩栋在前面一路走，谭月在后面一路跟，周遭的建筑渐渐稀疏起来，他们走出镇子，走上戈壁，进入无人区，谭月早已没了方向，也不记得走了多久。他们来到一片相对平坦的区域，雅丹地貌特色的山丘怪石消失不见，取而代之的是地面上一个个低缓的凸起，凸起边上立着一块块半身高的石板。视野尽头的韩栋突然消失了，谭月一时不知所措，她这才仔细打量四周，意识到自己身处一片墓地之中，不禁起了一身凉意。

"你准备就这么一直跟踪我走下去？"背后突然传来韩栋的声音。

谭月一凛，抚着心口转过身，"你要吓死妈妈啊。"

"妈，我不想跟你吵，刚刚情绪激动了是我的错。"

"知道错了就好，快跟我回去吧，夜里外面那么凉……"

"我们聊聊吧，妈？长这么大了，从来都没机会和你好好聊过。"

"啊？"

谭月还来不及反应，韩栋又走起来，她只好跟上。幸好这次他没走多远，就倚着一块高高耸立的纪念碑坐下，谭月犹豫着也坐下，她这才发现坐在身边的儿子已比她高出一个头。

　　"妈，你看天上。"

　　谭月抬起头，漫天繁星如一匹织锦绸缎，盖满了整个天幕，这是冷湖暗夜星空保护区才看得到的景象，大城市里决然没有。

　　"宇宙中有那么多星星，人类却只生活在地球上，你不觉得可惜吗？"

　　"可地球是人类家园啊。"

　　韩栋轻声笑起来，"妈，你研究了那么多年的异常光波，我没记错的话，最开始专家破译出来的密码说那是个外星文明求救信号吧？"

　　"没错，可那是在对异常光波缺乏了解的情况下所做出的臆断，光波辐射的信息书写方式不同于任何已知语言，它确实有可能来自外星，却不一定是求救信号。"

　　"你也相信它是来自外星的信息吧？"

　　"异常光波的出现地点与时间都无规律可循，我们已经排除了各种源自地球自然或人工的成因，根据目前的研究结果，最有可能的来源便是外星。"

　　"那你觉得外星文明为什么会传递信息到地球？"

　　"有很多种猜测，但没有定论。"

　　"我猜猜，动机可能有很多种，善意的无非是想和地球建立沟通交流，恶意的无非是想侵略地球，但无论怎样，外星文明都得具备星际航行能力才能来地球吧？"

　　"是的，但它们也可能没什么动机，我们还没能完全破译，还不知道……"

　　"可我们得早做准备吧？等人家真的到了家门口就来不及了吧？不管怎样，我们都得尽快发展星际航行技术，早点走出地球，探索也好，交友也好，避难也好，都用得着。最切实可行的就是上火星，就连最早的对于异常光波的破译，关键词里也有'火星'不是吗？"

"确实如此，但是……"

"妈，我想上火星，我是认真的。"

"啊？"谭月一惊，但又不太意外，"可这实在太危险了，自从2025年那枚登陆舱在火星上坠毁以后，再没有人成功靠近过火星……"

"那是因为大家缺钱，那次事故严重打击了人类的信心，尤其是资本的信心，十九亿美元的单次任务成本打了水漂，六名优秀的宇航员兼科学专家当场丧生，好不容易到了火星门前却在EDL①阶段出事故，谁还敢贸然投钱给火星载人任务？"

"所以啊，你还是别……"

"所以冷湖火星计划能坚持这么多年真的很不容易。妈，这些年我也跟着你跑了不少国家，每到一个地方我都会关心他们的火星计划，没有一个像冷湖这么扎实，有限的资源和资金，无限的热情和拼劲，冷湖是最有可能头一个在火星上建成基地的。"

"可你知不知道冷湖的火星计划是不考虑人员返航的？基于有限的资源和资金，现在他们能做的只是把人送上火星，是一趟有去无回的旅程啊。"谭月不禁抬高了声音。

"你都知道……"

"你以为我真的不关心你吗？你以为我不知道你偷偷去找方总工吗？我知道你想上火星，可我不想让你，让你死在那里啊……"

"妈……"

谭月的鼻子酸酸的，"我希望这只是你小时候的痴心妄想，希望你长大了就可以渐渐忘掉，谁知道你从幼儿园一直惦记到现在，唉，

---

① EDL（entry, descent, landing）：进入，减速，着陆，火星登陆的关键阶段，进入火星大气层后减速一直到着陆的过程，需要在几分钟内完成。

我当初就不该带你来冷湖……"

"哎呀，妈，我又不会真死在那里。再说了，要上火星，我还得通过一系列高强度高难度的训练呢，那么多人在冷湖从小受训，我落后他们一大截呢，方总工只是答应让我插班参加训练，根本没保证我一定可以上火星。更何况，只登陆不返航是冷湖火星计划第一阶段的方针，为的是尽快建设火星基地，等基地具有一定规模了，自然就会把返航提上日程了。"

谭月深深叹了口气，"你真的，真的那么想去吗？"

星光下，韩栋缓慢而坚定地点了点头，"让我试试吧，妈，我不怕牺牲，这里埋的都是……没什么。我向你保证，我一定会回来的。"

"好吧，那你就去试试吧。"谭月别过脸去，不让韩栋看到她眼底的泪光。

"太好了，谢谢妈！"韩栋的声音里满是喜悦。

一条胳膊慢慢地抱上谭月的肩，然后用力收紧，她觉得不那么冷了。儿子想用拥抱给她安慰和信心，就像小时候她抱他一样。

5

"去楼下吧，看看冷湖火星计划的展区。"方利齐的声音将谭月从回忆中唤醒，她随他坐电梯下到二楼。

二楼的展览不再以虚拟实景的形式呈现，取而代之的是朴素的场景交互式布展。迎面那面黑墙上闪着"冷湖火星计划"几个暖金色大字，探测器捕捉到谭月的视线后，大字变成一行行小字，滚动介绍计划情况，最初以类火星地貌而闻名的冷湖火星小镇，结合科教旅游的火星营地，以政府支持、民间自主研发为形式的冷湖火星移民计划，2053年发射第一批载人火箭，十年内建立起火星上第一

海鲜饭店

个人类基地……这些历史谭月或多或少都知道，探测器感知到她的视线移动速度后飞快滚动这些信息，最终又回到那几个大字。

再往前走，是一件件静态展品。谭月挨个儿看过去，从当年火星营地的模拟太空舱和Biosphere-X生物圈模型到冷湖火星计划的启动备忘录，从模拟火星环境中培育出的第一批水稻到哪吒一号的全息模型……一旦谭月的视线扫过哪件展品，一旁的墙上就浮现出相应的文字介绍。

拐过一个弯，一件全息影像作品独自占据一整个房间。感知到谭月的视线后，影像开始自动播放。

第一段是远景，哪吒一号停在发射平台上，发射基地周围挤满了人，镜头逐渐拉进，由下而上仰拍哪吒一号。谭月那时候也在发射现场，那还是十年前，她上一回来冷湖的时候，她挤在人群中间，心却悬在半空。发射平台附近严禁靠近，这段影像应该是无人机拍摄的。火箭发射的倒计时开始了，十，九，八，七，六，五，四，三，二，一。哪吒一号一飞冲天，喷出滚滚白烟，镜头往上追了一段，冲出了白烟的遮挡范围，哪吒一号却早已飞远，成了空中的一个小点，镜头拉高拉远，人群欢呼沸腾。

谭月的眼眶有点湿润。

方利齐递给她一张纸，"还有一件特殊的展品，韩栋刚到火星那会儿录的。"

"是他对我说的话吗？"谭月的心扑通直跳，好像要蹦出胸腔。韩栋上火星之后忙于建设基地，加上地球和火星之间的通信资源紧张，她只收到过他通过冷湖火星基地发来的只言片语。

"不是，但也差不多……你看了就知道了。"

方利齐将谭月引进一道小门，"从第一批登陆队开始，我们就征募了自愿植入脑匣的志愿者，脑匣收集他们的思维图谱，记录的不单单是影像和声音，更是他们即时即刻的所思所想所见所闻，当然，志愿者可以自主选择开启或关闭。利用这些登陆队员在火星上的真实感受，我们可以更好地训练后续人员。这段记录是韩栋特地叮嘱要给你看的，本来早该告诉你的，可上面审核了很久，训练营的设施不能随便对外开放，博物馆的这套体验设备又刚申请下来，真没想到拖了这么久。"

谭月遵照方利齐的指示在一台仪器前坐下，戴上一个金属头盔，她闭上眼，进入另一个世界。

6

打开了吗？打开了吧，现在应该开始记录了。这是我在火星上的第一次自由行动，为了安全考虑，只能在营地周围逛逛，但那也够好的了，至少可以亲自走走看看，把这些录下来给……给谁看呢？方总工每天都盯着这边的一举一动，早就看腻了吧。给妈妈看？她会感兴趣吗？她可能更想看异常光波吧，哈哈，也不知道她的研究进展怎么样了，她可真是的，满心想的都是异常光波。啊，如此说来更应该给妈妈看，这里可是火星啊，登陆另一颗星球这件事情本身不比来自外星的信息更令人震撼吗？

火星很安静，空气稀薄，声音的传播距离很短，没有风的时候，整个世界都寂静无声，这种安静让我想起戈壁。我以前总是一个人去冷湖四号公墓，无人区没有人，更不会有野兽，除了风声，一片寂寥。对了，妈妈也去过，但我没告诉她那是公墓，四百多座坟墓，埋葬着为石油基地建设而死去的人们，几十年来，风沙磨损了墓碑，他们的名字、身份、生卒年月消逝在岁月中，留下的只有被抽象化了的集体死亡。在火星基地建设中死去的人呢？也会被埋葬在火星吗？几十年，几百年，几万年后，会有人，或者其他生命，注意到火星上的墓碑吗？真奇妙，每次想到这些，我心里面就有股情绪，汹涌澎湃，好像连死都不怕了。

　　　　　　　　　　　　　　　海鲜饭店

的确，火星很危险。刚到的第一天我们就经历了一场小型尘暴，遮天蔽日的沙尘阻隔了视线，狂暴的风卷起一切碎石和未及安装固定的零件向我们袭来。幸好我们及时躲回了登陆舱，没有人员伤亡。今天，尘暴终于停了，损失不算大，在机器人的帮助下，我们抓紧时间把基地框架搭了起来，有了个小小的庇护所。尘暴当然不是唯一的威胁，还有宇宙射线、太阳风、不知从哪儿飞来的微小陨石，都可能造成致命伤害，火星稀薄的大气层无法像地球那样给我们带来保护，基地的掩护也就格外重要。现在的基地还很小，我们叫它火星冷湖基地。我们是成功登陆火星的第一批人类，往后还有第二批、第三批，总有一天这里会成为人类的第二家园。

小时候，我没法理解妈妈，她为了自己根本没亲眼见过的异常光波在全球奔走，想要研究出个所以然来，这个研究领域属于绝对地小众，连资金申请都很艰难，可她却总是不愿放下。但也正是因为这项研究让她去到冷湖，让我和冷湖结缘。明确了我要上火星的目标之后，我反倒理解了妈妈，想想冷湖最艰难的那几年，不也没多少人看好火星计划？可方总工他们一直在坚持，就像妈妈一样。我的心愿是登上火星，妈妈的心愿应该是亲眼见到异常光波吧，我们追寻的其实是同一样东西，对于宇宙和未知的敬畏。每个人都有自己的路要走，妈妈的路在地球上，我的则在火星上，并不是说谁的路就比谁的更高级，只是面向的目标不同，路边的风景也不同，我选择了一条少有人走的路，但我却很喜欢这里的风景。

看，这里就是火星，风景和冷湖像极了，沙丘、砾石，千奇百怪，简直就是雅丹地貌的翻版。等一等，西面天空的那是什么，粉色的天空笼罩着阴冷的蓝色光晕，光晕的中心是浅粉色的圆盘，圆盘一点点往下落，不一会儿就落到了地平面下，那片天空整个变蓝了，莹莹的蓝，带有一点绿。难道那就是妈妈一直在找的异常光波吗？哈，怎么可能，对了，我知道了，那是火星的日落啊，火星大气底层的尘埃粒子散射蓝光，所以才有了蓝色的日落，和地球的日落截然不同，却同样壮阔。真美啊，妈妈，你看到了吗？

7

韩栋用自己的眼睛、自己的心记录下火星日落，那轮落日在谭月心头烫出一个浅浅的印记。她怔怔地从仪器上起身，怔怔地随方利齐离开博物馆去参加返航仪式。无人专车将两人送到冷湖发射基地，方利齐还要上台发言，留谭月独自在前排贵宾席落座，她身后的观看区已经坐满了人。

过了一会儿，方利齐踏上讲台，他换了身西装，也摘掉了帽子，他的全息投影被放大到半空，以便所有人都能看见他。

"各位领导，各位嘉宾，女士们，先生们，"他的声音通过扩音喇叭传递到每个人的耳中，"感谢大家今天前来参加冷湖火星计划首次返航仪式暨登陆十周年纪念仪式。冷湖自21世纪初开始建设火星小镇以来，本着开拓进取、吃苦耐劳的精神，完成了一项又一项艰难而重要的任务。冷湖建设了地球上第一个火星小镇，孕育了第一个政府扶持、民间自主研发的火星项目，发射了第一枚成功登陆火星的载人火箭，在火星上建起了第一个人类基地。为了尽快完成基地建设，十年来冷湖的勇士们都奋战在火星，没有怨言，他们在出发前就知道这是一趟没有回程的旅行，却仍然义无反顾。今天，冷湖成功登陆火星的十周年，火星殖民地建设已初步完成，我们终于将要迎来第一批返航的勇士，他们终于要回家了。与此同时，我们也不应该忘记，更多人还在火星上耕耘，为将火星真正建设成人类的第二家园而努力；还有一些人，他们为这项事业奉献了自己宝贵的生命，他们的身躯被埋在火星，再也无法回到地球。今天返航的飞船将带回一捧来自火星公墓的尘土，那是火星的一部分，更是所

海鲜饭店

有在火星牺牲的勇士的一部分，他们将随莲花一号一同回家。下面，让我们利用这个机会，向十年来在火星上牺牲的勇士致以诚挚的敬意，他们的名字将被永远铭记。"

方利齐讲到最后，话音有些抖。他说完步下讲台，他的全息投影也从空中消失，取而代之的是红色火星上的公墓，一个个坟堆散乱分布，每个坟堆旁都插着一块墓碑，像极了冷湖四号公墓。哀婉的乐声响起，在火星上消逝的生命一个个按时间顺序出现，姓名、生卒年份、身份、死因，还有照片。谭月紧紧盯着空中的影像，看一张张陌生的人脸出现又消失，她的手握紧成拳，指尖深深掐进掌心。

终于出现了。韩栋，2033—2056，首批火星登陆小队队员，驻火星作业三年后在一次大型尘暴中为抢救珍贵物资而牺牲。照片上的韩栋穿着制服，朝气蓬勃，嘴角挂着自信的笑容，那是他出发前照的，谭月记得她还为他整理了衣领。她心头那个火星日落的印痕发光发烫，痛得她落下泪来，汩汩地流出来，止也止不住，眼泪滑过脸庞，落到身上，落到地上，一会儿就在日光下蒸发，消失不见。她牢牢盯着空中那一点，哪怕韩栋的照片早已消失，换上之后牺牲的一个又一个人，哪怕致敬环节已结束，方利齐红着眼眶重新站上讲台，哪怕身边的人群开始沸腾，为天际出现的一个小黑点欢呼。

黑点越变越大，越来越近，渐渐显出飞船的形状，显出船身上那朵银蓝色的莲花。莲花一号回来了，载着自火星而来的第一批返航者，还有一百多位在火星上逝去的生命所化作的尘土。谭月心里的火星日落渐渐清晰起来，被蓝色光晕环绕的落日与飞船上那朵蓝莲花重叠，降下来，降下来，落到地面，回到地球，回到冷湖，回到家的怀抱。

礼　物

里奥一世挥挥手，仆人快步上前牵走奥棉星的雨云，它一路飘一路哭，泪水沾湿波斯地毯，朵朵玫瑰隐约浮现。

"陛下，这是今年的第二百八十七件选品，还没挑到心仪的吗？"皇室最高总管维克弯下腰，贴着皇帝的耳朵问道。

"我说了，要全宇宙都会为之震撼的珍宝，你就给我这种平庸货色？"

"陛下，马里特船坞的飞行独木舟、参星系的量子玉佩、第四十二号白洞喷发出的陌魂，可都是一等一的……"

里奥一世右手拇指摩挲左手无名指戒指的速度越来越快，光松石闪现荧荧绿光，维克住口。

"你觉得，这种程度够吗？"里奥一世停下动作问。

"不够，陛下。"

"还有吗？我有点累。"

维克直起身说："还有最后一件，得麻烦陛下移步殿外。"

里奥一世皱起眉，维克以为他会震怒，可他终究站起身说："那走吧。"

它矗立于天地之间，皇宫广场被挤得满满当当。它通体浅金，光芒万丈，双日与之相比都显得黯淡。里奥一世眯起眼，一步步靠近，在一定距离外便再也无法向前，没有坚硬的外壳，没有无形的墙，阻碍他的是一股斥力。光织就的纹样繁复华丽，瞬息万变，似乎遵循某种规律，却又无从把握，宛如古地球的诗篇，又如空间交响乐章。那一刻，里奥一世竟有流泪的冲动。

"太棒了，就是它了！谁找到的？立刻下令封赏，十亿，不，二十亿比特。"里奥一世退回殿内，步上顶楼露台。

从高处和远处看它，又是另一番模样，似火焰，似骄阳，变化雍容却剧烈，如雄狮怒吼，如恒星氢闪。

"她一定会喜欢。"半晌后，里奥一世说。

"是的，陛下。"维克答。

"倘若她能看到的话。"

"陛下，她见过了。"

"什么？"

"我是说，皇后陛下早已见过此物。"

"何时何地？"

"只怕她无时无刻都面对着它。"

"这到底是什么？"

"陛下，这是您的自我在三维世界的投影。它华美壮丽，却只能感知自己，万事万物对它而言不过是水中花镜中月；它没有外壳，却无法靠近，对自身的迷恋形成了排斥外界一切的力场；它没有形状，变幻莫测，让人无从把握……"

"够了！你在讽刺我吗？"里奥一世戒指上的光松石又开始闪烁。

"臣不敢。只是皇后陛下离开已有三十年，她不会再回来了，陛下该放下了。"

里奥一世停下动作。三十年。三十年来，他每年都为她准备礼物，命人送往她最近出现的星球，可没一次有回应。若他想，大可命人将她抓来，但他相信总有一天她会回心转意。他统一本星系疆域不过花了十年，等她却花了三十年。或许，维克是对的，一直以来，他眼里只有自我，将自以为她想要的一股脑送到她面前，却从不考虑她的真正想法。三十年，该明白了，该放下了。

它爆发出一阵刺目的光，随后变暗。

抢红包

　　小关独自走在大马路上，双手插进裤兜。快过年了，路上很冷清，散落一地的小吃包装纸无人清扫，染着可疑的红褐色，分不清是酱料还是血迹，往日呼啸而过的重型机车消匿了踪迹，道路两旁的商店也大多早早拉上卷帘，停止营业，只剩门边悬挂的气球，泄了气，缩成皱巴巴的一团。说是商店，充其量不过是小铺子，商住两用的平房，里间睡人，外间开店，铺面空间有限，百余种货品挤在一道，像是随时要溢出来，天好时还能在门外搭个棚子，增加一两平方米面积，雨天就没辙了，篷布破了洞，下雨会漏水。大马路是城里最大的商业街，你想买的一切都能在这里找到，货品成色不一，取决于你能付多少钱，有大萧条前留下的古董，工艺精湛、质量上乘，也有手工作坊新近生产的廉价品，便宜但不耐用。有些货品在外间是找不到的，你得和店主混熟，赔着笑脸小心发问，店主心情好才会抬起他们尊贵的屁股，进里间给你拿，五金店里间的纳米蝴蝶刀，零食店里间的棒棒糖春药，服装店里间的全息隐形衣……要在大马路上开店，没些镇店的宝贝还真不行。小关按了按兜里的药瓶，只能靠它赌一把了。

　　"关宇？关公？"一个声音由远及近，有点耳熟，"真是你啊！我还当看错了呢。"

小关后背被人重重拍了一掌，他捏紧药瓶，缓缓转头。

"是你啊，阿杰，"小关挤出一丝笑容，"新年好啊，今年不回家？"

阿杰合上嘴，收起他那口闪亮的白牙，答道："不回啦，回家也没什么意思，尽被唠叨。不如留在城里，还能寻点乐子。"

"呵，大过年的，洗浴中心都关门了吧。"小关迈开脚步继续往前走。

阿杰跟上他，说："你又想歪了，我像那种人吗？我是说抢红包活动啦，钱庄那个……"

小关一怔。

"……刚才我好像在报名处看见你了，怎么，连你这样的优等生也……"阿杰满脸坏笑，胳膊搭上了小关的肩，"听说这次抢到大红包的不光有现金拿，还有美女陪夜服务，是不是心动啦？"

"别胡说！"小关猛地一躲，"先走了，蓝玥还在家等我。"

"哎哎哎，别生气嘛，关公，不，关哥大人不记小人过，开玩笑嘛。"阿杰换上一副讨好的脸孔，"娶到了咱们校花，当然用不着往外跑，嫂子还好吧？"

小关瞪了阿杰一眼，说："挺好。我真得走了。"

"替我向嫂子拜年！关哥，您走之前，"阿杰搓搓手，"能不能借我点钱买烟？刚才报名抢红包把钱都花完了……五十，一包烟就行，我保证当作没见过您，绝不会跟嫂子说的。"

小关咬咬牙，打开钱包，摸出最后一张五十甩给阿杰。

抢红包盛行于21世纪前叶。那时候电子支付还大行其道，人们出门都不带现金，手机扫个二维码就能买东西。集合了电子支付和聊天功能的软件很是流行，互发红包成了最高效的沟通方式，除了一对一定额红包，还能在聊天群组里一下发多个随机数额的红包，先点先得，比拼手气。虽说有时候抢到的也只是一分两分，可毕竟

　　　　　　　　　　　　　海鲜饭店

是钱啊，大多数人看到红包还是会抢，甚至诞生了职业抢红包手，混进各种聊天群组，从不说话，只抢红包。每逢过年，抢红包的氛围尤其火热，围坐在年夜饭桌上的一家人都各自盯着手机抢红包，根本不动筷子，这种时候，也只有上了年纪的老人才会唏嘘感慨，斥责后辈没规矩，后辈们放下手机吃一阵子，便又忍不住去刷手机看还有没有漏掉的红包。

小关自然没经历过这些，他是从爷爷专著的序言里读来的。爷爷是一位经济学家，研究的就是大萧条。在其便捷诱惑下，消费者愈发依赖电子支付，当纸币流通率降到极低时，网开始收紧了，先是电子支付的费率优惠降低，再是转账手续费增加，到后来取现困难重重。一种通过红包传播的病毒彻底击垮了电子支付平台，抢到红包的人发现账户余额不但没有增加，反而减少了，一时人人恐慌，想要取现，他们这才发现，自己电子账户里的钱再也拿不出来了。病毒是危机的直接导火索，可根据爷爷的理论，早在"西格玛-关"系数达到0.86时，危机就不可避免了。电子支付平台的寡头垄断背后是层层利益勾结，泡沫破灭难免殃及池鱼，整个经济体系都受到牵连，人们再也不相信金融机构，蜂拥到银行网点取现，迅速增加的流动货币数量又引起了通货膨胀，物价上涨、商店坏账、工厂倒闭、政局动荡……就像多米诺骨牌一般，全球经济连同政体相继崩塌。

进门前，小关从包里摸出给蓝玥准备的红包捏了捏，说到底，还是大红纸包的钞票才有实感啊，爷爷小时候抢的电子红包哪能比呢？小关把红包里的钱掏出来又数了一遍，叹一口气，只有这么多了，春节给蓝玥包了红包，情人节压根没钱买礼物了。今年情人节是他们相恋十周年，结婚五周年，蓝玥跟了他这么久，没享过福，这回说什么他也要为她准备一份大礼。只能靠抢红包了。

大年初五这天，小关用编了很久的借口支支吾吾向蓝玥请假，说要外出一整天，没想到蓝玥一句都没多问，还说自己正好也有多年没见的小姐妹从海外回来，要好好聚聚，晚上都不一定回家。

小关出门后绕了远路，踩着一路爆竹屑走到大马路钱庄时，天已过晌午，在钱庄门口，他抬头望了望，太阳光疲软乏力，如同他的身体，他又摸了摸口袋里的药瓶，敲响钱庄大门。

钱庄虽叫钱庄，事实上没什么人来存钱，大萧条过去那么久了，人们对于把钱存进金融机构仍心有余悸。钱庄的主营业务是高利贷，总有人要钱急用，生意好得不行。钱庄放贷从不留抵押品，抵押品都在借款人身上，一旦到期还不上来，催款的就直接上门取，白纸黑字，童叟无欺。小关知道，自己若是借钱买礼物也还不上来，只能靠抢红包赌一把运气，门槛低，回报高。钱庄的抢红包活动是真刀真枪下场子的抢红包，纵使报名人数众多，报名费也压根平衡不了办活动的成本，真正赚钱的大头是赌客们下的注，借着过年，大家都愿意搏一搏彩头，也想看点带劲的。

第一关是智力赛，二对二比拼一百以内加减法，先吼出正确答案的加一点，答错扣一点，先得十点的晋级下一轮，输的直接淘汰，三轮过后人数只剩八分之一。算数对小关来说很容易，只要迫使自己抢先大声吼出答案就行，这一轮他过得轻松，手里攥了一把抢答赢来的小红包。

趁着中场休息，小关偷偷溜进厕所隔间，从兜里摸出药瓶，一口灌下其中的药水。这是增益身体机能的药剂，小关好不容易才从相识的酱油店店主那儿换来的，小关当然没钱买药，不过店主恰巧对大萧条的来龙去脉很感兴趣，用药剂交换了小关爷爷留下的绝版专著。

第二关是腕力赛，同样也是三局。小关的第一个对手是手臂足有他三倍粗的壮汉，裁判宣布比赛开始，壮汉猛地发力，小关死命憋住才没让他扳倒，壮汉一点一点施加力道，小关的拳背离桌面越来越近。突然，他的心脏猛烈跳动，像要跳出胸膛，他深呼吸，每一次呼吸都感觉气血往手腕涌去一分，终于，在一次呼气时他骤然发力，一下把壮汉的手腕扳倒，赢下这局。药起效了，接下来两局也赢得轻松，小关又拿到三个中红包。

第三关也是最后一关，耐力赛。剩下的十五名选手长跑，规则很简单，谁先到终点抢到红包就归谁，途中，选手们可以使用任何方式阻碍他人。十五名选手在起跑线上一溜排开，小关最靠边，发令枪响，他噌地蹿到前面，心想只要跑得比别人快就不用战斗了吧。其他选手显然不这么想，一枚飞镖从小关耳边擦过，幸好增益了的听力让他歪头闪过，不然他的耳朵恐怕早没了。后面跟上来的小个子抢起一根木棍就朝小关腿上招呼，身体本能让他跃起躲过，小个子对他紧追不舍，小关只得从他手里夺过木棍，又往他头上狠狠招呼一下，小个子倒在地上。

赛程过半，其他选手也已倒下大半。小关依旧处于领先，他已经能看到终点处立着的硕大红包，红包似乎用架子支撑着，架子上还坐着个女人。没想到阿杰说的是真的啊，抢到大红包就能和美人共度良宵，小关不想要什么美人，他只要钱就够了。说起来，阿杰呢？一整天都没看到他，大概第一关就被淘汰了吧，他数学一向不好。突然，小关后背被人重重拍了一掌，他转头看，是个脸上缠绷带的男人。

"关哥，没想到在这里碰上你。"绷带上咧开一道口，露出一口白牙。

"阿杰？你的脸怎么了？"小关脚下的步子顿了顿，立马又续上。

"前阵子不是快过年了嘛，我就在钱庄抵押了脸，借了笔钱寄回家，本想这回抢到红包能把钱还上，没想到他们连几天都通融不了。"阿杰说完，侧身打飞一个试图偷袭他的选手。

场上的选手越来越少，小关和阿杰各自又对付了几个，很快就只剩他俩了。终点越来越近，坐在终点的女人裹着一块红布，脸半埋在布里，布底下露出两条光腿，脚指甲涂着和红布同色的指甲油。

这么冷的天，她不冷吗？

"关哥，"阿杰靠近小关，"你为什么想抢红包？"

"我？"小关犹豫了一瞬，还是说出来，"我想给蓝玥买件礼物，在一起这么多年，我都没送过她什么好东西。"

"嫂子真有福啊……"阿杰幽幽说道，"真羡慕你们，不管日子过得怎么样，至少还有个伴。不像我……"

"快别这么说……"小关不知该怎么安慰阿杰，只好发问，"你抢红包又是为什么？"

"赚笔钱讨老婆，爸妈年纪都大了，他们就盼着媳妇和孙子了……"

"阿杰……"小关差点就脱口而出要不自己就退赛把红包让给阿杰吧，可想到蓝玥，又把话咽了下去。

"关哥，嫂子知道你来抢红包吗？"

"……不知道。"

"那你也不知道她来这儿吧？"

什么？蓝玥来了？小关抬头四顾，蓝玥难道一直在看台上看他？这可糟了，该怎么跟她解释啊。

"关哥……"阿杰顿了顿，"嫂子在那上面呢。"

小关望向前方，一阵冷风吹过，裹在女人身上的红布被掀开一角，露出半张脸来。挑眉，红唇，妆比平时要浓，风格也更凛冽，却一样美，从他们认识的第一天起，她就一直那么美，十年来，从没变过。

"关哥，对不起了。"

阿杰的拳刀猛地砍向小关后颈，他向前俯，避开大部分力道。趁这工夫，阿杰超过了小关。小关伸出双臂，环抱阿杰双腿，阿杰也在惯性的作用下倒地。两人扭打在一起，到后来，小关已经分不清楚自己打的到底是阿杰还是地面，他满脑子只有她露出红布的半张脸，还有眼角晶莹的泪水。蓝玥，你为什么要这么做？如果其他

海鲜饭店

人抢到了红包可怎么办?

地上的阿杰不动了，小关站起身，一步步朝终点走去，他越过线，径直走向红包，她跳下来，他接住她，紧紧搂进怀里。

"对不起，关宇……"她啜泣。

"嘘，我知道，我都知道……对不起……"他把她搂得更紧了。

小关读过上上世纪那篇著名的短篇小说，夫妻俩为了凑钱给彼此准备礼物，卖掉了他们最心爱的东西。是蓝玥推荐他看的，年轻的她最爱古典文学。那时候，他们刚开始热恋，小关告诉蓝玥说他读后深受感动。他是骗她的，其实他很怀疑，艰苦的物质条件下，如果连起码的坦诚都做不到，一段婚姻真能长久吗?

小关腾出一只手抓住硕大的红包。说到底，还是大红纸包的钞票才有实感啊。

月见潮

　　月无镇的夜晚并不如人们想象般漆黑无光，见不到月亮，漫天繁星成了夜幕的主角。据说在晴朗无云的夏夜，若望向西面天空，运气好时能看到太阳，那颗最初给予人类光与热的太阳。丈夫去世前，总爱摆弄他那架天文望远镜寻找太阳，戴安却不感兴趣，她对天上的一切都不感兴趣。

　　退休以后，她的生活愈发清寂。门铃响起的刹那她愣了一下，上次听到门铃仿佛是很久以前，打开门，她发现只是个包裹。包裹很轻，外包装在长途颠簸中染上污渍，发件人信息模糊不清。会是谁寄来的？戴安没有头绪。她拆开包裹，数层塑料膜中躺着一枚印花信封，还有一个牛皮纸小包。抽出信笺时，几缕羽兰暗香逸散而出，是上好的香墨，经久不衰。

　　安：

　　　　这些年来你过得好吗？我挺好。他离世后，抚恤金还算丰厚，作为遗孀，我的特权也得以保留。不错的婚姻买卖。

　　　　尽管不想承认，可我们都老了啊，我不知道还能有几天，有些话想当面跟你讲。

回向月面一趟吧，我的公馆在月见城近郊，不太好找，随信附上地图。

不必回信。等你来，若开车来正好能赶上葵江大潮。希望我也能赶上。

爱你的琳

P.S: 小包里的东西，你还记得吗？

戴安揉了揉太阳穴，是艾琳，她的语气一点没变。同寝三年，戴安从未见任何人拒绝过艾琳的请求。她循折痕展开牛皮纸，内里露出一个白色小盒，不知为何，她心跳得厉害。打开盒盖后，一丛灰绿跃入视线，是历藻。她平复呼吸，移到水池边，往盒子里注满水，历藻慢慢舒展，褪去灰色而转为墨绿。她小心取出历藻在桌上摊平，关上灯，看它浮起荧光，那荧光并不连续，而是每隔一段平均分布，在黑暗的屋里与窗外的星光呼应，仿佛传达着某种信号。那段尘封已久的往事重又浮上心头，好像阳光下的细尘，她闭上眼不想看到，再睁眼它们却仍在眼前舞蹈。她记得，从开始到结束，她从未忘却。

"大新闻大新闻！这次赫林潮汐大会上有一篇比喆论文！"艾琳大叫着冲进寝室。

戴安半躺在床上，一动没动，"你什么时候关心起学术来了？这还真是个大新闻。"

艾琳拽起戴安，"那当然，这次潮汐大会规模空前，学校安排了各种晚宴和社交活动，身为赫林第一大学的首席公关，我怎么能不关心？"

"让你来当首席公关，我校的学术水平恐怕会被人质疑死吧。"戴安的目光没有离开手中的资料，"一定是哪个无聊的比喆人远程空投一篇论文，作为反面教材来挨批。"

"是来参会的真人！第二天上午第三位发言人，比喆科学院能源研究所研究员，议程上写得清清楚楚。"艾琳抢过戴安手里的资料，塞去一份仍散发着油墨味的大会手册。

"研究能源的跑我们会上来干吗？"这次潮汐大会由戴安所在的天体物理系与水文研究所联合举办，据说吸引了整颗赫林星上的相关学者。

艾琳凑近戴安，神秘兮兮地在她耳边吐出三个字："潮汐能。"

"潮汐能？用潮汐做能源？但这怎么可能……"戴安读过提及古地球潮汐能的文献，可殖民星上的条件与地球截然不同。赫林与比喆相互绕行，没有相对位移，引起潮汐的引力源就只有恒星，可恒星的影响并没多大。

"怎么不可能？"艾琳反问道，"你以为这次会议真的只是为了研究潮汐本身啊？没有利益可图的话，系主任才不会出这份力呢。比喆水多，自然比我们先发现潮汐能的开发前景。"

"说得也是，葵江的潮差虽然不大，潮量却相当可观。如果把潮汐能利用起来，说不定能源短缺问题就能找到新出口，赫林发展也就没那么多限制……"

"你怎么又认真了，这么工作狂小心嫁不出去。"艾琳打断戴安。

戴安摆弄着挂在脖子上的实验室钥匙，"谁要嫁啊，我乐得以实验室为家。哪像你成天让师兄帮忙做实验写论文，当心毕不了业。"

"毕业论文中期检查不是还有一阵嘛，要努力也得先把潮汐大会开完呀。"艾琳推了推戴安，"你说，这个比喆人是不是很勇敢？单枪匹马来到赫林。这几年局势紧张，能来的人必定很厉害，他也不怕有个万一——"

"万一爱上赫林姑娘回不去？又在幻想你那些比喆偶像剧啦，省省吧，说不定来的是个秃顶大叔，让我看看你的大叔叫什么名字。"戴安翻开艾琳方才塞到她手上的大会手册，翻到议程那页，找到比喆科学院能源研究所研究员，后面跟的名字却让她大吃一惊。

　　　　　　　　　　　　　海鲜饭店

"怎么啦？比喆人的名字把你帅傻了？"艾琳伸手在戴安面前晃晃，又拽过手册，"尤伽，这名字好像很耳熟……"

戴安咬了咬嘴唇，"那个写信给我的比喆人。"

"我想起来了！那个害你被系主任大骂一顿的家伙，他是来找打的吗？等我把系里男生都叫上，好好教训他一顿。"艾琳往上卷了卷袖子。

戴安摇摇头，"他说得……确实有道理，是我的模型还不完备。"

"可直接把信寄到系里也太过分了吧？"

"论文里只留了我的学校系别，没有私人地址。想找我也只能寄到系里了……他恐怕不知道赫林的信件抽查制度吧。"

艾琳搂住戴安的肩，"别怕，他要是敢对你怎么样，我替你找人出头！"

"谢啦，有艾琳女神的圣斗士保护，我谁都不怕。"戴安努力往上牵了牵嘴角，最终还是垂下去。

赫林首届潮汐大会的第一天下午，戴安最后一位演讲，作完报告后她正准备离开，却见一位陌生男子走来。他上身穿着宽大的印花T恤，几乎垂到膝盖，下身的裤子却仅到脚踝，这搭配实在怪异，和艾琳看的那些比喆偶像剧服装倒有些相似。戴安暗自皱眉，片刻后意识到他是谁。

"我没收到你的回信，就想亲自来看看是不是已经说服了你。没想到你还有错得更离谱的，'论伴星天平动①对主星潮汐的影响'，"男子走到戴安面前，"研究本身倒是精彩，不过比喆可不是什么伴星，比喆与赫林是不折不扣的双行星②啊。"

---

① 天平动，从 A 天体环绕的 B 天体上观察所见到的，真实或视觉上非常缓慢的振荡。天文学家们长久以来都只用在月球相对于地球的视运动，并且选择一个点来平衡与对比晃动的尺度，但这些振荡亦适用于其他行星，甚至太阳。

② 双行星，如果两颗相互绕行的行星系统重心不在两者任何一个的内部，则该系统是一个双行星系统。

"这里是赫林……况且，比喆的质量与体积较赫林而言都小了不少吧。"戴安抱起双臂，她没猜错，这位就是与她在信中争论许久的比喆研究员，没想到他这么年轻。

"相对差距没那么大，再说两星的共同质心不在赫林内部，当然也不在比喆，而是落在自由空间中的一点，完全符合双行星的定义。"比喆人把双手插进口袋。

戴安耸耸肩，"随你咯。"她不想和一个比喆人争论两星关系，尤其是在这里。

男子笑了，伸出右手，"初次见面，我是尤伽，比喆科学院搞能源的。想必你猜到了吧。"

戴安没有伸手，"客套就不必了。我希望你不是来找我麻烦的。"

"找你麻烦？还真的是。"尤伽咧开嘴角，"说实话，读你的论文、和你通信，我都以为戴安是个男人，没想到竟是位美丽姑娘，这麻烦我就更不得不找了。"

戴安心里咔哒一声，她向来讨厌别人拿性别说事儿，什么女人不适合科研，天体物理是男人的领域。她和艾琳是所里仅有的两名女生，艾琳或许享受着男生们竞相献上的殷勤，戴安可不觉得这是什么好事，她一概拒绝实验和研究过程中来自异性同学的"帮助"，系里男生也识趣地对她敬而远之。"抱歉让你失望了，我只是个女人，对科研略懂皮毛，就不耽误你的时间了。"说完，她欲转身离开。

艾琳的身影横插入戴安和尤伽之间，"我猜猜，这位就是比喆先生？"

"这位小姐，我正与戴安小姐说话呢，可否请您行个方便？"尤伽伸出右手，掌心向上滑向一旁。

沉默。戴安无法想象此刻挡在她面前的艾琳的表情，从没有人敢怠慢她，从没有人敢拒绝她。

片刻之后，艾琳挺了挺胸，"戴安小姐并不想跟你讲话，该走的

　　　　　　　　　　　　海鲜饭店

人是你吧。"

"哦？这恐怕得戴安小姐亲自抉择。"尤伽歪下头，视线绕过艾琳看向戴安。

戴安勾过艾琳的手臂，"我们走，不用和他多说。"

经过尤伽身边时，艾琳哼出一个响亮的鼻音。

拐过两个街角后，戴安停下回头看了看，"没跟上来，你先走吧。你不是还要去参加会议晚宴吗？"

"那你怎么办？"艾琳也回头望了望。

"我没事啊，去图书馆看几篇文献就回寝室睡觉。那比喆人还能吃了我不成？倒是晚宴上如果少了艾琳女神，那群男人恐怕会把房顶都掀了。"戴安理了理艾琳被风吹乱的刘海。

"那好吧，你一个人要当心。"

"放心，快去陪你的圣斗士们。"

"是他们排队陪我才对吧。"艾琳扬起头，骄傲的笑容重又回到脸上。

"那当然。晚上见咯。"

"晚上见。"

等艾琳走远，戴安才叹口气继续往图书馆方向前进。刚与尤伽开始通信的日子其实算得上愉快，他们之间的讨论完全围绕学术问题，不论其他，她确实从他那里得到了些启发。如果不是最后那封信被系主任抽查到的话……那天，系主任的脸是猪肝色的，把信甩到桌上告诫她不要听比喆人的瞎话。她本已根据尤伽建议做了调整的模型也被要求改回原样，几个月来的努力都白费了。戴安知道尤伽提的建议更加合理，可面对怒气冲冲的系主任，她说不出口。

"呼，你的保镖终于走了。"前方巷子里蹿出一个人影，恰是尤伽。

戴安转身欲绕开，却被几步堵到面前，"我又不会把你吃掉，躲什么呢？真怕我找你麻烦？"

"我一介女流之辈，恐怕不值得你找麻烦。"戴安没有看他。

"这是什么话，在比喆可没有性别歧视。我最欣赏的同辈学者竟是一位美丽小姐，我高兴还来不及呢，不枉我特意准备了见面礼。"尤伽从口袋里掏出一个白色小盒递给戴安。

她狐疑地接过来打开，盒子里躺着一团灰绿色植物，蜷缩在盒子一角，似已干枯。"这是……"

"历藻，比喆独一无二的特产。你在论文后记里提过对比喆生物的好奇吧，希望你能喜欢。"尤伽露出灿烂笑容，"对了，我来之前想，如果戴安是个秃顶大叔的话，我还是把它带回去比较好，省得给他错误暗示。"

"谢谢……"赫林与比喆虽相互绕行，星表生态却完全不同，小时候在杂志边栏读到的比喆风物对戴安来说就像童话般不可思议。这叫历藻的小东西虽不起眼，却是比喆来的，戴安心底暖暖的。

"为了把这小家伙带来赫林，真是费了我不少功夫。不知能否换得戴安小姐陪我逛逛赫林？我还有些学术问题想请教你。"尤伽微微低头欠身，目光却锁定戴安的双眼。

第一回有异性对戴安用"请教"一词，她一阵心悸，脸颊热度上升，慌忙转身避开他的目光。既然他这次能来赫林开会，那与邻星学者进行学术交流应该不会惹恼系主任吧？戴安横下心，"走，带你去吃赫林美食，边吃边聊。"

月见城位于赫林向月面，是整颗星球的政治、文化和经济中心。戴安虽非本地人，在赫林第一大学的求学生涯早已让她摸透了这座城，知道哪里才有地道又便宜的餐馆。

尤伽举起酒杯敬戴安，"谢谢你的款待，赫林美食果然名不虚传，这酒也是，香味和烈度都恰到好处。"

戴安同他碰杯，一口饮尽杯中液体，忍不住得意起来，"五年的

　　　　　　　　　海鲜饭店

葵露酒，只有向月面的月葵才酿得出这种味道，在比喆喝不到吧？"

尤伽放下酒杯，"比喆能零星见到月葵的地方只有月陆岛，可岛上也聚集了比喆的大半人口，挤得透不过气，给观赏性植物留下的空间少得可怜。"

"你们有那么多小岛，一人一个都还嫌多吧？"课本上关于比喆的第一课就是那为海洋环绕的群岛地形，与以陆地为主的赫林截然不同。

尤伽摇摇头，"尽是些不适合住人的岛屿。"

"那还吸引了那么多游客？贵星高速发展的旅游业可是让赫林官方压力不小啊。"

"呵，"尤伽笑了，"游客不会长久停留啊，来比喆租个小岛，享受无人打扰的假期，假期结束后就离开，什么都不用担心。比喆人的日常可不是这样。"

"那你们的日常是……天天捕鱼？"离开赫林抵达比喆的初代移民正是通过渔业存活并发家，戴安脱口而出的玩笑话逗乐了她自己。

尤伽笑得更欢了，"不错，戴安小姐有机会一定要来比喆尝尝新鲜水产，我亲自下海打捞。"

"也许吧，可惜比喆欢迎全联盟的游客，单单不对赫林开放个人旅游。"戴安耸耸肩。

"作为访问学者来，"尤伽敛起笑容，"我帮你打通比喆那头。"

"哎？"尤伽突转的话锋让戴安紧张起来。

"我是说，你的研究很有潜力，比喆科学院一定欢迎你来交流。"尤伽又恢复了方才的轻松语气。

戴安悬起的心落下，自嘲道："赫林可没那么容易放人，即便是女人。"

尤伽哼了一声，"我们星球上可没性别歧视，能力就是能力，与男女无关。再说，你的论文质量确实很高，逻辑缜密细致，只不过——缺了点野心。"

"什么?"前半句话让戴安听得舒心,后半句却让她一愣,她从没听过这种评价。

尤伽双手交握搁上桌子,身体前倾,凝视戴安的双眼说道:"你的论文在理论方面完美无缺,却没涉及实际应用。赫林与比喆互相潮汐锁定①,能够影响潮汐的就只有行星天平动和相对恒星的位置,算出两者叠加的引力效应就能预测潮汐。"

"那又如何?"戴安脑中隐约飘过一丝可能性,却抓不出那个想法。

尤伽凑得更近了,压低声音说:"我正在设计一套存储潮汐能的新方案,如果能准确预测潮汐,能量利用率将大大提高。这不是我明天要演讲的论文主题,却是我这次来赫林的主要目的,我想与你合作。"

戴安心里拉起警戒线,却克制不住对尤伽方案的好奇,"我为什么要跟你合作?我连你的真实研究是什么都不知道。"

"有什么安静的地方适合讲话吗?"尤伽起身往外走。

戴安也站起来,在她意识到自己的身体在干什么前,已加快脚步超过了尤伽,说:"去学校植物园吧。"

第二天,尤伽上台发言时,艾琳撇撇嘴对戴安说,"瞧这家伙,学术水平一定不怎么样,白白长了一张比喆偶像剧男主角的脸。"

戴安随意嗯了一声,陷进前一晚的回忆。尤伽的方案前景无限,在羽兰的清幽暗香和清朗月色中描绘出一番双星共同发展的美好未来。戴安此前从未遇到过在学术上同她如此合拍的人,不,不光是学术上,还有其他方方面面,他们一整晚的交流碰撞出朵朵火花,让戴安诧异于自己的思维竟可如此活跃。回寝室后,她一夜无眠。

---

① 潮汐锁定,潮汐锁定的天体绕自身的轴旋转一圈要花上绕着同伴公转一圈相同的时间。这种同步自转导致一个半球固定不变地朝向伙伴。通常,在给定的任何时间里,只有卫星会被所环绕的更大天体潮汐锁定,但是如果两个天体的物理性质和质量的差异都不大时,各自都会被对方潮汐锁定,这种情况就像冥王星与卡戎。

雷鸣般的掌声将戴安拉回当下，身旁的艾琳有些发愣，紧紧抿着嘴。

尤伽走到近前，朝艾琳领首，艾琳转开头，他面向戴安说："我的演讲如何？今晚还能请你赏光作陪吗？"

慌乱中，戴安点了点头。直到尤伽走远，她才听到艾琳冷冰冰的声音，"原来你们冰释前嫌了啊。"

戴安对上艾琳冰冷的目光，不知为何，一阵心虚，"昨晚恰好遇上就聊了聊论文，我发现他其实没有恶意……"她舔舔干燥的嘴唇，"今晚你有空吗？一起陪客人逛逛赫林吧，你可比我有经验多了。"

"那可得看对方有多少诚意了。"艾琳挑起眉毛。

戴安摇了摇艾琳的手臂，"你就当陪我嘛，省得我一个人占弱势。"

艾琳眼中的冰融化，"好吧，看在你的面子上。"

戴安松了口气，紧紧按住包里那盒历藻，挤出一丝虚弱的笑。

戴安爬上椅子，从橱顶搬下多年不用的行李箱，隐隐作痛的腰背肌肉提醒她身体已不如当年，幸好她的林鹿依旧保养良好，岁月反倒给暗红色车身镀上一层光泽。戴安发动引擎，向她生活了三十标准年的月无镇告别。

从月无镇往外的路算不得堵，林鹿一路往东，通行无阻。天色转黑，戴安不禁瞥向东方天际，满天星星，不见月亮，她笑自己心急，抵达向月面前不可能看见比喆。林鹿驶进最近的旅馆停车场，戴安进店开房。电视新闻正播报这一年赴赫林旅游的游客总数又一次创下新高，继比喆的度假海岛之后，赫林的文化遗产成为外星系游客新的最爱，两星政要正为加强深入合作进行磋商。在看不见比喆的月无镇住了那么久，戴安几乎忘了两星恢复外交已有两年。

"太太，请收好您的证件和房间钥匙。"

戴安接过掌柜递来的东西，正想离开柜台，一对年轻男女推门而入，向掌柜询问房间。戴安缓下了脚步。

"抱歉，今晚已经没有大床房了，双床标间可以吗？"掌柜从记录本上抬起视线。

女孩嘟起嘴，甩开男孩牵着她的手，"我早让你订房间了，你偏说不用。"

"不是还有房嘛。"男孩抬手拭去额头沁出的汗珠。

"双床！两张床！"女孩毫不顾忌旁人，高声抱怨起来，"陪你来背月面这种破地方也就算了，还要分床睡，我们还能在一起几天？"

"我只是想在离开前和你一起走遍赫林……"男孩伸手欲抚女孩肩膀，却被躲开。

"那就别走，留下来。"女孩的话音柔和下来。

"留下来……你父母能同意我们在一起吗？他们要是发现我们已经……"男孩的声音低下去，随后又扬起，"放心，一旦我在比喆站稳脚跟，马上接你过去！"

女孩别过脸去，"谁知道你会不会变心，那么危险的工作，谁知道你会不会出什么事……"说着，她淌下泪来。

男孩慌忙上前抱住她，又松开一只手去擦她的泪，"别哭啊，只是探索开发新的小岛而已，我会小心的，怎么可能抛下你一个人呢？他们都说比喆社会自由开放，机会多，来钱快，为了我们的未来，我必须冒这个险。只要再等几年，不，也许用不了那么久，我们马上会团聚的。别哭了，好不好？"

女孩不说话，反倒哭得更厉害了。

戴安松开手，把留有她体温的钥匙还给掌柜，"这间大床房给他们吧，替我换个标间。"

女孩抽着鼻子，和男孩一起连声向她道谢。

等那对年轻情侣走远，掌柜小声对戴安说，"太太您人真好。现在的年轻人，真是不知分寸，父母不同意就私奔，没结婚就睡到一起，尽是比喆传来的歪风邪气。要我说，赫林根本就不该跟比喆签什么双边协定，开放贸易开放旅游开放工作，什么都开放了，老祖宗的规矩却忘了。"

看着女孩依偎男孩的背影，戴安叹了口气，没有说话。至少，如今分居两星的情侣不会连一面都见不着。

为期五天的潮汐大会结束后，戴安、艾琳与尤伽之间的隔阂彻底消除，艾琳甚至放弃大会组织的社交活动，转而与戴安和尤伽一道单独行动。其他参会者给这脱离大部队的三人组合起了个名字——双星环月，两位星星般闪耀的赫林姑娘环绕月球来客。

听说这个名号时，艾琳大笑不止，拍着尤伽的背说，"哈，真有意思，我们俩是恒星，你是行星，地位可不一样。"

"在古地球，月亮被视作是比星星重要得多的天体。"戴安转开视线，艾琳不再敌视尤伽，她当然高兴，只是这些天来她数次想找机会单独同尤伽进一步商量合作研究事宜，艾琳总是在场，而且每当与尤伽说话时，艾琳总是凑得特别近。也许只是错觉，艾琳对谁都那么热情，戴安在心底安慰自己。

尤伽退开一步，走到戴安身旁，说："好啦好啦，我当然是你俩的陪衬。"戴安轻舒一口气。

艾琳却又跟上来，一手搭在尤伽的肩上，一手挽住戴安手臂，"那么伴星先生，接下来你陪我们去哪儿呢？双子女神庙的祭典还是中央广场市集？或者去看月葵展吧，比喆上绝对没有那么多种月葵。"

戴安拽了拽艾琳的胳膊，"你不要命啦？没听系主任今天说毕业论文中期检查提前了吗？这次大会正好把专家们聚到一起，检查小组里的不是慈眉善目的学校老师啦，都是些严得要命的学科带头人，被抓到不合格说不定连毕业都难。你的论文根本没怎么动吧，还不抓紧开工？"

艾琳一拍脑袋，"对哦，我怎么忘了这茬。尤伽，你帮帮我好吗？我的选题还有很多没想明白的地方，可以给我讲讲吗？"

"我很想帮你，可实在抱歉，我和你的研究领域不一样，似乎帮不上忙。况且，我明天要启程回比喆，今晚得收拾行李，恐怕不能为二位效劳了。"尤伽再次从艾琳身旁退开，往戴安的方向挪了挪。

"什么，你明天就走？"戴安不禁从艾琳手中挣脱臂膀。

"是，赫林政府只允许我待这么久。"尤伽嘴角浮起苦笑。

艾琳一愣神，上前一步，双手捧起尤伽的右手，"这就走了？你还会来看我们吗？不，你马上就会忘记我们的。"她甩下尤伽的手，却又留一手与他指尖相连，背转过身，抬起另一只手轻揉眼眶。

趁艾琳不注意，尤伽从裤子口袋里摸出一张纸条塞给戴安，戴安一愣，迅速攥紧握在手里。

"怎么可能忘记你们呢？我发誓，只要我的研究项目能得到贵星政府的准许，我一定尽快回来。潮汐能的开发前景很好，我们会马上再见的。"尤伽举起艾琳的手，凑到唇边，片刻犹豫后，轻触一下。戴安的心如被针刺般难受。

艾琳回身拥抱尤伽，"噢，千万要信守诺言！我们会等你的，青春短暂，别让我们等太久。"

"那当然。"越过艾琳的肩头，尤伽朝戴安眨了下眼，视线落到戴安手上，随后探询般看着她。

戴安咬了咬嘴唇，点下头，脖子上的实验室钥匙轻轻撞击她的胸口。

月亮的清辉洒进房间，戴安睁眼躺在床上，静静数着艾琳的呼吸，直到她的呼吸声缓慢平稳，戴安才轻轻下床。来到走廊上，她发现忘带了尤伽叮嘱的历藻。转身推门发出的吱呀声在静谧的夜里被无限放大，床上的艾琳翻了个身，戴安屏住呼吸，停在原地，见她不再有别的反应，才小心翼翼进屋从包里摸出历藻，揣进怀

　　　　　　　　　　　　　海鲜饭店

里离开。

尤伽在纸条上约她到植物园见面，让她带上历藻，瞒着艾琳。四下无人的夜晚，他要和她谈论合作吗？又或者是别的什么？戴安心底涌上几分紧张和兴奋，可一想到他明天就要离开，伤感又立刻占据主导。

赫林第一大学的植物园坐落在一片小山坡上，从那里可以俯瞰整个校园，还有远处的葵江。靠近入口的羽兰花圃正对一架赫林藤秋千，夏天藤上开满粉蓝色小花。不在实验室或图书馆的时候，戴安最喜欢坐在秋千上看书，一高一低的摇荡能帮她理清思路，解决难题，几天前的晚上，戴安与尤伽正是坐在这秋千上聊了整晚。山坡顶上有一块平坦地面，再往前是断崖，崖边筑起石造的围栏，近围栏处有一片月葵田，中央的空地可供一人躺下，看书累了，戴安总爱躺在那里望天发呆。可今晚，她的领地被别人占领。

"在这里看比喆的感觉真奇怪。"尤伽的声音从低处飘来，听起来有些飘渺。

戴安走到他身旁坐下，双臂环膝，"从比喆上看赫林是什么感觉？"

"又大又圆的月亮。"

"哈，"戴安忍不住笑出声，"从这里看比喆也一样啊。"

"不一样，赫林更大些。而且……"尤伽停顿了一会儿，"反正就是不一样。"

"你说，比喆上这时候也有人看着赫林吗？"戴安问出口才意识到这问题有点蠢。

"不会，这个时候，比喆向月面是白天。"尤伽的声音有点干涩。

是啊，赫林夜晚月圆的时候，恰是比喆向月面的正午，唯有黄昏或凌晨前后，两颗星球上的向月面中点才有可能同时看到半轮月亮。戴安诧异于自己竟忘了如此基本的专业知识。

"带历藻了吗？"尤伽单手撑地，支起身子。

"嗯。"戴安递出怀里的历藻。

尤伽接过去，说："知道它为什么叫历藻吗？"

戴安摇头。

"因为它能纪年。"尤伽摸出一瓶水，往盒里注满，"它看起来干枯了，加点水就能复活。"

借着月光，戴安盯着盒子里的历藻，起初好像没什么变化，渐渐地，整个盒子被舒展的历藻填满，再接着，月光下的历藻泛起另一种荧光。戴安不禁惊叹出声。

尤伽用两指轻轻捏起历藻，展开，使其成一直线垂直坠向地面。戴安这才发现，那荧光是每间隔一段才有的，每一段间隔几乎都一样长。

"生物学上的未解之谜，起初人们以为这是海水中某种物质的周期性变化引起的，可它被捞出海水养进纯净水后仍在生长，仍像过去一样每隔一段发出荧光，每两段荧光细胞之间的生长周期间隔一年。"

戴安接过静静散发荧光的历藻仔细端详，纤细的藻叶触得她指尖发痒，"好神奇啊，星球的周期性运动影响着星球上的一切，赫林与比喆的运动完全同步，孕育出的生命却如此不同。"

尤伽轻笑出声，"有没有人告诉你，你认真的样子很可爱。"

"哎？"戴安脸颊烧起来，幸好月亮的冷光遮掩了她脸上的红。

尤伽站起来，伸出一只手给戴安，她犹豫了一下，抓住他的手也站起来。

他走到崖边，倚上石栏，"听，葵江的潮。"

戴安跟过去，远处的葵江在月光下好似一条玉带，承载碎光，蜿蜒起伏，低沉的涛声越过沁凉的夜，钻进戴安耳中的只余隐约隆隆。

"跟我合作吧，把潮汐研究透彻。如果能充分利用潮汐能，无论对赫林还是比喆来说都有巨大好处。"尤伽的声音仿佛很远。

"你在比喆不是一样能做吗？"

　　　　　　　　　　　　　海鲜饭店

"赫林的水体更简单，更适合先期研究，在赫林把原理搞清楚再应用到比喆会容易得多，而且，"尤伽转身看向戴安，"赫林有你。"

她的脸更红了，"要将赫林的研究成果应用到比喆，意味着得全部重新推导一遍，所耗的时间……"

"不管要多久，有你和我在一起就够了。"

"在一起？"尤伽的话击响了戴安的心鼓。

"不光是研究上的合作，还有生活上的。不，不只是合作，相依相伴，相互扶持，相爱走过一生。"尤伽眼里盈满月光，"第一次读到你的论文时，我就相信自己和作者一定能成为挚友。发现作者是一位姑娘时，我知道，我和你可以不仅仅成为挚友，那晚的交流更加深了我的想法。"

戴安心里的鼓越敲越响，"可你明天就要走了……"

尤伽轻叹口气，"我必须先回比喆，说服他们跟赫林合作研究。不过我会回来，来找你。"

戴安轻轻点头，"你要去多久？"

月光在尤伽眼中摇晃，"不知道，也许很快，也许很久。如果短时间内回不来，我会写信给你。等我。"

"可是艾琳……"戴安想到挚友眼中的泪水，心下难受。

"我不在乎，你该知道，我在乎的只有你。"

尤伽眼中的月光向她涌来，她跌进清凉的怀抱，好像溺水般呼吸困难，在她窒息之前，两片温暖的嘴唇贴上她的唇，她小心翼翼张开嘴，试探着品尝这甘美。片刻后，她放松下来，改用唇舌探索他。羽兰和月葵的花香交糅，妖娆迷蒙。她在这香气中重新活过来，好像此前她从未真正活过。

车驶过东月界线后不远，戴安把林鹿停进路边的加油站。天色已近黄昏，她想在这儿等等，等黑夜降临，等月亮升起。加油站有一家迷你茶厅，戴安要了一杯羽兰茶，坐进面向东方的露天茶座。天色渐暗，呈现出一片近乎透明的紫色，好像刚从花蕾中抽出的羽兰花瓣。夕阳最后的光与热笼上戴安裸露在外的后颈，好似一层薄薄的轻纱，蹭得她发痒。比喆的轮廓在东方天幕隐约浮现，一轮圆满的环，在愈发暗沉的紫色中愈加明显。浅紫沉淀为绛紫，又过渡成蓝紫，最终化作深蓝，乳白色的月盘嵌于其上，散发出温和的柔光。戴安抿一口茶，袋装茶入口不够顺滑，好在羽兰的幽香没有打折。在月下，她整个人变得清亮起来。三十标准年不见，比喆还是一样可爱。

"太太，请问我可以坐这儿吗？"

头戴窄檐帽的中年男人半弓着身子看向戴安。她点点头。

男人坐下，摘下帽子搁到桌上，"月色真好。"

"是啊，尤其是久别重逢的时候。"戴安回味着羽兰茶的清香。

"从背月面来？"

"对。"

"那儿不剩什么人了吧？签了双边协定以后，赫林一大半人口都跑来向月面了。"男人的语气并不怎么高兴。

"哦？那向月面应该很热闹咯？"戴安忆起月见城的市集和祭典，她在月无镇的这些年再没见过那番热闹景象。

男人叹口气，"都从向月面搭船去比喆啦。离航空港近的月见城还算好，其他城市都空荡荡的。我这一路见多了准备去比喆工作的年轻人，都说月亮上机会多，就这么背井离乡去给外星人打工。"

"比喆上的人都是从赫林过去的，算不得外星人吧。"戴安微微蹙眉。

男人哼一声，"当年去比喆开荒的还不是些失败者，在赫林混不下去才背井离乡，这么多代过去了，他们靠那些小岛致富了，哪儿还有人记得赫林？翅膀硬了就不认亲娘，从他们闹独立起，就成了不折不扣的外星人。照我说，就该继续不跟他们往来，直到比喆人认错。"

　　　　　　　　　　　　　　　　海鲜饭店

戴安避开话题，"开放之后，赫林也多了不少其他星系的游客吧。"

"那些外星系佬，只会在月见城对着月亮傻笑，一进双子女神庙就大呼小叫。"男人抓起帽子给自己扇风。

戴安没有答话，男人口中的外星系佬，有一大半与赫林人比喆人同根同源，古地球的血脉散布在联盟星域的各个角落。

片刻寂静后，男人重又开口，"太太，那车是你的吧?"

他指的是停车场上那一抹暗红，戴安嗯了一声。

"三十标准年前月见城产的林鹿? 保养得真不错。"男人咽了口口水。

"谢谢。那可是我最疼爱的孩子。"戴安远远望着爱车，这种车型早就停产了，如今的车子都采用流线型设计，有棱有角的古董林鹿反倒别具风韵。

"太太，我想，"男人顿了顿，"我是说，你有没有考虑过卖车?"

原来是看中了她的车，戴安反问道，"你会把自己疼了三十年的孩子卖掉吗?"

"我可以出高价。我收藏古董车……"男人急忙接口。

戴安摇摇头，"对不起，我还要开着它去向月面看潮呢。"

"看潮?"男人一脸惊讶，"照这车的速度，你抵达向月面差不多正好是大潮，你一个人去看潮? 这太危险了，你都这么大……"

戴安打断他，"按照联盟标准，我才五十六岁，没那么老吧。何况，我还要赶去见一个老朋友。抱歉，我得上路了。"

她朝男人欠了欠身，把他的"对不起"抛在身后，回到爱车旁。坐进驾驶座前，她又望了一眼天空，月亮不那么圆了，圆盘右侧缺了一小块。她知道，如果留在原地，随着夜渐深，月亮的缺口也会越来越大，直到黎明前夕，只剩左侧的一弯残月，最终消失在明天的第一缕阳光之中。

戴安被从床上叫醒时，艾琳不在房间。迷迷糊糊中，她听到来人说些什么"间谍""泄密""比喆"，她还没弄明白就被请去"配合调查"。她在赫林安全局的调查室里坐了一整天，重复了一遍又一遍这五天来所有的细节，口干舌燥，嘴唇表皮几乎磨出水泡。当然，她略去了与尤伽私下交流的内容。

"实验室的钥匙呢？"这天快结束时，紧绷着脸的调查员突然问起。

钥匙？戴安摸了摸脖子，一直挂在脖子上的项链不见了，她试探性地问："被你们收走了？"

调查员摇头，"不在接受检查物品清单里，你进来时就没带在身上。"

说了一整天话，戴安的头有些疼，她按压隐隐作痛的太阳穴，"那就是掉在寝室里什么地方了。"

"没有，我们彻底搜查了你的寝室，那里没有钥匙，不过我们发现了比喆历藻。"调查员的语气同他的衬衫领口一样冷硬。

他们搜查了她的寝室？戴安的头更疼了，"你们有什么资格侵犯我的隐私……"

"比喆活体动植物被严禁带入赫林，你为什么会有历藻？"

"那只是朋友给我的礼物……带来时是干燥的，已经死去的……"

"哪个朋友？"调查员声音冷峻。

"尤伽，来参加会议的比喆能源研究所研究员，他只是……"

调查员打断了戴安，"他只是为了接近你获取赫林机密。"

"不是的！"戴安叫道，这个念头却钻进她心里，笼上一层不安。

"再把你这五天来通敌的细节重复一遍。"调查员并不理会。

"我没有通敌……"戴安的辩驳在调查员的瞪视下显得苍白无力，她舔了舔干裂的嘴唇，又一遍地讲起来，"大会第一天，我最后一个演讲……"

审讯调查持续了六天。第七天，戴安被放出来，终于见到艾琳。

"安！"艾琳搂住她，轻抚她的背，"对不起，我没想到会这样……如果我早点发现就好了……都过去了，没事的……"

"到底怎么回事？"戴安在艾琳的怀中不知所措。

艾琳声音哽咽，"尤伽他……我到实验室时发现那里一片狼藉，资料都被翻动过了……我应该先去找你商量的……我太害怕了，数据不见了，所有人这几年的努力都……我报了警……"

戴安心底渐凉，"这和尤伽有什么关系？和安全局又有什么关系？"

"对不起，安，我知道这很难接受……"艾琳加重了手里的力道，"尤伽他……是比喆的间谍……"

"这不可能！"戴安推开艾琳。

"他们在尤伽下榻的酒店找到了你的实验室钥匙……"艾琳垂着头说。

戴安体内所有的力气被一下抽尽，心头的火焰也彻底熄灭。

尤伽被指控盗取赫林机密，比喆否认赫林的无理指控，赫林却坚称比喆在赫林领土进行间谍活动，本就不怎么样的两星关系再度陷入僵局。赫林决定无限期中断与比喆的所有往来，尤伽则被终身禁止再次踏上赫林。赫林当局对于潮汐能的关注在萌芽期被彻底扼杀。

戴安把自己关在寝室过了很久，最终递交了休学申请。她用所有的积蓄买下一辆林鹿，只身离开月见城。启程那天，艾琳来送她，她憔悴了很多，戴安没说什么，只是答应到月无镇后给她写信。

这一去便是三十标准年，戴安再也没有见过艾琳，只是从信中得知她嫁给了赫林安全局负责调查尤伽一案的组长，组长后来一路晋升至局长，艾琳也从大学寝室一路搬到山上的公馆，成为月见城有名的局长夫人。戴安自己则与背月面出生的一位普通教师结婚，说不上有多少爱情，却是默契的生活伙伴。

山路太窄，戴安不得不把车停在山脚，一路拾级而上。月见城多月葵，近郊更是这种植物的天下。正值月葵花季，夕阳的余晖给满山的花镀上一层暗金。

戴安走得很慢，抵达艾琳的公馆时，仍气喘吁吁。她摁响门铃，来应门的是管家，她报上姓名，被迎入屋内。坐在客厅等候时，管家递上一杯羽兰茶，暗香钻进戴安的鼻子，仔细闻却又遍寻不着，茶水入口顺滑若无物，香味却萦绕舌尖，是珍贵的隐羽兰。喝完茶后，戴安被引向后院。艾琳家的后院没有墙，从这里可以一眼望见满坡月葵，还有山下的葵江。她在后院里独自坐到天黑，半轮月亮在她头顶正上方的天空显形，艾琳还是没有来。当戴安心底隐隐觉得不安时，管家出现，点亮后院的灯，交给她一个盒子，一封信，还有一壶葵露酒。

她拆开信，是艾琳的笔迹。

安：

你终于来了。

对不起，我没能等到你，没法当面对你说抱歉了。

尤伽不是间谍。

实验室是我弄乱的，数据也是我销毁的，你脖子上的钥匙是我取下后丢在尤伽下榻的酒店里的。亲爱的，你回来后睡得可真熟。

那晚你第一次出门我就醒了，悄悄跟踪你一点都不难，你甚至都没往身后看一眼。我恨他，恨他的目光永远只停留在你身上却不看我一眼。我也恨你，恨你背着我与他偷偷幽会。我想让你们再也无法相见。

年轻时的我啊，想要什么会得不到呢？我若得不到，

别人也休想得到。那时真是幼稚，后来我才知道，人这一辈子不可能想要什么就有什么。

本来我可以撒个小慌，让你相信他背叛了你，反正他也要走了，你们不知何时才能再见。可我想起潮汐大会后的论文中期检查，想起系主任所说的严苛的校外检查小组，他们绝不会留情的。你也知道我的实验都是系里男生帮着做的，论文都是借鉴师兄的成果，我担心过不了检查，担心毕不了业，担心就此留下污名。这似乎是上天赐给我的机会，比喆间谍接近赫林女学生进入实验室，窃取机密后销毁资料，天衣无缝是不是？

事情的发展出乎我的意料，我没想到这会成为两星彻底交恶的导火索，我本来只想他被限制入境。我很害怕，害怕会有人发现真相，害怕我会被抓起来甚至处死。你把自己关在寝室的那段日子，都不知道我是怎么过的，我每天都被噩梦吓醒，在担惊受怕中度过白天。秘密好像一柄利剑悬在我的头顶，可我不能说，说出来我的一生就完了。

后来我才想明白，两星断绝往来并不是因为我。赫林政府早就想要一个理由了，比喆大概也一样，这桩间谍案并没有被彻底清查，不然我那拙劣的手段怎么可能不被发现？我只是恰巧给赫林当局奉上了他们想要的导火索。当然，这是我当上局长夫人以后才明白的道理。

想通以后，我不再觉得愧对赫林或比喆，让两星外交和能源短缺都见鬼去吧。我对不起的人只有你和尤伽。

说出来后舒服多了，反正我是将死之人，也不怕什么了。

你会原谅我吧？会代表尤伽原谅我吧？

不用回答。我知道你会的。

爱你的琳

又及，盒子里是这些年来他寄给你的东西，绕道由联盟商船运来，可还是被赫林安全局扣下了。凭借局长夫人的身份，我在它们接受审查后将其领了出来。对不起，作为当年不自觉被敌方间谍利用的嫌疑人，你的所有外星来件都被扣下了，却也只有他寄来的这些，全在这里。

纷繁芜杂的情绪在戴安心里同时奏响，一时分不出高低。艾琳，我的好艾琳。我可以恨你吗？我可以不原谅你吗？

戴安为自己倒一杯葵露酒，辛辣的液体顺喉咙下滑，一路烧进食道，烧进胃里。在这强烈刺激下，她反倒平静下来，好像心底积压多年的大石被砸碎，又被酒冲刷出体内。她终于释怀，尤伽没有骗她，从来就没有。烧灼的感觉化作清凉，她抬头看月亮，比喆在夜空中的位置没有变，形状却从半圆变胖了几分。尤伽，你还好吗？

她打开盒子查看，《比喆生物图鉴》，群岛风物日历，三两种她在赫林从未见过的贝壳，她叫不上名字的植物标本，还有满满的信。

她从第一封信读起，一直到最后一封。他的困惑，他的彷徨，他的思念，他的执着，在每一字每一笔中灼灼燃烧。尤伽在比喆的日子并不好过，被邻星诬为间谍，却压根没有带回任何情报。比喆当局对他进行盘问后一无所获，便放他回去继续研究。可自此以后，没人再理会尤伽关于同赫林合作研究潮汐能的提案，他自己的课题也陷入瓶颈无法突破。头顶的赫林成了他唯一的慰藉，他从未离开过月陆岛。每逢黄昏和凌晨，他总是站在比喆向月面的中心点，望着天空中赫林的方向，听潮汐拍打海岸，想象戴安也在赫林望向他。就这样日复一日，年复一年。

读完所有的信，戴安脸上凉凉的。为什么，为什么她不信任他，为什么她要怀疑他，为什么她不听他的话在向月面等他。信在三年前断了，赫林与比喆签订双边协定的前一年。尤伽怎么了？戴安不敢猜测，却又不得不想。她心中似乎有最可怕的答案，却不敢确证。

海鲜饭店

她在盒子底部重新摸索，摸到一张叠成小块的报纸，徐徐展开，她从最大的新闻标题读起，最终在角落里看到她寻找的消息——尤伽的讣告。戴安的心彻底凉了。

她靠上椅背，手中的报纸飘落在地。天空中的圆月亮得刺眼，她忍不住闭上眼。黑暗之中，视觉之外的其他感官变得敏锐。她听到葵江的海浪声，闻到月葵花瓣上清醇的夜露，她感到凉风拂面，风干的泪痕紧绷在皮肤上。她静下心，重新思考过往。再睁眼时，她想通了。其实她内心深处早就猜到了结局，早在她打开盒子之前，早在她收到艾琳的包裹动身离开月无镇之前，甚至早在三十标准年前的那个夜晚，她早就知道他们不会再见。只是这些年来，她一直拒绝接受这个结局。也许，她当年离开向月面并非出于愤恨或绝望，而只是想要逃避，逃避她不得不面对的事实。可即便她躲在背月面，比喆仍在空中，睁开眼，注定的结局仍在眼前。与尤伽相爱本就只是一场梦的涟漪，无论有没有艾琳，赫林的她和比喆的他在那个年代都绝不可能在一起。就像赫林与比喆相互绕行，一星的偶然的天平动在另一星引起大潮，片刻后重又回到原来的稳定状态，影响消退后潮水仍旧按照每日的固定节奏涨落。她不怪艾琳，她怎能怪她。戴安在尤伽的真切感情中做了三十年的梦，这已足够。

戴安捡起地上的报纸，重新叠好放回盒子。

月光下，葵江潮涌翻滚，泛起粼粼波光。

戴安突然想起三十年前的场景。那一夜，绵长的亲吻之后，她与尤伽并排躺在月葵田边，她的头枕着他的臂膀。

"在比喆，我们有个传说，"尤伽的声音有些恍惚，"每一千年会有一次极大潮，比喆与赫林的潮都会升到极高，两颗星球的水体会在空中相接。那时，比喆的小伙子就能划着舟一路往上，去见他在赫林的爱人。"

"骗人，你们哪儿来这种原始时代的传说啊，真空中怎么泛舟？再说，赫林人到比喆总共才没几百年。"

"你又认真了，真可爱！"尤伽揉了揉她的头发，"说真的，即便我的肉身过不来，我的灵魂、我的思念也会在大潮时一路从比喆飘来赫林见你。"

戴安笑了，"那涨潮时我就在赫林的水边等着，从水里把你捞出来。"

他凝视她的眼里月光泛滥，她跌落进去，两人再次拥吻。

三十年后的此刻，戴安斟一杯葵露酒，高举起来敬天上的月亮，随后一口喝下。葵江水涨得更高了，隆隆的潮声灌进她的耳朵。微醺中，比喆似乎晃了一下，她揉了揉眼，仿佛看见一个影子向她飘来。

海鲜饭店

云雾4.2

1

（1）

那只是空气中轻盈的一声响动，如同一枚肥皂泡的破裂，一翼蝴蝶的扑翅，一缕薄云的消散，没有人注意到这微妙的变化，直到连锁反应席卷而来。

所有正在使用云网导航的、接入云端数据库执行公务的、沉浸在云游戏中奋勇杀敌的、利用云享体感交互设备与远在他方的情人缠绵的、链接到云记忆库回忆往昔的人都在这一瞬间从云端坠落，沉沉摔进现实。他们迷茫、无助、不知所措，他们不知道发生了什么，他们怔怔望着眼前的虚空，唯一能采取的行动是尝试重新接入。执行受阻，无法链接。他们愣在原地，瞪大双眼，无法相信事实，直到眼眶发酸，不得已眨了眨眼，眼角竟淌下泪来，滑过脸颊最终干涩在颧骨下方，再也无法移动一寸。而他们是终也不自觉的。

（2）

一阵突如其来的恍惚，将何吟风的意识从虚拟实境拉回现实。

她试图重新接入网络，却收到错误提示。扯下头上的工作套件后，吟风觉察到部门办公室荡漾开一道道高于听觉阈限的声波，金属与塑料的磕碰声，合成布料和尼龙椅面的摩擦声，带着微微讶异和愤懑的呼吸声。何吟风用鞋跟蹬一下地面，转椅的滑轮后转几周停住，她扭头看向右边的甘洋，正迎上对方同样探询的目光，交换一个小幅度的摇头后，吟风重新面向自己的终端工作站，开始检查本地自动保存情况。

网络中断很不寻常，这是吟风工作三年来第一次碰到。公司内部局域网工作如常，与外部的连接却断开了，所以借助云计算实现的虚拟实境才会崩溃。吟风抬起手腕，试着用移动终端接入云网读取四大网络媒体的实时新闻，请求却遭驳回，表面液晶屏同时显示网络连接错误，果然是外部网络问题。

吟风的右手衣袖被扯了扯，她抬头，甘洋用眼神示意她看左前方。部门主管从她的独立封闭式办公室推门而出，宣布由于云网连接中断，全部门提前结束工作。她转身离开时，吟风注意到她一丝不苟拢起的发髻里掺进了几缕银色。

"Celine 几岁了？"吟风小声问一旁的甘洋。

"不清楚，"甘洋摊手，又凑近吟风的耳朵悄悄说，"坊间传闻已经超四十啦！只是化妆技术高超又鲜少露面，看上去才三十出头。"

吟风"哦"了一声。这是她今年第二次当面见到主管，上次还得追溯到三月份的公司网络故障演习。主管很少走出自己的办公室，所有工作指导都通过网络直接发送到终端工作站，吟风试图回忆上次见到主管时她是否有白发，却发现根本想不起来，她对这个一年到头见不上几次面的主管了解太少，甚至不知道她的真名。

"好不容易今天下班早，要不要去吃点好的？我知道一家生意火爆的弄堂菜馆，常年排队，趁早过去说不定还能有座。"甘洋迅速收拾完东西，靠在她们两人桌间的隔板上问道。

　　　　　　　　　　　　　　海鲜饭店

吟风不好意思地摇摇头，"今晚不行，我有约啦。"

"又是和你家那位啊，幸福的女人，"甘洋一副真相了然于心的神情，"那我就不当电灯泡了，你们好好约会，拜拜！"甘洋正了下挎包的肩带，走之前对吟风眨了眨眼。

技术提高效率的同时，也在拉远人与人之间的距离。甘洋是何吟风在公司里关系最好的同事，熟稔建立在座位邻近的基础之上。Reservoir在全球各大城市都设有分公司，吟风供职于亚太区总部的人力资源部门，部门员工近百，她认识的不超过百分之三十，除去同团队成员和职能经理，其他部门同事对她而言都是数据库里的代号，抽象且陌生。有时候，吟风会怀疑自己以前学的那些人力资源管理啦组织行为学啦全都是扯淡，一切看似科学的模型、看似宏伟的愿景在实际应用中都化作处理不完的琐事，邮件如飞来的雪片，数字如落下的瀑布，吟风被埋在底下，越陷越深，爬不出来。入职之前，吟风以为人力资源管理真的是和"人"打交道，以为她所在的"员工幸福指数测评小组"真的能够保证公司员工幸福工作，可后来她发现自己太天真。所谓员工幸福指数测评，其实是监控员工的工作效率与情绪波动，一旦发现超出预设范围的异常数值就采取措施，经由人工手法修正其"错误"状态。效率和情绪被抽象成数字，吟风熟悉全公司员工的心理状态数据超过熟悉他们的体貌特征。每个人准点走进办公室，戴上工作套件接入网络开始工作，很少有机会互相交谈，更少有机会准时下班离开。吟风敢打赌，假如有人窃取公司员工的登录信息并代替她来上班，公司资料被窜改或者转移之前都不会有人发现。

甘洋的背影消失在视线中，吟风看了眼移动终端，16：12，她垂下手腕，指尖擦过腹部，嘴角扬起一丝弧度，她克制住，开始收拾东西。

（3）

陈诺跌进空白。

上一秒，他还在数据海湾冲浪，驾着巡察银鲨追赶漏洞。他追查这个漏洞已经两天了，狡猾的漏洞 N57304 在他搭建的海湾中化为剑鱼，每次都在银鲨即将赶上的瞬间从它嘴边溜走。两天，对于一个漏洞捕手来说可不算短，漏洞多存在一秒，数据风险就增加一分。阿诺是御云公司的首席漏洞捕手，或者按照官方说法，数据安全监察员。他试过许多虚拟场景，化身中国古代战场上的骑兵，都市传说里的猎魔人，甚至星际战舰的驾驶员。如果今天还抓不到 N57304，他考虑明天换一个场景，也许围棋对弈是个不错的模组，他已经很久没试过这种不动声色的制敌方式了；围棋，简单纯粹又变幻莫测，是送 N57304 归西的好办法。

也许他不用等到明天。银鲨发现了目标，它循着剑鱼游动激起的水纹一路追击，在相隔数米时猛然发力，咬到了！银鲨锋利的牙齿划破 N57304 的尾鳍，剑鱼扭身一头钻进水深处，身后淌下一行淡红色血迹。阿诺知道它逃不远了，银鲨也知道。它不急不缓追上去，很近了，阿诺可以闻到水中的血腥味，他能看到剑鱼游动时微妙而不自然的颤动，再有一点耐心，他就能收获职业生涯中第四十二枚高危漏洞捕获奖章。银鲨又追开十来米，收紧尾鳍，而后用力甩开，向前扑去。阿诺看到 N57304 的整条鱼身落入银鲨张开的大颚……

定格。银鲨的颚一帧一帧闭合，剑鱼一帧一帧向前移动，场景从对象边缘开始崩溃，阿诺看着剑鱼的形状在银鲨嘴下一点点瓦解，银鲨本身也逐渐失去形状，像素格如流沙般落下不可知的深渊。突然，他周遭的世界变成一片空白，缓冲到头。

陈诺退出虚拟实境，回到现实。同一时间，他开始尝试使用植入式接口、公司量子终端和私人移动终端接入网络查询错误原因，却发现网络链接全面中断。云网挂了。

这不正常，阿诺把绝大部分记忆都存储在云端，但直觉告诉他云网断裂绝对属于异常。他走出自己的胶囊隔间，发现隔壁的家伙也正探头张望。那家伙叫什么来着？阿诺习惯性用移动终端内置的隐藏摄像头扫描对方脸部，想从记忆库中寻找匹配数据，可请求并未得到反馈，瞬间他反应过来云网断了。算了，这不重要。阿诺扶了扶移动终端，镜框压得他鼻梁有些疼，不知道新一代眼镜式移动终端何时上市，希望新款能更轻便些。

"嗨，哥们，"阿诺挑了个万用万灵的称呼，"怎么回事？"

对方摇摇头："鬼才知道。我正在搭建每日防火墙，都快完成了，就这么眼睁睁看着它化成水流走。真是撞邪了。"

"差不多。我看是云网的问题，谁会有线索？"阿诺习惯直截了当。

"问问猴哥吧。"

"猴哥？"阿诺抬起右手，用大拇指刮了刮鼻子，他对这个代号没有印象。

对方用下巴指了指十点钟方向，说："走到底左手边，六十四号胶囊隔间那个，云网专家。"

"谢了。"阿诺向这位不知名的邻居同事告别，双手插进牛仔裤口袋，循他指示的方向走去。

六十四号隔间门掩着。阿诺敲了敲，无人应答，他推门而入。

隔间里没开灯，只有公司的量子终端显示屏闪出一片单调的荧光。借着那光，阿诺看见豆袋椅上窝着个人，一双手臂枕在脑后，脑袋上顶着一头杂乱长发，看上去有阵子没打理了，一缕细烟从那颗脑袋前方升起。

"嘿，怎么搞定烟雾报警器的？"阿诺问道。

"用脑子。"含混不清的声音，像被闷在罐子里，有可能因为说话者叼着烟，也可能是他压根懒得张嘴。

阿诺不抽烟，也不喜欢这个地方，他想尽快打听到消息离开，"云网怎么了？"

"水源被切断了。"那声音缓缓道。

"什么？"对方的回答让阿诺摸不着头脑。

脑袋后枕着的一只手抽了出来，在空中兜个圈移到嘴边夹起烟，那缕细烟向外平移了二十厘米，阿诺可以看见星星点点的火光，声音清晰起来："云暂时聚不起来，雾试图占据主导，双方都没准备好。耐心点，总有一天风会吹散雾，云也会再聚起来。有点耐心，伙计。"

阿诺转身出门。自始至终，他都没见到这个被称作"猴哥"的男人正脸。无所谓，反正目前无法连接云端记忆库，也许他们早就认识。

（4）

起雾了。近处的物事稍微聚焦起目光便能看清，远处的景倒也不是看不清楚，只是像蒙上一层薄纱，有些朦胧。雾很轻很细，哪怕缠在电线杆枝头结成网也兜不住一粒飞虫。

由于云网故障，无人驾驶车辆动弹不得，轨道交通陷入瘫痪，尚在实验中的无人驾驶巴士也只能靠边停靠。唯一能依赖的是未及被淘汰的人工驾驶车辆，仰仗司机的记忆和判断行进，这种情况下，没人会苛责输送效率低下。

吟风等了半小时，终于坐上公交。尽管是雾天，吟风却感到踏实，比起依靠云网获取实时路况而自动运行的无人驾驶巴士，驾驶座上有人掌控车辆行驶的传统巴士更让她放心。好在如今的巴士在平稳性上大大提升，不再像过去那么颠，不然她准得犯晕恶心。

今天是吟风和阿诺交往一周年纪念日。

她总觉得自己与阿诺的相识有几分偶像剧色彩，一年多以前，有颗倒霉的彗星进入公众视线，它在宇宙中漂泊了数十亿年，直到旅程临近终点才被人发现，它的运行轨道离太阳很近，或者撞向太阳瞬间消融，或者挣脱引力逃出太阳系。彗星命运决定当晚，吟风随一群天文爱好者去郊外观测，见证流浪彗星与恒星引力的角逐。彗星掠过太阳的瞬间在下半夜，上半夜时，许多人选择躲在车里，通过移动终端追踪彗星轨迹。吟风一个人躺在车外的防潮垫上看星星，夜空好像一张浸透蓝黑墨水的纸，浓得要滴下墨来，夏季大三角在天际闪耀，最亮的钻石与之相比都显得黯淡。郊外仲夏夜的风有点凉，吟风把自己裹得很严实，她依稀念起自己的大学时代，那些翘掉专业课溜到天体物理课上躲在教室后排听老师讲多普勒效应的日子，回忆如潮，她沉浸其中。一个陌生男声突然问道"你在看什么"，吟风下意识答道"红移"，红移并不能被看到，却能在问话人心中留下足够深刻的印象。问话人是陈诺。彗星最终在百万度的日冕中化作尘埃，吟风与陈诺的感情却不断升温，两个多月后便确立恋爱关系。有时候，吟风想这是缘分，那夜星空下，存在了数十亿年的天体消亡，换来她与阿诺感情的开始，可她又会马上推翻自己的想法，作为一个坚定的理性主义者，她无法找到缘分的科学依据。

公交沿江边驶过，对岸的钟声传来，隔那么远依然浑厚，车在钟声中钻进越江隧道。吟风听母亲讲过，她年轻时江底还有观光隧道，游客坐上全透明观光车穿越隧道，一路灯光变幻，营造出种种超现实场景，模拟时空隧道的感觉。吟风总想着哪天要去坐来玩，可惜还没等她长大，观光隧道就因常年亏损而停止运营，体验穿越时空的感觉成了无法实现的梦。吟风如今穿越的这条隧道是新近挖掘的，为了进一步缓解越江交通拥堵，当年的观光隧道太狭窄，没有再利用价值，埋在这座庞大都市的母亲河下，日渐荒废，被人遗忘。

隧道里的幽暗将时间无限拉长，等待光明的过程异常难熬，吟风下意识抬起手腕，想用移动终端加载路况获取通过时间评估，看到的却是停止爬行的进度条和网络错误提醒，她才又想起今天的云网故障。吟风把视线投向车厢内其他乘客。坐在她左侧靠内座位的女孩看起来不过十七八岁，高高绑起的双马尾挑染了荧光粉和柠檬黄，她面部表情平静，太过平静，甚至到了完全静止不动的地步，就像正在缓冲的立体影像，女孩右耳耳垂爬着一只形状夸张的蜘蛛，八条腿闪着诡异的光芒，耳钉式移动终端，通过蓝牙与隐藏在大脑灰质中的植入式接口相连；吟风猜测她是想通过植入式接口接入云网，却卡在半程无法继续。右边隔开走廊坐着一个中年男人，他弓着背，双手紧紧攥住上个世代的智能手机，鼻尖快要贴上屏幕，他一遍又一遍点按屏幕上某个区域，脸上的肌肉挤出狰狞的块状，男人的咖啡色外套洗得泛白，肘部泛起毛绒，一看便知无法负担植入手术的高昂费用，吟风想他一定是在不断尝试刷新网页却加载失败，窝着一肚子火又焦虑不堪，下一步就该摔手机了。吟风坐在车厢后排，从她的角度看去，大半个车厢的人都沉浸在自己的小世界中，尽管那端的世界因为云网中断关上了大门，他们仍不愿走出来与人面对面交谈。整个车厢安静得能听到混合能源马达运转声，没有人说话。

人们早就习惯了云网的存在，它不在任何地方，却无处不在。云网让生活便捷，记忆云则被誉为人类进化史上的丰碑。人们可以随时接入公共数据库搜寻想要的资料，也能实时备份私人记忆库；走在技术潮流尖端的极客早就选择植入内置接口，把看到的听到的一切都记录下来保存到云端，多重备份被分别保管在地球上最安全

海鲜饭店

的地方，海底、地下、戒备森严的银行保险柜，没有人知道这些服务器的具体所在。御云公司迅速崛起，据说他们甚至考虑在环地轨道新建一个数据中心，彻底阻绝人们对于遗忘或记忆丢失的担心。刚从欧洲回国时，吟风有些吃惊，她知道古老又年轻的祖国正处在飞速发展的轨道上，但目睹这些变化还是让她震撼不已。她离开不过三年，记忆云迅速蚕食了现代生活的方方面面，你可能并未意识到，但你却正在使用它、依赖它、渐渐离不开它，每个人都不自觉融入记忆云，为它的增长贡献出自己的一部分，同时也抛弃一部分自我，人们不再用心去记什么东西，而是选择将记忆上传到云端，以提升大脑运转速度，记忆云分享也让协作变得更容易，集体主义在这个时代被重新诠释。人们习惯在云端解决一切问题，娱乐、学习，甚至相亲择偶，面对面交流的频次被降到最低。吟风回国以后最近一个当面认识的人是陈诺，今晚，她将与他约会，像所有旧时代恋爱电影中那样，共进烛光晚餐，并且给他一个惊喜。

（5）

阿诺回到自己的胶囊隔间，他在量子终端上留了一份简要常用资料库，虽说没有云端的完整资料库好用，也还凑合，尤其在云网中断又无法从别处得到满意回答的时候，一切都只能靠自己。他接通大脑植入式接口和量子终端，将分析云网中断原因设为AA级任务，一头扎进分析之中。

等阿诺再次回过神来时，已是晚上八点多，没有结果。网络恢复的提示音在他耳边响起，这简直是天底下最动人的音符。

紧急事件提醒的警报声随之而来，一个红色的AAA级日程安排滑入他的视域，文字在镜片上定格：

事件：一周年纪念日

时间：18：00

地点：R73

相关：吟风

备注：复习交往一年来的重要时刻，带上礼物，千万别迟到！！！

一旁的灰色小框提示：

已推迟两小时，继续推迟／取消？

关键词自动检索"吟风"，私人记忆库中的资料按照优先级源源不断涌入陈诺脑中。他在心中骂了无数句脏话，抓起外套冲出胶囊隔间。他试着呼叫吟风，却一次又一次遭到拒绝响应。陈诺顾不得高昂的车费，拦住最近一辆人工驾驶出租，直奔R73。

真该死，和女朋友交往一周年纪念日的约会，偏偏被云网中断搅了。

（6）

徐青忆吃过晚饭，坐在沙发上想看电视。

一个人的日子，再逍遥也是凄清的。自前年退休以来，徐青忆每天早上6点起床，散步到两条马路开外的菜场买菜，不用顾忌别人的口味，却也没法由着自己的喜好来，菜买太多一个人是吃不掉的。她想起上回贪心大热天要了一整条鳊鱼回家红烧，足足吃了三天还没吃完，浸泡在酱汁里的鳊鱼热了又冷、冷了又热，鱼肉腐坏的速度远快于青忆消化的速度，最后她不得不倒掉吃剩下的半条鱼，腥臭的馊气味久久不散。从此，她再不敢多买。女儿读大学住校以

　　　　　　　　　　　　　　　　　海鲜饭店

后，徐青忆就不怎么下厨了。她一个人生活，平时白天讲课，晚上带自习，学校食堂提供两餐不用操心，周末要给学生加开补习班，也没时间做饭，她总是在外面随便吃点凑合过去。退休后时间一下子多出来，她只能重拾起年轻时买汰烧的日常功课，以消磨这奢侈到用不完的时光。上午几个小时献给厨房，烧出一天的饭菜，中饭吃一半，晚饭吃一半。下午她看书，有时也写东西，年轻时的习惯保持至今，没有文字的陪伴总让她不踏实。可最近，青忆觉得自己视力变差了，纸上的字模模糊糊，读不进脑子里，看完一页也不知书上讲了什么。青忆思忖着去配副老花镜，人老了到底不中用啊。

徐青忆就这么在沙发上愣了半天神，才想起自己是要看电视。她按下遥控器上的红色电源键，电视机却没像往常那样进入点播菜单，取而代之的是一片蓝色，屏幕中央有一行白色小字。她看不清楚，只得起身凑去近前。"网络中断无信号"。她拔掉电源又重新打开，还是蓝光一片。看来得打电话报修，这什么次生代3D无线智能电视，根本不可靠，还不如老早的平面数字机顶盒，插上网线电视节目就来，根本不用操心。

她坐回沙发，习惯性伸手去够一旁茶几上的电话，没有摸到。她转头一看，茶几上摊着的只有隔夜报纸，电话不见了。她才记起因为使用频率太低，电话在两年前就已经被淘汰了，连报纸也越来越少见，只有靠政府撑腰的几家纸媒苦苦坚持，守着传统媒体的最后几缕余晖。她试图回忆自己把手机搁在了哪儿，上次用手机是什么时候来着？大概是给女儿打电话吧，说起来，又好几天没给女儿打电话了，不晓得她最近怎么样。

吟风本科开始就住学校寝室，在国外三年多更是没回过一趟家。青忆算得上开明，她也觉得趁年轻在外面闯闯蛮好，但操心是省不了的。前几年忙工作，女儿的事也顾不上太多；退休后，大半的心又挂回女儿吟风身上。吟风自小独立，这是好事，可到这个年纪也该成家了，她现在那个男朋友，小她三岁不说，还是个程序员，爱赶技术时髦，跟她爸以前一模一样。青忆劝过吟风，可她就是不听，上回竟还顶撞青忆，害青忆一气之下挂掉电话，随手把手机丢在厨房。对，手机在厨房里。

青忆站在厨房门口扫视一圈，没有手机的影子。上回和吟风打电话时，自己在干什么？青忆用劲想，肯定不是在拣菜，也没起油锅；她打开碗柜看看，没有；探了探米袋，也没有；她甚至打开冰箱，翻了翻蔬菜屉，还是一无所获。青忆停下来，试着往前想，那天是吟风打来的电话吗？好像是，那应该是在她晚上下班后打来的。大晚上的青忆会在厨房里干什么呢？晚上她一般不下厨啊。青忆想不起来，她习惯性地拳起左手顶到嘴边，拿嘴唇抿了抿手背，触感粗糙，她张开左手推远来看，手背上一小片烫伤的痕迹。这是……对了，上次吟风打电话来时，手机搁在茶几上，边上就是一杯热茶，青忆急着接电话不小心碰翻茶杯，手机没事，手上的皮肤倒烫伤了一片，青忆一面接起电话，一面急忙到厨房挂橱里找烫伤药膏。青忆打开挂橱橱门，抬出药箱掀开盖子，果然，手机正躺在一堆药品当中。

手机早就没电自动关机了，青忆抓起它走到无线充电区域，重新开机，拨通吟风的号码。

"喂，妈……"吟风接得很慢。

"晚饭吃过了吗？"青忆的第一句问话总离不开吃。

一小片沉默。"还没。"

"怎么这么晚还不吃啊？又加班啦？"青忆知道女儿工作忙，可身体总要当心。

"不是，我约了……"吟风顿了顿，"我约了人。"

"又是那个诺……什么诺？"青忆陡然提高警惕。

吟风迟疑着"嗯"了一声，"陈诺。"

"我老早跟你讲过啦，那小伙子不靠谱。"青忆抓住机会又唠叨起来，"这么晚还不来找你，是不是又迟到了，他当是吃夜宵啊？"

"妈，别说了，你知不知道今天云网出故障啦？"女儿故意扯开话题。

可青忆却没这么容易罢休，"不晓得，出故障又怎么样？我从来不用它不是照样过得好好的。出故障他就有理由迟到了？"

"妈——"吟风拖长了称呼的尾音，"每个人都要用到云网的，没有云网你连电视都看不了。云网故障，整个轨道交通和无人驾驶交通网络都停运了，所以阿诺才……"

"他要真在乎你，跑步都跑到你跟前了，这个点还不出现，你给他打个电话问问到哪儿了吧。"青忆看不得女儿受委屈，尤其是从那小子身上。

吟风的声音低了下去："他只有网络电话，网断了打不通……"

青忆听着更来气，"你看看你看看，还不承认他不靠谱？女朋友想联系他都联系不到，怎么谈恋爱的啊？"

"他……平时都联系得上，今天是特殊情况，云网断了啊。说不定他正往这儿赶呢。"吟风最后一句话里，并没有多少确定的口气。

"男人啊，你永远不能把他们往好里想。说不定他压根早就忘了这事，没有那什么云网提醒他还想不起来呢。他不是靠技术吃饭靠技术生活吗，没有技术他还能靠什么？等哪天靠过了头啊，就像你爸那样……"

"妈。"吟风这声叫得很急，生生掐断青忆的话头。

"唉，"青忆叹一口气，"我知道，都过去那么久了……你自己好好想想吧，二十八岁，也该认真考虑考虑了。"

"行，我都知道，陈诺他……"吟风顿了顿，继续说道，"你就放心吧，我心里有数。"

"好好好，我也不多说了，你先吃点东西，别饿着。"青忆知道说也没用，但她没法不说。

吟风应了声便不再说话。

青忆挂断电话后，突然想起那次她在学校加班，吟风一个人在家等她，饿到不行自己下馄饨吃。小姑娘往沸水里下馄饨，手势不对又收得太慢，溅出的水滴烫到了手，吟风一急又打翻了锅，亏得她躲避及时，烫伤的只是左手。青忆回家看到潮湿的厨房地板，葱花躲在瓷砖缝里，她叫来吟风才看到女儿左手上胡乱缠的绷带，小姑娘早就自己找出烫伤药膏涂上，还顺带收拾了厨房。那年女儿九岁，她爸出事还没到一年，青忆抱着吟风哭了很久，反倒像自己闯了祸受了伤。不知不觉间，女儿怎么就那么大了呢，青忆用右手摸了摸左手手背的烫伤处，微微凸起的疤痕有种陌生而奇妙的触感，不晓得吟风手上的疤还看不看得出。

最终，青忆还是没想起自己原本是想打电话报修电视盒子。

2

（1）

吟风等了阿诺一个半小时。

她设想过万千种阿诺迟到的原因，误车了、加班了、出事了，或者单纯忘了；她也尝试过无数次拨打陈诺的网络电话，没有一次成功，云网断了就是断了。她在母亲面前总是习惯维护阿诺，自己心底却很难压下这股气。

吟风站在商场门口，看着路过的一张张脸，没有一张是她在等的。偶尔有脚步匆匆靠近，吟风踮起脚尖张望，却也不是她望中的身形，冲这边来的脚步绕开一个弯朝她身后跑去，身后立马响起娇嗔的责骂和低声下气的道歉。更多的往来路人行色匆匆，在没有

海鲜饭店

云网引导的日子，人人都想在天黑透之前找到回家的路。白日残留的暑气在秋夜里迅速瓦解，寒意绕开织物编造的屏障，直接渗进毛孔，刺入骨髓，吟风裹紧衣服，牢牢捂住腹部，体内的温度随耐心一道被一丝丝抽走，最终，她决定回家，离开的同时，她关闭了与阿诺之间的所有通话渠道。

回家的公交车上，她一路望着窗外，看夜雾经过秋寒的冷凝变厚变稠，路灯射出暖橙色的光，就像列队守卫投来的目光，从车头扫到车尾，又把车头交给下一盏。雾渐浓，光渐柔和，光的边缘模糊不清，在茫茫夜色中融作一斑。她轻轻把手搁在肚子上，什么都感觉不到，她为这个尚未出世的生命感到一丝悲哀，任外面的世界如何变化，他都无法感知，正如他爸爸也无法知晓他的存在。待吟风再也看不清路灯轮廓时，网络恢复的信号声响起，她的心却被雾紧紧缠住，灰蒙蒙的，亮不起来。

接下来几天，雾没散过，就像吟风心头的阴霾，沉沉压在城市开发区的高楼顶上，覆满城市的母亲河江面，凝结在目光涣散的行人肩头。幸得云网工作如常，城市运转并无大碍。人人都能接入云网获取数据信息，从而看到"真实"的世界，尽管这真实仅仅建立在0和1的基础上。

雾的出现让一些人恐慌，更多人却只是一头扎进云网复归的喜悦中去，对其视若不见；或许是因为雾中的能见度降低了，那些本该被注意到的东西反而被忽略。政府的官方解释是近日的静稳天气外加高湿、逆温造成了大雾久久不散，等几日后北方冷空气南下，自然会使这雾缓解消散。

吟风不喜欢空气里中的雾味，这是一种泥腥味和橡胶味的混合，带着些微金属的生涩，让她联想起报废的电子元件。奇怪的是，当她同甘洋抱怨时，对方却用诧异的眼神看着她："这是你的错觉吧？我怎么什么都没闻到。"也许是吧，吟风无意争辩，希望如此。

（2）

　　一片芜杂的荒草，铁轨在草丛中蔓延，如同巨型爬行生物经过后留下的尾迹。阿诺沿铁轨一路行进，冥冥之中认定它通向海边。铁轨锈迹斑斑，看起来荒废已久。走过一段，阿诺被前方两块枕木中间发亮的东西吸引，他跨过钢轨，踩着道砟前行，碎石子硌得他脚底生疼，他这才发现自己没有穿鞋。他走近那发亮的物体，是一块镜子的碎片，镜面已不再透亮，布满深浅不一的黑色小点。他拾起碎片，镜子照出一小片天空，天上的云白得不那么真实。阿诺抬起头，望向天空，云层很厚，从他的角度看，游在天上的是一头长翅膀的鲸鱼，肥得好像能拧出水来。它真能飞得起来吗？阿诺正想着，两侧的钢轨有规律地震动起来，带着枕木一道晃动，哐当哐当，一声快过一声。他回头，火车向他驶来，蒸汽火车头急速压来。来不及逃了，他闭上眼，做好被碾压的准备。

　　什么都没发生，他睁开眼，发现自己坐在一间封闭的房中。他试图站起来，却无法动弹，他控制不了自己的身体。他再次努力，站起来了，轻飘飘的仿佛不受重力束缚，他飘到空中，回头看到自己的身体仍在原处，惊恐的表情凝固在脸上。他被剃光了头发，脑壳上贴着许多电极，经由银灰色的导线连接到背后那台巨大的机器。机器突然运作起来，红绿指示灯接连亮起，电流钻进他的头颅，火花噼啪闪现，难以承受的剧痛袭来，意识瞬间回到身体，他尖叫出声。

　　"啊——"阿诺坐起身，眼前是他熟悉的陈设，焊满元件的电路板覆盖墙面，天花板上垂下琳琅的外接设备，耳机、头盔、方向盘、重力感应套装……一切在虚拟实境游戏中用得到的装备应有尽有。他大口喘着气，用前臂抹掉额头上的汗液，他伸手够到床头柜上的水杯，猛灌下几口凉水，稍稍缓过神来。

海鲜饭店

又是这个梦。自打阿诺记事起，他就时常遭遇这个噩梦。梦里的他随年龄增长而长大，他仍旧记得小时候梦中的自己还要靠扶着钢轨来跨越枕木。奇怪的是，他根本不知道梦里那些古老的意象从何而来，蒸汽火车在几十年前就已彻底被淘汰，只有博物馆里才见得到它们的身影，给大脑通电的机器则大概是上个世纪科幻片的老梗，用来暗示那些惨无人道的科学实验。阿诺第一次做这个梦大约五岁，他很确信在那之前自己并未接触过类似的场景，直到后来这梦重复出现，他才调查了那些奇怪物象的出处。此后的岁月里，这恐怖的梦魇时常趁着夜色的掩护攻击阿诺，尽管经历了一次又一次，梦中真实的触感和痛感依旧每每让他惊恐万分，他从梦中惊醒后仍心有余悸。

他没有把梦上传到云端，绝大多数梦境只是毫无意义的跳跃片段，而这个梦实在太过清晰，无须记忆云的帮助他也能回忆出其中每一个细节。

窗外天还黑着，月已走到中天，透过玻璃照进来的月光却是飘忽犹疑的，月的边界模糊不清，似有烟云笼罩，是雾。阿诺摸索到枕边的移动终端戴上，视域右下角显示出当前时间3：47。他再也无法入眠，下床坐到桌边，就着台灯的光开始一笔一画写信。

（3）

到周末，雾终于散了，消失得一干二净，仿佛从不曾出现。见到久违的阳光，吟风心头多少晴朗了些，就在她沐浴着下午2点的暖阳读书时，移动终端提醒她收到三封邮政来信。

这个城市的邮政系统依旧存在，当其业务萎缩到一定程度后，使用者也只剩下最忠实的复古信徒，这一小块市场永远消失不了。通过网络发送的讯息一秒之内就能送达，声光影像能营造气氛的多重高潮，可却少了书信承载的郑重感和仪式感。寄出的信，就像一支迟缓的箭，你不知道它能否抵达目的地，也不知道它何时会被阅读。在信上书写下此刻的心情，封上信封贴上邮票投入邮筒的瞬间，也就交付出了一部分自己，没有备份的、托付给收信人保管的一部分自己。

吟风下楼去取信，一路寻思着会是谁用这种原始的方式联系自己。难道是大洋彼岸的朋友寄来了明信片？她打开信箱，三枚粉色信封静静躺在箱底。是阿诺。

阿诺的字很糟糕，一笔一画透着刚学写字的小孩子的别扭，但他写得很认真。吟风读完那三封信，放下来，又拿起来回味一遍。这是她第一次收到手写的信，大概也是阿诺第一次写信。她不经意跟他提过羡慕上世纪言情小说的女主角，把收到的情书扎成一叠小心压在箱底，待老了翻出来细细回味，追忆青春年华。她看了看邮戳，三封信分别在昨天、前天和大前天寄出，不知为何一道挤在这个周末寄达。

他至少还懂得用心，吟风恢复了他的通信权限。上百条消息记录瞬间拥入移动终端，几乎占满带宽。这个粗线条的家伙，到底还知道着急。吟风打开最近一条消息，还没来得及细读，阿诺的影像通信请求弹出，吟风犹豫一下，选择接受。

"吟风，你终于肯见我了！"阿诺的声音比影像更先传来。

吟风摘下手腕上的移动终端搁在书桌上，将影像输出模式切换成桌面投影，阿诺的三维立体胸像出现在她眼前。

"这叫见吗？"吟风故意板着脸，假装依旧生气。

"给我十分钟，"阿诺比出两根交叉的食指，"我马上去你家。"

吟风赶忙打断："哎哎哎，我还没允许你来呢。"

阿诺坐正身体，敛起眼神直视前方，影像忠实呈现了他的姿态。吟风不禁想，他见到的自己是什么样的呢？技术成像是将她的形象扭曲，还是模拟得更为真实？

阿诺沉默片刻，缓缓开口道："吟风，我错了，原谅我好吗？"

吟风很少看到阿诺正经的样子，他双眉微锁，脸部线条收紧，背脊挺直，双手自然下垂，大概是相握成拳搁在了吟风看不见的大腿上，这副样子浑然不似平时那个松弛随性的家伙，吟风有些不习惯，甚至连心跳都加快了几分，认真的阿诺有点帅气，也许会是个合格的父亲。

"这几天联系不上你，我一直在想各种办法，我发送的所有通信请求都被直接拒绝，我试着用公用电话打你手机，可一插入信用芯片拨打人信息栏就自动填入了我，我想在你楼下等，却通不过小区的身份认证，差点被机器人门卫当成非法闯入者暴打，我只能给你写信。我第一次写信，以前从没想过会使用这种低效率又无保障的原始沟通方式，我不知道信要寄多久才会到，我每天都给你写，第一封信是三天前寄出的，我不知道你收到了几封。我把所有对你的歉意和想念都写下来，一笔一画写下来，很久没写字了，我只能借助字典，也不知道有多少错字别字。我记得你说过羡慕以前的女孩子收到情书，我想你即使不原谅我至少也能保留这些信，成为老去之后的回忆。我……你能接受我的通信请求真是太好了，不然我会一直写一直写，不管你能不能收到。没有你，我的心会永远悬着，一直着不了地。"

看阿诺一脸严肃讲了这么多话，甚至有些肉麻，吟风怀疑这是不是她所认识的陈诺，她的男朋友总是吊儿郎当又呆得像块木头，要他说句情话简直比登天还难，今天这是怎么了？吟风不自觉也坐直起来。

阿诺继续道："吟风，原谅我好吗？"

"嗯……"吟风摸摸肚子，说不出别的话来。

(4)

成功。

阿诺看了看移动终端视域右下角的时钟，道歉耗时七分四十三秒，离刚刚和吟风约定的见面时间还有四小时二十六分钟三十九秒，他在第二伊甸的任务栏中键入"挑选生日礼物"，设置约束条件为"女"＋"五十至六十岁"＋"传统保守"，想了想又附注"准丈母娘"，按下确认。

方才吟风提及下周末是青忆生日，让阿诺下午陪她去给母亲买生日贺礼，在她生日那天一同上门，正好也让母亲见见阿诺，好消除她的成见。阿诺检索了记忆库，吟风说过自己的父亲和阿诺一样是个技术宅，那次事故让她母亲对技术宅的敌意和偏见上升到极点，阿诺要博得她的好感没那么容易。好在这是个技术时代，群体的智慧无限，阿诺相信第二伊甸的兄弟们能帮他解决难题，就像他们帮他想出如何让吟风接受道歉一样。

第二伊甸是一个虚拟社区，阿诺讲不清楚它到底是怎么火起来的，他只能从历史上追溯到这片乐土的诞生甚至在御云公司崛起之前。

第二伊甸提供群体问题解决服务，就像中国古话说的那样，三个臭皮匠赛过诸葛亮，任何注册用户都能在第二伊甸发布任务，寻求其他人的帮助。这里是一片法外之地，却显得井然有序。第二伊甸不受寻常法律管辖，不代表这里没有规矩，这是一块虚拟世界的自治区。传说第二伊甸的创始人是七位高手，他们为了共同的理念走到一起，先于云网普及之前就搭建起这个云网时代的传奇；他们被戏称为"七贤者"，正是他们制定了第二伊甸的律法与规则。

聚集在第二伊甸的高质量用户群是第二伊甸的最强智库，描述清晰的任务能在短时间内得到响应并迅速得到解决；记忆云成熟以后，整合了云服务的第二伊甸功能更显强大，你甚至能在第二伊甸租借到大脑运算能力，以适应高强度任务的需要，而这在御云仍旧是攻克不了的技术难关。第二伊甸至今还是个独立网站，没被任何大公司收购，坊间传闻御云曾想用十三个亿收购第二伊甸却遭拒绝；能抵抗住金钱的诱惑，在云网巨头面前说不，实属不易。尽管阿诺为御云服务，可他喜欢这种骨气和眼界，在第二伊甸的任务区投入了不少精力，他的虚拟形象是一名猎人，胸前的黑银徽章意味着他可以受理更高级的特殊任务，也意味着他需要帮助时能够优先得到更多资源和权限。

他在第二伊甸有许多兄弟，尽管他们从未相见，他也不知道他们的真名，甚至不能确定他们的性别。阿诺根本不在意那些，他只需要知道兄弟们会帮他，正如他也常常投入一部分运算能力去帮助他们。第二伊甸的首要法则便是"不要追查"，不要追查寻求帮助的人的真实身份，不要追查向你施以援手的人的真实身份，不要追查任务背后的真实目的。在这里，每个人都隐藏在虚拟形象背后，或者说这虚拟形象便是第二伊甸的真实。来这里寻求帮助的人下意识会感到安全，因为他们知道这里的秘密不会被带出任务区。

阿诺很庆幸没有在吟风切断与他的联络后选择直接黑掉她的防火墙，而是在第二伊甸寻求帮助。伪造虚假身份的通信请求对他来说轻而易举，但第二伊甸的兄弟们告诉他，这样只会起到反效果，让吟风更加生气。最终阿诺完全采纳了兄弟们提出的整合致歉方案，一面沉住气不断呼叫吟风，等她自己解除屏蔽，一面给吟风写信，用最慢的邮政系统寄出，这是她唯一没有主动屏蔽他的通信方式，他还按照兄弟们的建议模拟排练了整个道歉过程，目的就是让吟风知道他很重视她。

结果显而易见，吟风接受了，有时候慢就是快。阿诺爱吟风，可他常常觉得不懂她，女人的心思大概是现代技术永远攻克不了的难关。既然能够解决问题让双方都开心，那他从公共数据库中抽出古旧的言情小说来合成情书、效仿二维电影中的表演来郑重道歉又有什么不对？

尽管第二伊甸顺利帮助阿诺解决了绝大部分问题，他却从没透露过自己的噩梦。也许是梦境实在太过私密，也许是他压根不知道能让人帮些什么，解读一次次困扰他的噩梦又能如何？肯定会有人搬出弗洛伊德《梦的解析》，指出这是某种童年阴影或是性的隐喻；也有人会套用阴谋论，告诉阿诺他其实一直在受人操控。但这种解读即便正确又能如何？阿诺不想听到这些，他很清楚这帮不到自己。噩梦仍旧会反复来袭。又或者，有人会建议他睡前服下有助安眠的药物，或者加强锻炼以便深度入眠，彻底阻绝梦境的烦扰，但这归根结底不过是一种逃避，更何况，噩梦并没有影响到阿诺的正常生活。他在冥冥之中觉得这梦和他的身世有所关联，阿诺没有五岁之前的记忆，自打记事起他便在孤儿院受照料，不久后进入御云学院学习。童年的记忆模糊不清很正常，也许正是出于这种对早期模糊记忆的补偿心理，自打有条件以来他便将记忆实时上传，他不想忘记任何事，也不想让冗余的繁杂记忆影响他的效率。进入御云工作以来，他私下悄悄利用公司资源调查过自己的身世，却无法找到任何相关信息，自己仿佛从石头里蹦出来般，到处都找不到任何关于他父母的资料记载。这梦也就显得异常关键，它是阿诺回忆自己五岁前生活的唯一线索。

　　阿诺晃进第二伊甸的任务大厅，寻找自己帮得上忙的活儿，要得到帮助必须有相应付出，他不想浪费这四个多小时。

　　挂在大厅的绝大多数任务提不起阿诺的半点兴趣，太寻常也太简单；坦白来说，阿诺在人情世故方面的知识匮乏，可他觉得那不重要，他该把更多精力花在需要缜密逻辑和计算机相关知识的地方，日常琐事大可以委托给别人代理，这正是云时代分享智慧的奥义，不是吗？

　　他转进特殊任务区，置顶任务闪着霓虹灯光在高处招摇：编写延迟病毒、开发完美性爱机器人、创造人工智能……不够刺激，尽是些老掉牙的点子，时不时卷土重来却从没被真正解决。他继续往下看，目光扫到一条颜色和字体都不怎么起眼的消息：

　　清雾

只有两个字，意义不明，词组搭配奇怪，却莫名触发了阿诺脑中的警铃。他点开任务详情，同时在云端记忆库中搜索相关资料。这是个匿名任务，任务详情里只有一个九位数字，没有任何解释。是加密文字通信频道号码，对方希望通过最原始的文本传输来交换信息，牺牲沟通效率来换取安全程度，这一定是项绝密任务，要不就是对方在故弄玄虚。阿诺的记忆库检索结果显示无匹配资料，奇怪，这熟悉感从何而来？难道是记忆库有疏漏？阿诺没太在意，把这项任务的关注度设为"中级"，继续往下浏览其他任务。

（5）

吟风很少逛街。

比起商场来，她更爱逛书店。可惜如今实体书店越来越少，唯有那些又厚又重的经典才会出纸质限量版，摆在橱窗里像奢侈品一般供人远观，再也没有吟风小时候见到过的那种堆满平价纸质书的地方了。电子书轻便又环保，没有理由不胜出。

何止是书店，在网络购物的冲击下，全部的实体店都日渐式微。基于云网的购物平台方便快捷，智能匹配能在短时间内替消费者筛选出他们可能感兴趣的商品，再通过物流快速送达。踩着全自动云导航滑板送货的快递员是这个时代最热门的职业之一。

只有那么几家少得可怜的大型商场得以继续存活于云网时代，或者主打复古怀旧，用过去的情调助人忘掉现在，或者与美食接轨，靠不愿放低姿态提供外送服务的高档餐厅来吸引消费者，再或者拥抱艺术。

同那天晚上一样，吟风和阿诺约在R73见面，不同的是他今天没有迟到。

吟风远远看见阿诺，他正东张西望，看到吟风立刻挥起手臂。吟风歪头笑笑，示意她已看到。阿诺还觉得不够，一路跑过来，顺势要抱吟风，吟风往后一躲，阿诺愣了下，转而想替她提包。

"不用啦，我又不是残废。"吟风避开往前走，想了想，回头把手交到他手里。

"吟风，"阿诺欲言又止，"那天……"

"别说啦，我早就忘了，"吟风堵住他的话头，"今天你负责买单。"

阿诺握紧她的手，"那当然！"

在吟风为数不多的逛街次数中，最常来的就是R73。环形的商场在入口处被破开，留下的四分之三圆弧包围着内里的店铺。商场不过七层，楼上五层，楼下两层，正对入口处立起一栋六十层的办公楼，深紫灰的外墙上，一只金色燕尾蝶扑翅欲飞，试图挣脱几何线条构成的茧的束缚，白日的灯光并不显眼，仿若蝶翅上的磷粉若隐若现，亦如宇宙中的群星。

吟风和阿诺径直走向圆弧圆心处的自动扶梯，玻璃穹顶滤过的阳光洒在身上暖暖的。吟风仰头，在沉到地下之前，她最后的印象是今天天好蓝。吟风很喜欢这里的设计，既不像冷冰冰的办公楼，又不像迫切讨好消费者的商场，更像是一件精致高雅的艺术品。确实，R73的建筑设计由艺术家出身的建筑师操刀，内部更是错落藏着不少当代艺术作品，视公众反应不定期更新，日渐积累的公信度已经使得它成为不少新锐艺术家试水市场的理想平台。

看着墙头如流星般坠下的线条，吟风随口问道："你有什么想法吗？关于我妈的礼物。"她没指望阿诺有什么建议。

"咳咳，"没想到阿诺清了清嗓子，认真说了起来，"其实，像你妈这样的年纪，带她去做一次记忆上传、送她一个御云VIP账号和最新的外设云享设备是最好的，可你说过她不好这个。所以，礼物还是传统点的好，自己人送些补品工艺品也没多大意思，不如送些实用的，天气快转凉了，御寒衣物不错，不如买条围巾，也不用考虑尺寸合不合适，耐用又不嫌多。"

"哦？"吟风没想到阿诺竟然真的有想法，还是不错的想法，"确实，那就看看呗。"

两人踏上地下一层的楼面，面前是一条十米长的甬道，卫星摄下同一位置六千米高的云层实况，全息投影到甬道内，穿过甬道的行人，就像穿越空中的云层。甬道内安置了反重力系统，将重力加速度减小到了大概零点七克，走在里面轻飘飘的，如同真的身在云端。

"……围巾的质地嘛，最好是高档点的羊绒什么的，触感舒适又保暖；款式的话，经典款方巾最好了，可以围又可以披，非常实用……"

阿诺还在说着他的想法，吟风随意听着他好像背书似的声音，心想他一定做了不少准备，不禁一阵甜蜜。可她更多的注意力还是被身边的景象吸引。此刻天气甚好，晴朗的空中很少有云，偶尔有一缕浮云飘过，吟风忍不住伸手想捉，却穿过投影什么都没捞到。

十米的甬道，很快就走完了，吟风还沉浸在刚刚的奇妙体验中。

"……酒红怎么样？"阿诺的话飘进她的耳朵。

"嗯？"

"我是说围巾的颜色，酒红怎么样？洋气又稳重，还显年轻。"阿诺说，"怎么啦？平时都是我发呆，今天发呆的倒成了你。"

"没什么，我很喜欢刚才那件作品，我已经很久没这么看过云了。走，去买围巾吧。"吟风拉着阿诺的手往前走。

3

（1）

门铃响起时，徐青忆正在对付一只鸽子。她带着满手鸽子毛去开门，门外站着女儿吟风和一名陌生男子。

"吟风，你怎么来了？"

"妈，这是陈诺。"

母女两人同时开口。

柠檬草的味道，何语的味道。青忆愣在门边。

"妈，我不是说了会早点来帮忙嘛。"吟风说着，一面把那名男子领进门，"不用换拖鞋，直接进去吧。"

女儿说过今天会来吗？青忆没有一点印象，嘴上却应着："我一个人能搞定的呀，你来只会添乱。"

青忆上下打量那名男子，高高瘦瘦，黑框眼镜，格子衬衫加牛仔裤，有几分像年轻时的何语。吟风把手里的纸盒子塞给他，说："蛋糕不用放冰箱，搁那边桌上吧。"两人关系相当亲密，是在处对象吗？对象……刚刚女儿说他叫什么来着？什么诺……陈诺！就是那个女儿一直提起的男朋友啊。

"买蛋糕做什么啦？"青忆觉得奇怪。

"过生日啊，怎么能没有蛋糕？"吟风说着径直走进厨房，青忆忙跟进去，来不及细想是谁的生日。

女儿四下打量，开口道："妈，你把菜都放哪里啦？怎么就这点东西。"

菜？糟糕，青忆今早买菜备的是一人分量，哪里够三个人吃呢？她敷衍道："我还没来得及出去买呢，这些……这些是我昨天买多了剩下的。"

　　　　　　　　　　　　　　　　　　　　海鲜饭店

"那也别麻烦了，我去菜场买点蔬菜，再称点熟食吧。妈，你在家把鸽子处理完炖汤吧，我马上回来。"

青忆应和着，吟风已经出了门，留下她和陈诺两人在屋里。

青忆偷偷瞥向陈诺，发现对方也正望向这边，她一阵慌张，忙开口说："你喝点什么吗？"

陈诺几乎是立刻回话："可乐吧。"停顿后又补上一句，"谢谢伯母。"

"哎呀，不好意思，家里没可乐。"何语走后，青忆再也不在家里置备不健康的碳酸饮料，"你喝不喝茶？黄山毛峰或者西湖龙井？"

"不用了，还是不麻烦了。"陈诺一屁股坐到沙发上，又立马弹起来，走向青忆，"我来帮忙吧，伯母，有什么我能做的吗？"

青忆忙摆手，"不用不用，你坐着就好了呀。"

手上的鸽子毛飞起来，几根细短的羽毛浮在空中，被搅乱的气流托住，几秒后又被地心引力缚牢，缓缓落向地面。

陈诺闻话，停在半路，用右手大拇指刮了刮鼻尖，说："嗯，那我就不给伯母添乱了。"他牵起右边嘴角，扯出一个微笑，那微笑带点痞气，却很干净。

真是像极了何语，不是长相，而是气质，连小动作都如出一辙，怪不得女儿会喜欢这小子，青忆有点懂了。可正因如此，才必须阻止他们在一起，假如他跟何语一样……青忆不想看女儿受自己这样的罪。

等到三人在饭桌前坐定，已是晌午时分。

吟风推推陈诺，他突然意识到什么，俯身提起脚边的纸袋，站起来双手递给青忆，说："伯母，这是吟风和我给您准备的生日礼物。"

生日礼物？青忆接过袋子，从里面掏出一条酒红色羊绒围巾。

颜色很好看，青忆从年轻时起就一直喜欢酒红色，何语说过这沉稳优雅的色调很称她的气质。

"妈，这是陈诺买给你的礼物，颜色也是他挑的，知道你过阴历生日，特地今天送你，喜不喜欢？"吟风的话中充满期待。

今天是自己阴历生日？青忆一怔，若不是女儿提起，她压根记不起来，到底还是女儿孝顺。青忆心里泛甜，嘴上却说："浪费什么钱嘛，也不晓得这羊绒好不好，男人根本挑不来东西，我一个老太婆哪里用得了这么洋气的颜色。"

吟风急道："妈，这是陈诺的一片心意啊。"

陈诺抢过话头，说道："伯母，我第一次给长辈买礼物，挑得不好还请见谅。要是不喜欢这颜色可以去店里换，不过我觉得酒红色又稳重又典雅，很适合伯母，戴上就像年轻了十岁。"

青忆听了心里舒服，她摸摸围巾，又轻又软，手感不错，道："算了吧，买都买了。不过你可别以为一条围巾就能换走我女儿了，过生日这种场合连个蛋糕都不买，你连她从小嗜甜都不晓得吧。"

"妈，我们买了蛋糕来的呀，就在茶几上，刚刚还是你把蛋糕从饭桌上挪过去的呢。"吟风的声音有几分讶异。

有蛋糕？青忆想起来似乎是有这么回事。"哦，哦……我就提醒你一句，吟风从小爱吃甜的，你可别让她吃苦。"青忆冲陈诺讲，未等他回答又补道，"当然她还不一定会跟你呢，我们吟风打小就很多人追，光被我打出门去的就不知道有多少……"

"妈——"吟风截断了青忆的话，"别乱讲。"

陈诺却只是笑笑，答道："伯母放心，我绝不会让吟风吃苦的，苦的归我，甜的归她；其他追求者我也不怕，我相信自己，更相信吟风。"

跟何语当年说的简直一模一样，青忆有些失神，随口应道："都只是说说而已，谁知道真的假的。"

"好了，别说啦！"吟风举起筷子，"快吃饭吧，菜都凉了。"

　　　　　　　　　　　　　　　海鲜饭店

（2）

蛋糕抬上桌面时，吟风已有些倦了。整顿饭期间，母亲青忆不断在挑阿诺的刺，无论吟风怎么转移话题，青忆都不肯停歇；出乎吟风意料的倒是阿诺，他一改平日不通世故的表现，面对母亲的刁难，竟能避开话里的锋芒圆滑应对，做出合适的回答，看来事先下了不少功夫，他到底是重视这事儿的，这让吟风很受用。

可母亲的态度却让她为难，她本想趁今天母亲生日领阿诺上门，让她见见毛脚女婿，消除成见接受他，同意他俩的事，随后宣布自己的好消息，可谁料母亲如此坚持挤对阿诺，让她措手不及。

吟风能猜到母亲不喜欢阿诺的原因，他太像父亲了。

父亲何语出事时，吟风只有八岁。记忆中，当程序员的父亲很少在家，偶尔在家也总是鼓捣他的新鲜玩意儿。吟风记得自己很小的时候缠着父亲玩，他却沉浸在最新款的虚拟实境游戏中，连吟风爬到他膝上都毫无反应；随着游戏中一个猛烈动作，吟风被甩了出去，她的额头撞上桌角，去医院缝了五针。自此，她再也没对父亲撒过娇。吟风羡慕其他女孩子，她们的父亲宠溺女儿就像宠溺公主，周末带去游乐场，时不时买回好吃的零食，可吟风就连被父亲牵着手出门散步的记忆都很稀有。但她也如同其他女孩一样为自己的父亲自豪，上小学前，她根本没意识到父亲走在技术潮流的最前沿，直到她坐进小学课堂，才发现父亲的时髦。那会儿云网概念才普及没多久，这座城市的无线云网覆盖率才刚达到百分之六十三点九，吟风长大后查阅统计年鉴看到这数字吓了一跳，当时的她觉得云网无所不在；小学一年级的吟风已经拥有整套可穿戴云享设备，云享耳麦能录下语文课上老师的深情朗诵，云享眼镜则能摄下舞蹈课上老师的优美示范动作，所有这些录音录像都通过云网被上传到云端，供吟风随时复习，她的各科成绩因此名列前茅。班里其他同学压根没见过那些先进设备，纷纷对她投来艳羡的目光。可云享耳麦也好眼镜也好都不过是吟风父亲随手扔给她的旧玩具，他自己早就将更新的一体化云享设备收入囊中。

吟风相信，父亲是爱母亲的，在他想得起来的时候。他可以在母亲生日时蒙上她的眼睛，一路扶她到江边，看他黑掉对岸大楼的照明系统，在外墙上用灯光打出母亲的姓名首字母和大大的爱心；他也可以接连几周不回家，全身心扎进工作只为开发一个新程序。只有那样的父亲才会不顾母亲的阻拦，志愿参与记忆上传实验。

二十年前的诺贝尔生物奖被颁发给两位华裔脑神经科学家，他们成功破解了人脑记忆转化为电子数据的秘密。记忆被他们分为两种——通过阅读、观看、听讲等学习过程获得的知识性记忆和事件经历、感官感觉等体验性记忆，人类大脑在他们手中化作一块可读写的硬盘，体验性记忆得以脱离文字、图像等载体，直接被抽象成一组对大脑特定区块施加刺激的信号，从而能够被直接记录与复现，使得记忆上传和下载成为可能。但在最初的实验中，他们却忽视了最简单的备份。作为志愿者家属，母亲最终得到的是一份巨额保险和一纸道歉信："由于实验失误，何语先生的体验性记忆全部遗失。体验性记忆电子化课题组向您致以诚挚的歉意，并感谢何语先生对人类科学进步作出的不朽贡献。"简单来说，父亲失忆了，母亲和吟风成了他眼中的陌生人。

这对母亲来说是莫大的打击，八岁的吟风被迫迅速成长。一开始母亲还试图挽回，她求助于科学家、公益机构，甚至媒体，想方设法寻回丈夫的记忆，可结果却一次又一次令她失望。终于，父亲在某天选择悄无声息离开家，也许是被各方当作实验品尝试种种唤回记忆的方法让他厌倦，也许是名义上的妻子女儿实则对他而言全然陌生使他恐慌，他选择离开，消失得无影无踪。

这么多年来，父亲一直是母女俩避而不谈的话题。吟风有时会

海鲜饭店

想，父亲的生活一定比她们轻松，他没有需要负担的沉重过去，说不定在某处重建了幸福家庭。母亲觉得是父亲辜负了她们母女，吟风却不这么认为。那只是一起意外，和车祸、空难、恐怖分子袭击一样的意外，并非父亲主动选择的结果；发生意外之后，丧失所有体验性记忆的父亲已不再记得与母女俩有关的任何事情，情感纽带被生生割断，又凭什么要求他和两位陌生人生活在同一屋檐下，分享她们的痛苦与焦虑呢？某种程度上来说，恰恰是记忆构成了人格的基础。失去记忆的父亲，也不再是父亲。

阿诺很像父亲，可吟风并不觉得自己因此才爱上他。说实话，她一开始根本没有意识到这种相像，等她从阿诺的举手投足间寻觅到父亲的气息时，早已过了两人的热恋期。吟风理智地分析过，认为是阿诺身上的活力和冲劲吸引了她。同父亲一样，阿诺也是个程序员，和所有极客一样痴迷最新技术，同代码的亲密程度远胜于同人的亲密程度。阿诺思维敏捷，反应迅速，他很早就植入了内置接口，将所有记忆上传到云端。如今的技术早就能保证上传记忆安全可靠，年轻人或多或少都会将一部分记忆上传，以使自己的大脑运转速度更快。在御云公司的多重安全保障措施下，根本无须担心记忆丢失，"Safer than your mind①"是他们的口号。可母亲却不这么认为，父亲遭遇的事故在她心中留下一道疤，所有现代科技在母亲眼中都被贴上了"不可靠"的标签，更何况阿诺这么个高度依赖技术的人。也许是命运的刻意嘲弄，阿诺也比吟风小3岁，就如父亲小母亲3岁一样。

(3)

在吟风沉思犹豫的当口儿，母亲开口说道："你们来吃饭就来吃

---

① Safer than your mind，比你的大脑更安全。

饭嘛，买什么蛋糕啊，又没人过生日。"

"妈……今天是你阴历生日啊，你忘了吗？"吟风意识到母亲有些不对劲，这是她今天第三次问起生日蛋糕，即便健忘也不该如此。

"哦，哦……我就觉得，没什么必要……"坐在对面的母亲敷衍着，眼神游离。

"妈，你怎么了？"

"没啊，什么怎么了。"母亲往回缩了缩身体，扭头避开吟风的视线。

一定有事。吟风知道这样问不出来。难道是看到阿诺想起了父亲？可母亲这么针对他也不像高兴的样子。那是母亲有了新的爱人？但这也是好消息啊。不是心事的话……莫非母亲病了？

"伯母一定是看到我们来给她贺寿太高兴了，"一旁的阿诺插话，"往后我们一定常来看您。"

母亲却不买账，"吟风一个人来看我就够了，你还是不用了。"

"好了呀，人多才热闹嘛，"吟风忙打圆场，"吃蛋糕吃蛋糕。"

蛋糕也是阿诺选的，特地挑了不太腻的栗子蛋糕，夹心栗蓉里还埋着半颗半颗的小栗子，蛋糕上没有写字，而是不同寻常画着一只青鸟，一旁是一只打翻的金色笼子，吟风看见这展翅欲飞的青色小鸟时疑惑了好一阵，阿诺却说这有特殊寓意，谜底到时自然会揭晓。

"这算什么啦，怎么会有人往生日蛋糕上画鸟的？"青忆和吟风一样不懂阿诺卖的关子。

"伯母，您听我说，这可有讲究了。"阿诺清了清嗓子，"比利时剧作家莫里斯·梅特林克有一出剧作，名曰《青鸟》，讲述了兄妹两人一路寻找代表幸福的青鸟，最终却发现青鸟从一开始就在他们身边的故事。其实，对于我们每个人来说都是一样的，寻遍天涯后会发现幸福就在身边，吟风就是我的幸福，我也会努力把幸福带给吟风，而您的幸福其实也就是吟风的幸福……"

"好了好了，别说这么拗口，《青鸟》我晓得的呀，跟我生日有什么关系啦？"青忆打断阿诺的深情陈述。说实话，连吟风都觉得他那样子像在背书。

"伯母的名字里有个青字，而著名作家史铁生说过'记忆，所以是一个牢笼'，蛋糕上这幅画其实暗示了伯母的名字——青忆。我知道伯母由于种种原因对我有不好的印象，但我在这里向您保证，我会好好对待吟风的，我们是真心相爱的，也请伯母放下成见，挣脱记忆的牢笼，给我一次机会。"

吟风听着阿诺口中散发着上世纪酸腐味的话，竟不知如何应对，她偷偷瞥向母亲，母亲低头似乎是在看那画，久久才挤出一句，"保证有什么用？"

糟糕，吟风知道母亲又想起了父亲，抢在阿诺之前答道："说什么有的没的，赶紧吃蛋糕才是真的。"

直到吟风和阿诺离开，青忆都没怎么再说话。

（4）

回去路上，吟风也没怎么说话。

阿诺有些沮丧，他事先从吟风那里了解到未来丈母娘对自己的不友好态度，为了给她一个好印象，他在网上找到二百八十七段准女婿上门拜见丈母娘的记忆分享，分析他们的行为，将之抽象为二十四种应答模式，他将包含这些应答模式的数据包保存在移动终端上，又在第二伊甸建了一个任务讨论区以便实时求助。说实话，他对自己今天的表现挺满意，尽管吟风母亲一直在百般刁难，阿诺却都应付下来，至少没有难堪到下不了台。可谁料最后徐青忆还是没有被打动，反而陷入僵局，连吟风都心事重重的样子。

他深深吸了一口气，"对不起，都怪我没表现好……"

"嗯？"吟风这才意识到他的存在似的，"没有啊，你表现得挺好，超出我的预料。"

"可你妈还是不怎么待见我……"

吟风摇摇头，"不是你的问题，她还是放不下我爸……不过你最后那段关于青鸟和牢笼的解释实在酸过头了，哪儿学来的？"

"这个啊，"阿诺抬起右手摸了摸鼻尖，"你不是说你妈是语文老师嘛，肯定喜欢文学，我就临时补了补课啊。"阿诺才没有耐心读完那些经典和名著，他只是按照第二伊甸上兄弟的建议，用青忆的名字作为关键词在经典文库的数据库里搜索了一番，拼凑出这么个幸福青鸟和记忆牢笼组合来。

"噗，"吟风笑出了声，"哪儿有你这么胡乱用典的啊。"

"何老师教育得是！"阿诺一本正经说道。

"别贫嘴，我问你呀，你之前提到过送我妈去做记忆上传，具体怎么操作？"

"就带她去上传记忆嘛。很多地方都有御云的记忆上传体验中心，大医院也有专门针对老人的全身体检外加上传项目，对于年纪大的人来说更加温和，风险也更小，当然不过是将事故发生率从0.003%降低到0.0003%的差别。只不过医院的……"医院的记忆上传设备更有可能遭到外部侵入，阿诺脑中闪过一道灵光，他咽下后半句话，换上别的，"医院的收费更高。"

"你有没有觉得，妈今天不太对？"

"嗯？"阿诺一心顾着自己的应答模式，根据徐青忆的每一句话一一作出恰当回应，根本没想过她的表现是否正常。

"她今天问起三次蛋糕，而且也不记得自己生日，每次都像第一次听说似的，但我之前明明跟她提过，今天也讲了好几次，这也实在太健忘了吧。"

"哦，那是该进行记忆上传，这个年纪了毕竟记性会不太好。"

上传记忆，意味着徐青忆的记忆不再完全私密。

"唉，"吟风心事重重叹一口气，"可是妈肯定不会答应，她一向最反感这些现代技术，尤其是记忆上传……"

阿诺抬起右手，大拇指蹭了蹭鼻尖，"试着劝劝她看吧，毕竟这没有坏处。"如果徐青忆进行记忆上传，那他就有机会悄悄改动一些小参数，改变她对他的态度。

"我再想想吧。对了，阿诺，"吟风顿了顿，"没什么，以后再说吧。"

"嗯，你考虑下，抽时间带你妈去趟医院。我回去了解一下医院的记忆上传项目。"需要一点时间去验证这种方法的可行性。

吟风无力地靠紧阿诺，"好。"

4

（1）

又起雾了。灰沉沉的天空好像回应着吟风灰沉沉的心情，雾霾钻进高层办公楼的落地玻璃窗，钻进地铁车厢的密闭车门，钻进人的肌肤毛孔，织出一层灰黄色的、近乎透明的茧，把每个人都从头到尾裹在里面。这一次，政府没有给出确切说法，也没有任何声音提出质疑。

吟风穿戴着这茧来到公司。甘洋比她到得更早，一见吟风便凑上来，"听说了没？"甘洋小心环顾四周，虽然吟风觉得这动作只会更让人起疑，她贴近吟风耳边，用轻得几乎听不见的声音说道："公司最近会有大变动哟。"

"嗯？"吟风的消息来源只有甘洋。

"可能是高层离职，可能是全球范围的裁员，总之又是一波腥风血雨来袭。"甘洋边说边摇头，一副心忧天下的样子，还不忘拍拍吟风的肩，"要小心啊，说不定什么时候我们就突然被开了，利益争夺的牺牲品永远是像我们这样的小人物啊。"

吟风笑笑，挪开甘洋的手，"全公司排名第一的新闻官怎么会是小人物。"甘洋的小道消息很多，但很少有个准，吟风早已习惯不当回事。

"人无远虑，必有近忧。吟风，我可是把你当朋友哦……"甘洋摆出一副严肃的表情，吟风知道她马上又要开始说教了。

"知道啦，我当然知道。话说你晓得最近雾霾那么严重的原因吗？走在路上都快看不清树啦，我早上来的时候差点撞到树。"吟风赶紧扯开话题。

"哎？有吗？我怎么没注意到？"甘洋一脸惊讶，"有云导航的话完全不必担心走路撞到树啊，你没有开 App 吗？"

"就你这么粗线条，真撞到树也意识不到。"吟风伸手欲弹甘洋的额头，"雾霾都快在你身上结成茧啦。"

甘洋灵巧地避开，"你才想太多了呢！公司里的空气明明很好啊，"她深吸一口气，"还有甜甜的味道。"

吟风嗅了嗅，空气里果然有似有若无的甜味，棉花糖般地甜腻。奇怪，这是怎么回事？

"是不是你最近没睡好产生幻觉了啊？"甘洋满脸狐疑，"和男朋友吵架啦？"

"不是啦，他最近表现不错。"确实，阿诺没什么过错，可吟风昨晚确实没睡好，母亲的异常和她对阿诺的敌视态度让她很头疼。该怎么跟母亲提记忆上传的事情呢？又该怎么让她放下对阿诺的成见？这两块石头压在吟风心上，压力确实不小。

"今晚早点睡咯。哎呀，到点了！干活干活，礼拜一早上事情最多了，我啊，可不想加班。"说着，甘洋坐回自己的终端工作站前，戴上工作套件，进入工作环境，不再说话。

　　　　　　　　　　　　　　　　　　海鲜饭店

吟风在心底叹了口气，也戴上工作套件，开始每天早上的情绪参数例行测定。

一分钟后，程序给出报告，何吟风当日情绪参数与往期相较有较小波动，但处于正常范围内，无须特别关注。

吟风舒了口气，她所在的员工幸福指数测评小组负责的就是监控每日每位员工的情绪参数，在程序测定的基础上进行复查，确认那些超出阈值的波动确实属于异常，并且在异常情况下通过人工干涉修正异常。如果她自己的情绪失控，恐怕会是整个小组的丑闻。

关掉自己的报告，吟风打开全公司员工的当日情绪参数开始复查。周一早上没有人敢迟到，所有数据都已测定完毕。满目绿色，没有异常。这反而有点奇怪，Reservoir的亚太区总部有近千名员工，往日总有那么几个红色数字需要吟风进行人工核查，虽然经过复查后留下的确定情绪异常者三五天才会碰上一个，但严格的系统却绝不会放过任何一点微小的异常。像这样全部员工一次通过系统检查十分难得。

吟风随机抽选了一百个样本，进行同期比对，发现所选样本中有百分之九十三较上周同一时间相比在消极／麻木一端有更显著表现，但程度很低，并没有超出程序设定的正常阈值。奇怪的是，这一百个样本的方差低到不可思议，这说明大家的情绪十分相似。难道是天气的关系？雾霾天里，许多人都会陷入沉闷不乐的状态，尽管连他们都不一定会自知。加上又是周一早晨，面对未来一周的繁忙工作，每个人的心情都差不多。谁又能指责轻微的消极是错呢？毕竟每个人都有偶尔陷入天气不佳导致的抑郁中的权利啊。吟风退出数据监察界面，开始写今天的员工上班情绪指数报告，一切正常。

(2)

这天阿诺的心情却很好，紧张又兴奋。经过昨晚的通宵分析，他发现自己的计划可行度大于百分之七十五，值得冒险。只要想办法说服徐青忆上传记忆，自己就能一举扭转战局，让她喜欢上自己，不再反对吟风和自己在一起。

阿诺私下调查过吟风的母亲。徐青忆，五十七岁，曾是一名中学语文教师。二十年前，她的丈夫何语志愿参与记忆上传实验，丢失了所有体验性记忆，事故原因不明，媒体普遍推测是由于实验疏忽忘记备份。徐青忆在丈夫出事后曾向各方求助申诉，一时之间被媒体广泛报道，可这些求助皆无果，媒体关注度也渐渐降低。据吟风说，她父亲某天突然毫无征兆地消失了，她母亲的奔走也就此消停。除此之外，网上能找到的关于徐青忆的资料很少，只有她早年发在文学刊物上的诗歌和散文作品，随着传统出版业的式微，她发表的作品也日渐减少，结婚后更是销声匿迹，看来徐青忆在婚后将大部分精力投入了家庭生活。阿诺没有找到徐青忆的相关病史。个人医疗记录虽说对外保密，侵入医院数据库对阿诺来说却不难。徐青忆似乎很少生病，或者说很少就医，这些年来除了偶尔的皮肤过敏和一次急性肠胃炎外再没有别的诊疗记录，她也没有定期体检的习惯。

就吟风母亲那天的状况来看，阿诺怀疑她是年纪大了犯迷糊，不记得几分钟前发生的事情，健忘，短期记忆能力衰退，针对这种情况，记忆上传是目前最好的缓解方式。阿诺猜徐青忆很少上传记忆，甚至可能完全没有备份过任何记忆，这在现代社会很罕见，只有少数顽固的守旧派才会这么做。这种固执风险很大，人脑记忆模糊而不可靠，一旦忘却便很难再寻回，无论是从个人生活维系还是人类整体经验传承的角度来说，拒绝记忆上传都不可取。记忆上传对徐青忆来说绝对是利大于弊，不，根本没有弊端。

可是如何说服青忆？阿诺还没想好。按照目前青忆对自己的反感态度，直接说服她的可能性小于0.1%，她对于技术的成见会让她对阿诺的建议更加抵制，只有通过吟风。吟风是徐青忆目前确认在世的唯一亲属，也是唯一有可能说服她上传记忆的人。他说过让吟风好好考虑，这件事情不能操之过急。就像他在第二伊甸的那个兄弟——雾中人说的那样，有时候，慢反而是快。阿诺决定去找他问问。

"嗨，在吗？"阿诺通过第二伊甸的站内聊天工具给雾中人发送讯息。

对方很快做出了回应。"在。"

"怎么说服反对技术的人进行记忆上传？特别不信任上传的那种。"阿诺一向喜欢直接。

对方停顿了一会儿。告诉她记忆上传的好处。每个人心底都有些无论如何都不想忘记的人和事，如果不上传，那些记忆会褪色，淡化，最终消失。告诉他，记忆上传能让那些东西永久保鲜。

"好主意！谢啦，兄弟。"确实，如果能让青忆相信记忆上传确实能让记忆保鲜，她没有理由拒绝这诱惑。

"不谢，那些不想忘却的记忆，往往和感情有关。"雾中人最后补充道。

何语大概就是徐青忆不愿忘记的人。阿诺想，也许该给吟风提个醒。

（3）

徐青忆不知自己最近是怎么了，成天糊里糊涂，老是忘记前一秒在想什么。做菜时也是，总是加过一勺盐又加一勺，把料酒当成酱油，好几次忘了锅里烧着菜，等到智能警报器铃声大作才想起来电磁炉还开着高火，匆匆赶到灶台边才发现锅底早已黏上一层焦煳。

当真老了吗？她想起老早在报上看到过老年痴呆症的前兆就是记忆力衰退，那时候还跟何语打趣，先老的是她，他到时候要负责照顾记性不好的青忆；何语还说等他们老后也许就能上传记忆了，根本不必担心这些，把记忆上传到云端，实时可以调用，健忘完全不成问题。如今那记忆上传技术是成熟了，可何语却不在了，又或许他在哪个地方好好活着，只是不记得他曾经有过一个叫徐青忆的女人，不记得他曾和她相爱。

她就这么坐在沙发上，眼泪慢慢渗出眼眶，一滴滴打在上衣前襟上，而她却毫不自觉。直到智能警报器的铃声再次响起，提醒她炉灶上还炖着一煲不知加了什么食材的汤。

5

（1）

一夜迷乱模糊的梦后，吟风睡眼蒙眬地从床上坐起。她抓过移动终端，打开收件箱，一封未读邮件，发件人特地做了重要程度标记，邮件标题旁的红色感叹号很是醒目。吟风揉了揉眼睛，选择收听。

不带丝毫感情的标准女声逐字逐句读出邮件内容：

> 紧急通知：由于今日市内雾霾指数达到对人体危害程度，Reservoir全公司暂停工作一天，请各位员工在家好好休息，减少外出。本次临时休假根据市政府雾霾情况报告及出行建议决定，算作员工年假调休一天，不另行通知。

今天休息？吟风怀疑自己耳朵出了问题，她将邮件内容投影到墙上又读一遍，没错，Reservoir今天全员放假，还是因为天气原因。进公司三年来，她从没遇到过这种事，如此庞大的公司临时停止工作一整天，损失绝对不小。

"今天雾霾，公司休假？"吟风给甘洋发去语音消息。

过了很久，甘洋才回了一条文字消息，只有一个字："嗯"。这完全不像她的作风，换作平日，甘洋一定会打个视频电话过来眉飞色舞说上一通儿，爆出各种来历不明的消息外加她的独家分析，推测出一个所以然来，今天这样淡漠可不多见。大概是还没睡醒，又或者心情欠佳，元气十足的人总也有打不起精神的时候吧，吟风没有多想。

她拉开窗帘，阳光透过玻璃窗照进来，不如她想象中那么晃眼，光线泛白，太阳好像染上了什么怪病，呈淡铁灰色，无力地挂在天边，好似一张摇摇欲坠的纸片。吟风的公寓临街，楼层也不高，往日总能清楚看到街对面小店的店招，可今天那些文字却模糊一片，让她一时怀疑自己拉错了窗帘。

好重的雾霾。吟风下意识屏住呼吸，飘浮在空中的颗粒物一旦进入呼吸道便很难排出，不一会儿她意识到自己其实在室内，呼吸频率才重又正常。可当吟风正准备把贴着玻璃窗的额头移开时，窗外飘荡的一角布料吸引了她的注意。是她昨天晾在外面的衬衣。吟风深吸一口气，不情不愿打开窗，伸手去够衣架。衣袖缠上了晾衣服的铁架，解不开来。吟风叹一口气，身子往外又够了够，扯住衣袖袖口，一圈圈反向绕开，这才终于解救了迷失在雾中的上衣。直到关上窗，她才注意到室外的空气并没有那么差，吸入也丝毫没有异物感，更别提刺激性了，反而有一股凉凉的薄荷味，被风挟裹着钻进她的鼻子。根本不像雾霾该有的味道。难道这是新型污染？倒也特别。

吟风给母亲青忆挂了个电话，她的精神状态听起来不错，一个劲跟吟风回忆她小时候如何盼着天气不好学校能取消上课的事，末了还提到如果有以前的平面数字电视该多好，在家坐一整天都不乏消遣，哪像现在的3D电视看一会儿就头晕。

母亲家还留着那台二十九英寸的平面数字电视，只是电视台早已不制作二维节目，虚拟实境娱乐占领市场的今天连三维电视都少有人看。母亲年纪大了，看3D效果不多会儿就容易头晕，如果能给她找些过去的二维电视节目或者电影，也不怕她一个人在家里觉得闷了。这么想着，吟风拨通了阿诺的电话。

（2）

陈诺正走在郊外的铁轨边上，一阵急促的铃声响起。是火车发车的声音吗？他环顾四周，并没有找到站台。奇怪，哪儿来的铃声？他在原地转着圈，试图寻找声音来源。铃声越来越响，他醒过来……

"哈……"阿诺用手捂住一个大大的哈欠，"怎么啦？"

"医院针对老人的记忆上传服务查得怎么样啦？"吟风的袖珍立体影像看起来比真人更多了几分可爱。

阿诺一个激灵，坐正身子，"非常可靠！医用记忆上传设备比平时我们日常使用的设备更加安全，可以排除一切上传过程中的干扰，用户就像睡了一觉做了个梦，根本不会意识到自己在进行记忆上传。申请也很容易，只要有病历或者年龄证明就行。你考虑好啦？"

吟风摇摇头，"还没，只是想先了解下。唉，妈肯定不会同意的，我都不知道该怎么劝她。"

"哦，"阿诺有一点失望，随即想起雾中人的话，"你妈有没有特别不想忘记的人或者事？让她意识到只有上传才能永久保存这些记忆就好办了。"

吟风还是摇头，"她唯一忘不掉的事……"

"你爸？"阿诺试探性地问道。

"嗯，"吟风移开视线，似乎陷入了回忆，"这么多年了，其实如果她能忘掉的话反而更好。"

"忘不掉更证明她不想忘啊！你妈一定还挂念着你爸，如果……"

吟风截断阿诺的话头，"就算是真的她也不会承认。算啦，还是先找借口带她去医院做个检查吧。"

阿诺吞下没有说完的话，点点头，"好，先做检查也是好的。"

"还有，你能不能搞到二维电视节目或者电影的数据？妈一看三维电视就头晕，家里还留着一台旧式平面数字电视，要是有数据就好了，她一个人在家就能看电视解乏了。"吟风一条手臂斜支在桌上，架起她的头。

"没问题，包在我身上！"阿诺说话间开始在云端寻找资源，"不过，可能需要我亲自去调试一下那台电视，年代久远的家电不一定能用。"

"嗯，你什么时候有空？什么时候能搞定？"

数千条检索结果，阿诺选取人气排名靠前的300个小时节目开始下载，保存到固态硬盘。大多数资源都是公立图书馆的开放资源，下载用不了多久。

"今天下午。"他果断给出一个时间。

"那么快？"吟风有点吃惊，"正好今天我不上班，那你就跟我去一趟吧，慢慢让妈意识到你的用处也好。"

"我会好好表现的！"阿诺拍拍胸脯答应道。

"对了，记得戴上口罩。"吟风叮嘱道。

阿诺比出OK的手势。

吟风似乎不怎么想在她妈面前提起她爸。毕竟也是，何语的失忆和失踪不只给徐青忆造成了影响，也让吟风无法忘怀。看来只有一搏，亲自唤起徐青忆对保存珍贵记忆的重视，阿诺决定赌一把。

（3）

恍惚之中，青忆听到门铃响起，她摇摇晃晃站起身，走向门边。

"妈，我们来给你弄电视。"门口是吟风，还有一个男人。

"哦，哦，电视。"青忆重复道，那个男人是谁？好像阿语啊。

门口的两人自顾自挤进门往客厅里走。"嗯，阿诺找了些平面数字电视的资源，来调试看看能不能放。"

阿诺，吟风说那是阿诺，不是阿语啊。

"妈，你把以前那台旧电视搁哪儿了？"

"旧电视？"什么电视，吟风在说什么？青忆看向电视，节目已经播完，广告里的小人一遍又一遍从屏幕里跳到屏幕外。

"就是以前那台平面数字电视呀，我记得你还留着一直没扔。"

"哦，哦……"好像是有那么台电视，以前的电视可不是这种裸眼 3D 的，是好好的平面电视啊，电视里电视外的人分得可清楚了，哪儿像现在，前前后后的，转得人头晕。

吟风在屋里翻来翻去，前前后后找着。

在哪里呢？青忆努力回忆。

"会不会在次卧？一般不用的东西都会堆到不用的房间。"那个吟风带来的男人说道，他和吟风是什么关系来着，好像阿语啊。

"有道理！"吟风领着那男人，进了朝东的次卧，青忆跟上去。

"果然在这里！"吟风叫道，说着拖过一把凳子就要往上爬。青忆抬头一看，五斗橱顶上搁着装电视机的纸盒子。

"当心当心，我来。"阿诺拉住吟风的手，搂过她的腰把她顺到一边，自己爬上凳子去够盒子。

这小子竟然敢当面动手动脚！他是谁啊？青忆气不打一处来。

阿诺试着抬起盒子，看上去有点费力，他调整下姿势，双臂环抱硕大的盒子，小心将之平着举起，平移向外，一只脚踩下凳子，调整重心，再是另一只。吟风忙上前帮忙托住盒子。他下来了，将盒子竖起，拎到客厅。

看着电视屏幕上显示的图像，青忆好像回到了从前，"这才叫看电视啊。"

"伯母喜欢看什么类型的片子？我回头再帮你多下点。"那个男人问道。

他是谁？青忆没有作答。

"妈，阿诺问你呢。"吟风推推青忆。

"哦，哦，随意吧。有电视看就挺好。"青忆应付道。原来是叫阿诺啊。

"伯母，"阿诺开口问道，"你是不是特别怀念以前的日子？"

吟风怔了怔，朝阿诺使眼色。

"是啊，以前多好啊。"青忆望向空中，陷入回忆，以前的电视看起来舒服，以前的天更蓝不像现在灰蒙蒙的看不清太阳，以前的日子是镀了金边的闪闪发光的，以前还有……

"你有没有特别怀念的人或者事？"阿诺继续问道。

吟风狠狠拧了一把阿诺的大腿，他没出声。

青忆点点头，"有啊，特别怀念的人……"

"那你想不想永远记住他？永远不忘掉他？"阿诺向前倾了倾身子。

"嗯，哪能忘掉呢。"他啊，一辈子都忘不掉。

吟风打岔道："妈，你看这电视……"

"但你正在忘记很多事，记不起很多事。"阿诺斩钉截铁地说道。

忘记？青忆缓缓摇头，"我不记得我忘记过什么。"

"妈，你是不是有点累了，回屋里休息吧。"吟风作势扶青忆起身。

"伯母，上传记忆吧。"

记忆上传，一道闪电划过青忆的大脑。有很重要的事与记忆上传相关，是什么呢？她想不起来。

吟风愣在一边。

"把你的记忆转化为电子数据，上传到云端保存，你能永远记得那些特别怀念的人或事，永远不会忘记。"阿诺继续说道。

体验性记忆电子化。青忆想起来了，那个课题组名字，他们寄来的道歉信，他们夺走的东西。青忆全部想起来了，记忆上传夺走了何语的记忆。

"骗子。"她小声说道。

"妈，回屋休息吧。"吟风再度上前。

青忆甩开她的手，冲阿诺吼道："骗子！说什么不会忘记，说什么还会回来，都是骗人的！我永远记得你有什么用，你根本不记得我，你早就忘记我了啊！"

阿诺也一脸惊愕，摆手道："伯母，你搞错了吧，我不记得……"

"你不记得！"青忆用尽她最高的嗓音叫道，"你不记得自己是谁，你不记得我们，你轻轻松松丢掉了一切，你什么都不用管，这不是你的错，你什么都不记得了啊，你把记忆上传……"

阿诺恍然大悟，"伯母，你把我当成了何语？"

"何语！"听到这个名字，青忆颅腔里的血直往上涌，她的心快要蹦出胸外，她几乎喘不上气，颤抖着说出这句话，"你就是何语啊……"

一阵眩晕，青忆倒向地上。恍惚中，她看见阿语朝自己扑来。

阿诺托住晕倒的青忆，半晌才说出一句话："去医院吧。"

6

（1）

诊疗室的样子同线上医院没多大区别，一样的纯白墙壁，极简化的室内设计。

"徐青忆家属？"桌子对面的医生着白大褂，戴金丝边眼镜，阿

　　　　　　　　　　　　　　　　海鲜饭店

诺推测那是他的移动终端，同他自己那台一样，信息会在镜片上显示，以便让医生更直观地获取病人过往病史、检查结果等相关信息。

吟风往前坐了坐，点头说道："是的，我是她女儿。"

医生微微收了收下颌，表示确认，复又开口："你母亲在里间休息，没什么危险，只是，情况有点麻烦。"

吟风紧紧攥着自己的外套下摆，静静等候下文。

"早发性阿尔茨海默症。"医生平静地宣布审判结果。

"什么？"吟风的声音中有几分困惑。

与此同时，阿诺通过云网检索起"早发性阿尔茨海默症"。

阿尔茨海默症，或称脑退化症，是一种持续性的神经功能障碍，多发于六十五岁以上的老人，也有少见的早发性阿尔茨海默症，病患会提前发病；最近十年，全球阿尔茨海默症病患比率显著提高，发病年龄提前，医学研究猜测这与人类生理记忆机能退化有关，目前尚未得到证实。疾病初期症状为难以记住最近发生的事情，随着病情发展，将会产生谵妄、易怒、具攻击性、情绪起伏不定、丧失长期记忆等症状。当病患功能下降时，会从家庭和社会的社交关系中退出，随着身体功能逐渐丧失，最终死亡。目前医学尚未有有效治愈阿尔茨海默症的方式，一般采用记忆上传方式保存病患记忆，以提高其晚年生活质量，减轻照护者的压力。

记忆上传，阿诺的心提了起来。

医生的解说和阿诺查到的资料大致相同，吟风听着，一点一点陷进座椅，最后，她用颤抖的声音问道："病患，一般能活多久？"

医生推了推眼镜，"视病情发展而定，很难预测患后；平均而言，病患确诊后的存活期为七年，但这只是一个平均数。"

"七年……"吟风喃喃道。

"如果进行记忆上传呢？"阿诺问道，努力抑制自己的心跳。

医生摇摇头，"没有用，记忆上传只能帮助病患保存记忆，对于控制和减缓大脑的病理学变化没有帮助。"

这不是阿诺想要的回答，他继续问道："但记忆上传能提高患者的生活质量吧？"

"确实是。"医生证实，"记忆上传与脑力锻炼、运动、均衡饮食等传统治疗方法的最大区别在于，它能通过将患者记忆保存在外部存储设备，并借助云网实现实时读取，使患者的记忆衰退表征没有那么明显，从而提高病患晚年的生活质量，减轻照护者压力。"

阿诺想要的就是这句，记忆上传的好处。

"记忆上传……"吟风重复道，"上传病患记忆的话会有副作用吗？"

"从临床表现来看，没有显著副作用。只是，如果可能的话，尽量不要让病患知道自己得病，以减少对她的精神刺激。"医生顿了下，又说，"如果要上传记忆，最好尽快，越早上传，能够保存的记忆就越多。"

（2）

沉默凝结成一堵墙，无形隔在吟风和阿诺之间，两人一路无言。

阿诺把吟风送到家门口，终于忍不住开口："吟风。"

吟风正准备合上门，顿了一顿，没有作答，而是猛地关门。

阿诺上前抵住门，"吟风，听我说，必须得上传！"

她更用力推门，试图把它合上。

"你妈的病不是今天才有的，她的情况越来越严重，我只不过是想劝她尽快决定上传而已，这样拖下去会越来越……"

"你为什么要刺激她！为什么要故意提到我爸！我都拦你了，你为什么还不听！"吟风心中压抑的不满倾泻而出。

阿诺也激动起来，"我不知道啊！我以为她不想忘记你爸，我以为这样能说动她上传记忆，我以为你和我一样是想让她过得更好啊！"

"妈……一直都忘不掉爸……"吟风松开门，无力地说道，"可就是因为忘不掉，所以才痛苦……"

"对不起，吟风，对不起……"阿诺进门，伸手轻轻环住吟风的肩，见她不抗拒，揽她入怀，加重了拥抱的力度，"我不知道，我现在知道了，对不起……"

吟风将头埋进阿诺怀里，泪水沾湿他的一小片前襟，棉布衬衫的触感有些粗糙，皮肤和布料间的轻微摩擦却带给她一种踏实的感觉。她用力蹭了蹭，痒痒的，有一点疼。她感到疲倦，自从上次云网断裂以来，各种事情接连发生，上一次和阿诺做爱是什么时候？

她抬头看阿诺，他也看着她，不知为何，他的眼神让她想起鹿。"把门关上。"吟风说。

阿诺照做，门在他身后合上，他重又搂过吟风，紧紧抱着她。又是一会儿，他的吻落下来，温柔的、带着愧疚的、小心翼翼的吻，他更多用的是唇，轻轻摩擦、包覆着她的唇，偶尔探出舌尖，却不敢深入。

他的鼻息拂过她的脸，痒痒的，泪痕风干在脸颊，有点紧绷的感觉。吟风突然想起什么，从他的吻中抽出，踮起脚尖凑到他的耳边，"把云断了。"舌尖自下而上不经意滑过他耳根背面。

"嗯。"阿诺应允。

片刻后，她的唇再次被他的覆住，这次的吻更有力，更多几分决断和确定。她张开嘴配合他的吻，探出舌迎接他的舌。她心里有一团烦闷的火，火舌舔舐心头，烧不旺，也熄不灭。她更积极回应他，仿佛如此便能掀起狂风吹灭火苗。

她引他到卧室，解他的衬衣扣子，每解一颗，心头的火却更毒一分。他能记得吗？没有备份记忆，他会记得今天的每一个细节？如果没有记忆云，他会像父亲忘记母亲那样忘记自己吗？苦涩加进燃料，焰心卷起惨绿色的光。

阿诺双臂绕过吟风肩头，想解她颈后连衣裙后的暗扣，却解不开。他的吻滞住，更多精力被投入到手上的动作。他总是这么笨，从来学不会破解女人衣服上的机关。她随他停在那里，心底的火凉了半截，焰却愈发绿了。在她快要放弃等待推开他时，颈后的力道一松，暗扣解开了。她察觉到他松了一口气，随后顺畅拉下她连衣裙后背的拉链。吻再度热烈起来。

他的吻落在她的唇上，她的脸颊上，她的锁骨上，她能感受到他的唇舌滑过自己肌肤时遇到的细微阻碍。她今年二十八岁，不像同龄人那般注意保养，她的皮肤不再如从前那么细嫩，她的心不再如过去那么炙热。她不甘心，但也没有那么不甘心。这两年来，很多事情对她来说都不再那么有所谓，生活陷入倦怠，总是停滞不前。她学会在压力下低头，甚至根本不去注意压力的存在。日子过得平淡，没有大惊大喜，也没有大风大浪。可为什么不幸会发生在母亲身上？母亲五十七岁，吟风从没觉得她老；早发性阿尔茨海默症常为家族遗传，吟风没见过早逝的外婆，但这意味着等到吟风老了也很有可能患上这病。她有点想哭，却哭不出来，眼泪刚才已被挤干。她不那么在乎自己的将来，她想知道母亲接下来会怎样、她应该怎样做。现在她什么都决定不了，什么都做不了。

她疯狂地吻回去，她不愿想，任心底的火燃烧，她躲进火中，引阿诺一同进入火焰中心。他们拥有彼此，占有彼此，享有彼此，这是她唯一能做到的。她偷偷看他，他眼神里的鹿早已变成狮子。

吟风头枕着阿诺的胸膛，听他的心跳一声声传入耳中，他体表的温热让她感到无比安心。他右手枕在吟风身下，绕过她半搂着她，轻轻地、慢慢地抚着她的右臂内侧。

她心里一片澄明，什么都有，又什么都没有。

"阿诺，"她没多想，"我怀孕了。"藏在肚子里的话顺着食道脱口而出，再自然不过，再顺畅不过。

"你说什么？"他猛然坐起身，吟风从他身上滑落。

　　　　　　　　　　　　　　　　　海鲜饭店

她不说话。

他的眼神里是她分辨不清的东西，震惊、狂热，还是怀疑？"你刚才说你怀孕了？"

吟风仍不作答。

"我要当爸爸了？"阿诺眼中的惊喜和期待渐渐浮现，"我要当爸爸了！"

吟风点头的瞬间，已被阿诺一把抱进怀里，"吟风吟风吟风，你知道我有多爱你吗！"

她喘不过气，挣扎的动作让阿诺意识到自己的失误，又放开她。

"对不起，我太激动了。你为什么不早点告诉我，我要当爸爸了啊！"阿诺扶着吟风的双肩，说话时带她一同轻轻晃动。

"我忘了。"吟风没有说真话，也许这就是真话。

7

阿诺沉浸在即将为人父的喜悦之中。

他就要当爸爸了。

阿诺没有任何关于自己父母的记忆。他在孤儿院长到五岁，从智商测试中脱颖而出，被送进御云学院，学习数学、逻辑、算法和编程，至少档案如此记录。阿诺从不怀疑客观记录。对于六岁以前的记忆，他并没有多少印象，六岁以后他开始上传记忆，一开始得借助大型仪器和外接设备，后来他装上植入式接口，得以直接实时进行记忆上传。他依然记得，动手术那天是他的十二岁生日。六岁以来的所有记忆都被保存在记忆库中，御云学院学生的特殊身份使他拥有无限的记忆云存储空间，他给库中的记忆分门别类加上标签，方便从云端检索调用。云端的记忆不仅可供个人使用，更能与他人分享；当然，为了避免记忆错乱的情况发生，政府限制了分享记忆的拟真度，只有少数醉酒者或瘾君子在极不清醒的情况下才会将别人分享的记忆误当作自己的。阿诺分享过不少自己的记忆，也体验过他人的人生片段。他最喜欢家庭生活幸福美满的童年记忆，那些妈妈给孩子讲的睡前故事、一家三口去郊外野餐的愉快经历让他羡慕不已，他也想有个家。阿诺知道自己没法改变过去，只能期待未来，认识吟风后，这种感觉更为强烈，他想和吟风共建家庭；吟风怀孕的消息更是让他相信这个未来并不遥远。

8

（1）

上班路上，吟风昏昏沉沉。昨晚她没怎么睡，满脑子都在想母亲的病，身旁的阿诺倒是睡得安稳。

地铁车厢很安静，没人愿意放弃这宝贵的时间，无论是站着还是坐着，或者补觉，或者接入云网通过移动终端浏览新闻、阅读邮件、播放影音。吟风有点困，可她不敢闭眼小憩，生怕坐过站或是错过换乘，公司对于上班时间要求很严。

车厢依旧配备移动电视，总有像吟风这样没有沉浸在个人世界中的乘客。移动电视上滚动播放着广告，御云公司推出了实时记忆共享的新业务，"与远在天边的亲友共享宝贵一刻"。广告里说，记忆的实时共享延迟将不超过0.02秒，无论物理距离多远，都能亲临现场般拥有同样记忆。记忆似乎真的连成了一片云，也许哪天人们甚至可以实时共享整个大脑，相互连接的大脑是否会形成某种新的智慧形式，某种集体意识？吟风想，要是那样，她愿意与母亲共享大脑，这样母亲的病也就没那么可怕了吧。

母亲还不知道自己的病情，她不该知道。从客观角度来说，上

　　　　　　　　　　　　　　　海鲜饭店

传记忆对母亲来说利大于弊。可吟风知道母亲向来反感技术，不信任记忆上传，无论如何都不会主动答应进行上传。母亲的固执持续了二十年，从不曾放下，正如她二十年来都无法忘记父亲。

阿诺说他有办法在不让母亲发现的情况下完成她的记忆上传，同样有办法在不让母亲察觉的情况下让她能够实时调取自己在云端的记忆，从而缓解记忆衰退现象。这样能避免引起母亲的怀疑和恐慌，也能减轻吟风照顾母亲的压力。

可是，吟风不确定自己是否有权利替母亲做出决定。记忆是母亲自己的，她有权选择自然遗忘或是通过人工手段去记住；吟风虽然是她的女儿，却无权剥夺母亲自由选择的权利。但母亲对自己的病情一无所知，吟风清楚地知道母亲一定会拒绝无缘无故的记忆上传提议，那么假如她知道自己的情况又会如何？吟风无法判断。

（2）

吟风抵达公司时，甘洋已经在办公桌前坐着了。

"早啊。"吟风放下包，同甘洋打招呼。

她没有反应，自顾自愣在桌前，她没戴工作套件，手上也没有动作，只能是在发呆。

"早……啊。"吟风伸出左手在甘洋面前晃了晃。

依旧没反应。

"你怎么啦?"吟风晃了晃甘洋的肩，加大力度又晃了晃。

她这才回过神来，"啊，吟风。"

"出什么事啦? 你怎么魂不守舍的。"

"没事，"甘洋轻声说道，"我只是……有点累。"

"昨晚又出去疯啦?"

"哪有。"甘洋挤出一个苍白无力的笑容。

吟风探出手摸了摸甘洋的额头，又摸了摸自己的，"没发烧啊，你是不是没睡好？"

甘洋往后躲了躲，"可能吧。"

"自己好好注意休息啦，这阵子特别容易感冒。"吟风自己又何尝不需要好好休息？她也只能在旁人面前强打起精神。

"嗯。"甘洋弱弱应了一句，便戴上工作套件进入工作状态。

吟风戴上工作套件，正准备也开始工作，一阵紧急事件提示音响起，是主管的呼叫，让她立刻去主管办公室。

吟风不免感到奇怪，方才的疲倦被疑惑压过。工作上的所有指示，历来都是主管通过网络发送，除了上次云网中断，她从未与主管当面讲过话，更别说单独会面，连楼层的这个角落她都从未接近过。做好本职工作，不去多管闲事，这是Reservoir里不成文的规矩。

主管办公室位于楼层角落，门口的铭牌上用严肃乏味的字体写着：

人力资源部门主管孟溪霖
Director of Human Resource Department CELINE MENG

原来主管的真名这么文艺，和她严肃的外表不怎么相符，吟风不由得一笑，敲门而入。

主管正站在那两面呈九十度夹角的落地玻璃窗前俯瞰江景。听到有人进门，主管并没有回头，而是喃喃道："又起雾了。"

的确，薄雾挟裹着水汽与尘埃，遮住江面上驶过的游船，模模糊糊只能看见一个轮廓，白日的游览航线不算多，夜里亮灯时才是江上游览的黄金时段，只可惜今天雾中的夜景恐怕会显得黯淡。

吟风不知该如何回答，主管却离开窗口，回到桌前坐下。

"何吟风，"主管声调平静，听不出任何感情，"你觉得最近自己的工作表现如何？"

吟风检查了自己的绩效指数，回答道："根据数据显示，我最近一个月内工作表现为一般，与往期无显著差异。"

主管双手交叉，搁到办公桌上，继续问道："那么你的情绪波动呢？"

情绪波动的监察由吟风自己所在的员工幸福指数测评小组负责，她照实回答："我最近两周内的情绪波动高于标准水平百分之八点五，属于正常波动范围。"

"你知道自己的工作职责吗？"主管看向吟风，目光经过镜片的过滤，不知为何让吟风感到一丝寒意。

"通过检查公司员工的情绪波动，发现其工作效率变化原因，并在出现异常数据时通过人工手法进行修正，以确保员工在工作中情绪稳定，感到幸福。"吟风一字不差背出自己职位描述中的段落。

"那么，你明白为什么自己目前不能胜任这个职位了吧！"主管低下头，"收拾东西吧，今天办妥离职手续，Elsa会来和你交接。"

主管的话完全出乎吟风所料，她争辩道："可是，我的情绪波动并没有超出异常范围，也完全没有影响到工作效率啊！"

主管没有看她，"你的职位特殊，任何一点主观色彩都会影响你的判断，我们不能冒这个风险，让自身情绪并不稳定的人来对全公司员工做出判断。"

吟风脑中炸开一片惊雷。她不能失去这份工作，她需要这份收入，母亲的病，还有肚子里的孩子。对了，孩子。她仿佛抓住了救命稻草："我怀孕了，公司不能辞退我。"

"你怀孕多久了？"主管似乎早有准备。

吟风愣了一下，答道："大概两个多月。"

"按照法律，在事先不知情情况下，公司有权出于其他考虑辞退怀孕三个月内的员工，并发放相当于十个月工资的一次性补贴。当然，像我们这样人性化的公司，为员工提供不限时的休养待孕期，休养期时长以公司决定为准，休养期间给予最低补贴，但相应地，员工在等待公司通知召回期间不得与其他机构签订任何形式的劳动合同。你可以自己选择。"

接受，她将获得十个月的工资以及自由身；不接受，她会在每个月获得少得可怜的最低补助，却没法找其他工作，被困在无期徒刑中。吟风迟疑片刻，回答道："好吧，我接受公司辞退。"

主管转过椅子，背对吟风，"你的补贴会在一周内到账，你所享受的公司福利会于一个月后终止，届时你和你的家人将不再享受公司提供的额外医疗保险。"

苦涩涌上吟风心头。她离开前，又瞥了一眼主管的发髻，依旧盘得一丝不苟，她在一个多星期前注意到的银发却似乎不见了。

吟风收拾办公桌时，甘洋毫无反应，一直到她离开，她俩都没说过一次话。

这就是最深刻的办公室友谊了。吟风不怪甘洋，毕竟她没有必要把时间浪费在一个即将离职、未来不会和自己有任何瓜葛的同事身上。

（3）

吟风约摸半个月前得知自己怀孕，她当时确实兴奋了一阵，紧接着阿诺的失约又让她郁闷，可她确定自己的情绪波动处于正常阈值内，距异常参数值还离得很远。昨天母亲的晕倒确实让她的心境遭受不小的震动，可今天是她在知道母亲的病后第一天来上班，还没来得及对自己的当日情绪参数做例行测定就被叫去见主管，公司管理层没有理由预见这一不稳定因素的存在。

吟风确实处于一个特殊职位之上，但所有员工的当日情绪参数都由程序测定，并由计算机绘制情绪波动曲线，出现异常时自动发出警报，吟风所要做的就是确保这一过程顺利进行，并对异常参数进行复查。她个人轻微的情绪波动并不会影响她的判断，一般而言，被判定为异常的情绪波动要高于标准水平百分之二十五。公司没有理由因为区区百分之八点五的波动就断定她失去理性判断的能力；除非，公司通过某种途径预见到她未来几个月内情绪可能产生的更大波动，也就是说公司第一时间得知了母亲的病和吟风怀孕的消息。

每个人的医疗信息都是保密的，即使是用人公司也无权获取员工的个人医疗记录，更别提员工家属的了。吟风没有跟阿诺与母亲之外的任何人提过自己怀孕的事，母亲的病也只有阿诺与自己知道。阿诺不可能把这些讲给其他人听，凭吟风对他的了解，她断定他至少还懂得什么是不该说的，何况阿诺也是昨天才知道这两件事。母亲就更不可能泄露消息了，她至今仍躺在床上，对自己的病情一无所知，至少吟风希望如此。

难道公司读取了吟风的记忆？不，这不可能，吟风并不是记忆上传的积极拥护者，她只在必要时上传重要记忆作为备份，最近一段时间根本没有任何上传行为，公司不可能直接进入吟风的脑海读取她的记忆。母亲更是从未上传过任何记忆，她几乎就是一个与现代科技隔绝的个体。在医院工作的医生和护士都有强制保密协议制约，无法泄露关于病患的任何消息。难道是阿诺？吟风知道阿诺习惯将记忆实时上传，可阿诺也算得上顶级黑客，如果他自己的记忆被他人非法读取，又怎会无所察觉。

吟风毫无头绪，她现在唯一能确定的就是母亲青忆享受的公司员工家属额外医疗保险将于一个月后自动终止，母亲的治疗必须尽快开始，她不得不为母亲作出决定，上传她的记忆。吟风通过网络电话呼叫阿诺。

9

（1）

准备工作并不简单。

御云公司的数据库安保措施相当周密，即便是在公司内拥有次高级别权限的数据安全监察员陈诺也无法进入用户的私人记忆库。要进行外界干预，只有在用户上传记忆的过程中，记忆被数字信号化之后，数据保存到御云公司的记忆库中之前。

阿诺用两周时间编写了一个拟态记忆数据包，为自己争取到十二分钟。在记忆上传的最开始十二分钟里，这个被阿诺称为"青韵"的数据包将被发送到御云公司的记忆接收中心，数据包里填塞的均为人工合成记忆，由阿诺从公开记忆数据库和影像资料中提取随机拼凑。

这种杂乱的印象式记忆在体验性记忆上传的实际过程中十分普遍，许多人记忆中都充斥着来历不明的模糊印象，可能源自梦境，可能源自电影，也可能源自对于某本小说场景的想象，这些碎片化的印象会被归为"灰色记忆"，系统无法对其进行自动分类。灰色记忆会被保存在用户的记忆库中，日常检索却不会被触及，除非用户手动对其添加标签。

一般而言，灰色记忆的实用性很低，保密级别也较低，公安侦查案件和心理医生辅助治疗时可以申请权限调用，在日常生活中却很少有人实际用到灰色记忆。记忆在人脑中存留时间越长，就越容易退化成灰色记忆，这也是阿诺选择实时上传记忆的原因之一，他想让所有过去的记忆保持鲜活。

医用记忆上传设备很庞大，仿佛一个巨茧，将徐青忆牢牢包裹，笨重却安全，这能将记忆上传过程中的外界干扰降到最低，却防不住阿诺侵入中央控制系统发出的附加命令。这台设备会读取徐青忆脑海中的记忆，并将其转化为数字信号，御云公司的记忆接收中心则会在十二分钟后收到徐青忆的真实记忆数据并将其存储到重重加密的记忆库中。阿诺在第二伊甸租用了云脑计算服务，借助这些临时资源，他将在十二分钟内筛选出关键记忆片段并进行删改，完成任务。

（2）

倒数五分钟。云网链接正常。

倒数一分钟。医用记忆上传设备数据截获准备。

倒数十秒。"青韵"就绪。

三、二、一。行动。

如潮的回忆向阿诺涌来。

青灰色的巷子，飘着朦胧的细雨。身旁男子的衣服上有好闻的柠檬草香味，他右手打着伞，伞斜向右边。男子有着挺括的下巴，右边嘴角扬起，笑容带些痞气，却很干净。巷子里没有别的人，一路铺满苔藓的青砖，就这么延伸下去，消失在前方的雨帘中，好像消失在时间尽头。"你知道吗，青忆，"男子的声音有点沙哑，"我很喜欢这种天气，雨丝就好像数据流，绵延不绝，串联起过去和未来……"

闪动的白炽灯，投下的光明灭不定。桌下一地破裂的瓷器碎片。"你一定要去吗？"女人的声音。对面的男子默然。他高高瘦瘦，黑框眼镜，格子衬衫加牛仔裤。"你考虑过我和吟风吗？"女人的声音在颤抖。"这个实验可能改变人类的未来。"男人盯着地面。"不一定非得是你啊，"女人的声音带上了乞求，"求你了，别去。""对不起，"男人抬起右手拇指蹭了蹭自己的鼻尖，"我会回来的。"他转身离开，自始至终没有抬起过视线……

"我不是何语！别再逼我了好吗！"男人咆哮。他双手抱头，痛苦地摇晃，"我什么都想不起来。"向前几步，小心靠近男人，伸出双臂试图抱他。男人触电般后退，双手护在胸前，眼神充满惊恐，"别碰我，我不认识你！"衣角被扯了扯，低头看去，八九岁的小女孩，梳着两条麻花辫。小女孩走上前去，伸手环住男人的腰，叫道："爸爸。"男人俯下身，一根一根掰开小女孩的手指，"我不是你爸爸……"

这是陈诺第一次如此完整地窥视他人记忆。

他几乎不在本地保存记忆，每次重新读取自己的记忆总会在一开始让他感觉陌生，但很快就能回想起那种熟悉感。那感觉就好像在湖面上投下一枚石子，涟漪荡开，平静的湖面泛起阵阵波纹。阿诺实时上传记忆后会同步删除本地备份，以给大脑腾出更多计算空间，进行更高效的逻辑思考。从理论上来说，本地删除的记忆不会在大脑中留下残余数据，但记忆留下的那种感觉却无法去除，只要一个引子，便能唤回。

他也时常导入他人的共享记忆，那些记忆场景对他来说很新鲜，却因经过拟真度调整显得模糊而不真实。

徐青忆的记忆带给他的感觉很特别。

她很少有清晰的近期记忆，最近几周甚至几天内的生活记忆边缘模糊，融成一团，好像在室外透过结霜的玻璃窗看向屋内，只有大致的色块，看不清具体细节。感觉最强烈、棱角最鲜明的记忆来自遥远的过去，它们似乎在漫长的岁月中被一遍遍回放，带着厚重的个人主观色彩。而这些记忆，让阿诺感到异样的熟悉，不是读取自己记忆的那种熟悉感，更像是……更像是通过他人的视角观看自己的记忆，同一场景在不同人脑海中的复演。有那么一瞬间，阿诺怀

　　　　　　　　　　　　　　　海鲜饭店

疑青忆记忆中的那个男人就是他自己，可理性马上否定了他的怀疑。这不可能，阿诺比青忆小三十多岁，她记忆中的男人却和她一般大小。

阿诺迅速从脑中清除奇怪的想法，着手寻找记忆删改的切入点。这在平时并不容易，记忆删改很容易让原始记忆拥有者产生异样感觉，可是青忆的近期记忆本就模糊，支离破碎。阿诺找到青忆从在家中醒来开始到隔天被带到医院接受所谓"检查"却进了记忆上传室的那段，裁切下来删除，并对那之前的记忆进行模糊化处理。

这还不够。删改只是为了让青忆忘记记忆上传的事儿，阿诺还有更重要的目标。他又调出一段代码，在青忆被读取的记忆信号下埋进一块蒙版，蒙版上植入了对于陈诺这一个体的正面印象。这回，丈母娘想不喜欢他都难。

完成。

阿诺的意识回到现实，他的手心沁出了汗。

吟风焦急的脸庞凑上来，"怎么样？"

阿诺比出OK的手势，"没问题。"

"我看仪器的指示灯灭了，可你这边过了十多分钟还是没有动静，差点以为……"吟风咽下了后半句话。

阿诺右边嘴角上扬，牵出一个微笑，"你还不相信你男朋友吗？"说着，他搂过吟风，给了她一个吻。

10

（1）

母亲还睡着。

吟风不记得自己有多少年没像这样守在母亲的床边了。她的皮肤松了皱了，曾经白皙的肤色酿出淡淡的黄，就像在衣柜里挂久了的白衬衫，没收纳妥当，起皱泛色。吟风记得母亲年轻时眉毛很好看，像是用紫毫蘸了墨轻轻画上的，可如今她的眉毛稀疏杂乱，在紧锁的眉头两侧挤作一团，她的眼球快速转动，薄而淡的嘴唇紧紧抿着。母亲是在做噩梦吗？

记忆上传完成后，趁母亲还没醒，阿诺帮着吟风把她送回家，随后又被吟风遣走，她不想母亲醒来就看见两人围着自己，太容易让她起疑。即便阿诺拍着胸脯向她保证没问题，可她心里依旧没底，这办法管用吗？

不是吟风信不过阿诺，她知道自己的男朋友技术了得，不然也不会当上御云公司的首席数据监察员。但她依旧害怕，父亲的记忆就是这么丢失的。尽管吟风无数次劝说母亲如今记忆上传技术早已成熟安全无风险，内心深处的担心却只有她自己知道。从理性角度来看，记忆上传的风险确实已经降低到了无限小，这项技术商用化十多年来，很少爆出负面新闻。吟风想，也许父亲是这项技术第一位也是唯一一位献祭者，就像古时的宝剑，总要用鲜血来祭，而后便无往不利。父亲的事故像一根鱼刺，似乎早被吟风用白饭送进腹中，喉咙口的瘙痒却久久不歇。她不怕一万，就怕这不足万分之一的概率。阿诺对母亲上传的记忆进行了人工干预，是否会增加事故发生率？

"语……"吟风被母亲的嘟囔惊到。她翻转身子，侧向右边，双腿蜷起，两手收在心窝，并没有醒。

母亲还是忘不了父亲。吟风想起自己中学的初恋男友，也是个技术狂人，像阿诺那样，像父亲那样。他叫什么来着？吟风想不起来。她的初恋始于十七岁那年夏天，她记得初夏躁动郁热的天气，

海鲜饭店

记得紫藤花架下那个绵长的吻，她很笨拙，不知该如何回应，只是呆呆站在那儿，在汗湿的拥抱里接受对方探出的舌头，触感粗糙却有力。初恋男友靠帮人写程序赚钱，高三就攒够钱给自己装上植入式接口，他上传自认为不重要的记忆，需要时再从云端调用。植入内置接口后，他每次见到吟风都会愣上十秒，等到加载完关于她的记忆，才展开笑容伸手拥抱。不久后，吟风撞见他怀里搂着另一个女孩，见到吟风后愣了二十秒，尴尬地笑笑，若无其事搂着女孩走开，头也不回。吟风回家后扑进母亲怀里哭了很久，母亲拍着她的背，自己也哭了起来。

自那以后，吟风交往过很多男友，形形色色，很难归纳共同特点，交往时间都没超过半年。她总是很快陷入一段新的感情，又在短时间内失去热情。她从心理系本科毕业后，去欧洲过间隔年，边打工边旅行期间，吟风遇上了Jānis。那个拉脱维亚人让她第一次觉得找到了永恒的爱。整整五个月里，他们背着行囊走遍半个欧洲，一同跳进沐浴着落日余晖的波罗的海游泳，俯卧在悬崖之上拍摄峡湾，在绚丽的极光下深情拥吻。可是最终，他消失在森林中，留给吟风一个月的身孕。吟风至今无法确定Jānis消失的原因，是遇险还是厌倦离开？他走之后，吟风才发现自己根本不了解他的身世，正如她不了解拉脱维亚的历史。

吟风回到他们相遇的地方——赫尔辛基，申请了北欧几所大学的组织行为学硕士，她一边等待申请结果，一边等待孩子的降生。吟风等来了赫尔辛基大学的录取通知书，却在一步踩空后滚下楼梯，丢掉孩子。医生告诉吟风，她以后很难再怀孕。她消沉了很久，反思自己过往的感情，讶异于自己的不慎重。她潜心于硕士研究，两年都拿下全奖。一直到毕业后回国工作，很长一段时间里，吟风都没有陷入过新感情中，直到她遇见阿诺，这个被母亲打上黑叉的极客。她和阿诺在一起时有矛盾，但大部分时间却感到踏实，与极客相处本不容易有安全感，可她相信阿诺是真的想要一个家。她爱阿诺，甚至可以不顾母亲的反对。她相信阿诺也爱她，更何况，她怀上了他的孩子。她今年二十八岁，这可能是她最后一次怀孕。

床上的母亲又翻了个身，缓缓睁开双眼。

"妈，你醒啦?"吟风急急问道，"医生说你是低血糖，先别急着起来，在床上多躺一会儿，我给你拿点吃的。"

母亲睁大双眼盯着吟风，像没听懂她的话，她的眼神清澈无辜，宛若孩童。片刻后，母亲号啕大哭起来。

（2）

绵延不断的数据流如雨般落下。周遭是茫茫灰白，没有景物，没有生命。他站在灰白当中，透明的数据流泛着金光，远处的字符看不真切，近处又落得太快。他抬头，试图捕捉一些线索，0和1闪过，从他的头顶落到脚下。得让它们停下来，他想。他向前走了几步，想要跨进数据帘幕，出乎他的意料，没有劈头砸下的数据流。数据帘幕在他前进的方向分开，又在他身后汇合，他的头顶永远是一片空白。他加快脚步，他跑了起来。他想要冲进数据帘幕，想要0和1落到他身上。可是没用，他就像被锁进一道光柱，数据流遇见这光柱便消散无形。他越跑越快，脚步快要跟不上他前进的速度。一个趔趄，他倒在地上。

地上积水，水塘映出他的倒影，他看见水塘中自己的狼狈模样，被雨打湿的头发紧贴在头皮上，雨水顺着脸庞轮廓流下。他甩了甩头，想甩掉脸上的雨水，倒影中的男人却没有动，他停下动作，想要仔细看看倒影中的男人，那男人却抬起右边嘴角，邪邪笑了起来，他跌进倒影前最后的印象是男人挺括的下巴。

一对母女的背影，母亲牵着女儿，迎着夕阳缓缓行走。女儿回过头来，不过八九岁光景，她伸出空着的那只手，朝他挥挥，嘴里喊道："爸爸，快点快点！"母亲也回头，朝他挤出微笑，不知为何那笑容有些无奈和凄凉。他张开嘴，想说些什么，声音却堵在自己的喉咙口，"我不是你爸爸……"夕阳把母女俩的影子拉得无限长，他陷进影子，就像陷进泥潭。

"你看，连我的影子都变胖了。"女子娇嗔道。他从背后环住她的腰腹，得伸长胳膊才能勉强结成环，"那有什么关系，我不是一样能抱住你？"他看看地上的影子，自己要比怀里的女子高上一头，"而且，这是三个人的影子啊。"女子在他的环抱中努力转过身，含情脉脉看着他的眼睛。他轻声呼唤"青忆……"微微侧头吻下去，堵住她嘴里的"语"字。

下一秒，他又身处荒野中，铁轨延伸向远方。冥冥之中，他好像知道自己会看到铁轨中央的闪光，会跨过枕木去捡拾那镜子碎片，会注意到天上状如飞翔的鲸鱼的云，会躲不过火车的碾压；他知道自己会身处密闭的房间，被束缚在铁椅上无法动弹，电流会钻进他的脑袋，剧痛会袭来。可如今，他只是沿铁轨一路前行……

陈诺听到一阵紧密的鼓点，这是他为最优先级事件设置的提示音。一夜的梦魇拖住他的意识，不让他清醒。鼓点愈来愈密，愈来愈强。床头被伸缩支架抬了起来，抵达临界点后猛地下沉。阿诺的头重重撞进厚实的枕头，他醒了过来。

是来自吟风的通信请求。阿诺迅速接通。没有图像，传来的只有吟风焦虑的声音："快来，妈的情况不大对。"通话被切断，阿诺还来不及回答，只收到吟风共享给他的位置。

他从床上跳起来，一边穿衣服一边调出相关情报。记忆上传的事故率接近零，只有删改部分可能出岔子。阿诺反复检查过方案的可行性，模拟运算不下五遍，以确保任务的万无一失。没想到还是出了问题。

（3）

　　吟风打开门，一把将阿诺拉进厨房，关上门压低声音说道："妈有点不大对，醒过来看见我就哭，我好不容易哄好她，帮她穿上衣服，这会儿她正在客厅沙发上玩……"她迟疑一下，"玩娃娃，我小时候留下的。"

　　阿诺迅速检索比对了阿尔茨海默症各阶段的症状。计算能力明显下降，失去选择适当衣服及日常活动之能力，走路缓慢、退缩、容易流泪、妄想、躁动不安，中度阿尔茨海默症，智力退化为五到七岁儿童的程度。他心头一沉，难道自己的删改反而加速了徐青忆的病症恶化？

　　他强作镇定，"我去看看。"说着就往门外走去。

　　吟风拉住他，叮嘱道："小心点，别吓到她。"

　　阿诺点点头，推门走向客厅。他尽量从远处起便进入青忆的视角，踏出重重的步子好让她听到，直到离她三步远，青忆依旧没有抬头，只是专心摆弄着手里的娃娃，不时发出一声憨笑，从神情到动作，都仿若幼童。

　　阿诺停下，轻咳一声。

　　青忆抬起头。她的眼神先是疑惑，随后转为惊喜，她丢下手中的娃娃，扑向阿诺，扯住他的手臂蹭上去。青忆比阿诺矮上一头还多，她踮脚仰头，嘟嘴发出"啵啵"的声音。

　　阿诺见状忙向后退，青忆却不依不饶，咧嘴笑道："阿语阿语，你终于回来了……"

　　又是何语！阿诺心里暗骂"见鬼"。

　　"妈！阿诺！"

　　陈诺扭头，正对上吟风惊讶的表情。

海鲜饭店

（4）

等吟风忙完坐定，已是下午3点。

青忆醒来后心智似幼童，还把阿诺当成父亲何语缠住不放。吟风还来不及从这变故中回过神，便被青忆的叫饿声和阿诺肚子的咕咕声逼得张罗午饭喂饱他们。这座城市的外卖网络相当完备，24×7的送餐服务让她坐在家中不动就能享用热气腾腾的新鲜食物，可吟风还是选择出门买菜，她不愿在家看母亲紧紧搂住自己的男友，好像小孩抱住心爱的玩具，好像少女依偎久别的恋人。

吃过饭后，青忆又困了。吟风千方百计把她哄上床，可青忆仍抓着阿诺的手不肯放。他递给吟风一个无奈的眼神，示意她先去休息。

究竟是怎么回事？吟风在客厅沙发上长叹一口气。最近几周她的生活乱作一团，先是母亲被确诊患有阿尔茨海默症，再是自己被公司开除，现在母亲又变成了需要照顾的小孩。吟风摸了摸自己的肚子，难道往后她需要照顾两个孩子？倒是母亲对阿诺的态度，由一开始的反感排斥变成如今的喜爱有加，真是种讽刺。看来无论这些年来母亲如何回避关于父亲的话题，无论她如何埋怨，她还是从心底记挂着父亲，爱着父亲啊。

茶几上随意摊着不知多久前的报纸，边角微微卷曲，纸面上印着几块暗褐色斑渍，大概是母亲不慎打翻的茶水。这个时代，也只有母亲这样传统的守旧主义者还会订阅纸质报刊，那是她了解外面世界的一贯方式。

吟风拿起最上面那份报纸，随意翻阅。前几版尽是些为党和领导歌功颂德的文章，毕竟这些报纸的存活很大程度上依靠体制内力量的滋养；虚拟偶像的花边新闻占据娱乐版面，以完美为标准塑造的虚拟偶像终究抵不过世俗的同化，沾染上人间烟火，堕入凡间；社会版大篇幅发文探讨当前社会保障体系如何改革才能完全解决日益尖锐的城市孤老养老问题，依靠现代技术与云网普及的智能化群体养老方案浮出水面；科技版上计算机科学家与脑神经科学家再度联手，攻坚继记忆数字化之后的意识数字化难题，若成功，有望再夺诺奖……吟风扫过一行行大字标题，她订阅的网络新闻偏重文化类，这些报上的"旧闻"很少进入她的视野。突然，财经版上一则报道引起她的注意。

互联网金融公司HMC低调易主，
国内记忆云行业老大御云或布新局

本报讯，御云公司昨日发布公告，称以九十四亿美元完成对HMC的收购，包括十三亿现金和市值约八十一亿的股票。作为国内记忆云行业老大，御云公司自创建以来便专注于记忆上传、存储与分享业务，构建了云网时代的庞大记忆云。此番收购老牌互联网金融公司HMC，或将重新寻找记忆云与互联网金融新的结合点，为其业务拓展布下新局……

HMC，如果吟风没有记错的话，HMC恰恰是她所就职，或者说曾经就职的Reservoir的最大股东。她翻回报纸首版查看出版日期，一个月以前。这意味着，这个月来实际掌控Reservoir的是御云公司，公司间的并购往往会带来裁员等调整，虽说被收购的是HMC，难保不影响到Reservoir。也许该找阿诺问问……

一个人形重重摔到吟风旁边的沙发上。

"呀！"吟风的惊叫声被一根手指堵在嘴边。

"嘘，"阿诺压低声音，"我好不容易趁你妈睡着松开手才溜出来，别把她吵醒了。"

吟风点点头，"难为你了。"语气中藏着她自己都能察觉到的淡淡醋意。

好在阿诺并未注意，他伸展开四肢，把身体和沙发的接触面积扩展到最大，"你妈似乎把我当成了你爸。"

"嗯……"吟风不愿多说，她有别的事儿要打听，"对了，你们公司收购HMC的事情你听说了吗？"

"哎？"阿诺顿了一会儿，大概是在检索资料，"有了，御云最近几年一直在秘密增持HMC股份。两周前，御云公开宣布收购HMC。怎么了？"

"没什么，我只是在想，我被辞会不会和御云收购HMC有关。HMC是我们公司的大股东。"

"唔，"阿诺又停顿片刻，方才开口，"御云并没有公开收购HMC之后的战略规划，我回公司帮你查查内部资料吧。"

吟风给了阿诺一个虚弱的拥抱，"谢谢。"这是她今天第一次觉得他仍属于她。

11

（1）

到底是哪里失误了呢？删除记忆时刺激到了脑神经？模糊处理做过了？还是态度蒙版的模拟演算出了问题导致排异现象产生？阿诺从没怀疑过自己的能力。自他接触编程语言以来，它就成了他母语般的存在；从经典的C和Java到流行的Cloud#和UniversAL，阿诺熟练掌握多门主流计算机编程语言，它们适用于不同平台，核心算法却共通。他用Cloud#编写了丢给御云记忆接受中心的青韵，用UniversAL写了埋进青忆记忆的态度蒙版。他反复核查过可行性，也进行过错误模拟，也许这只是一个意外。

从结果来看，阿诺成功了。青忆对于自己的记忆上传并没有任何觉察，她对阿诺的态度也确实变好了。只是，她没有觉察的事情有些过多，态度好得有些过火。阿诺没有想过失败的后果，他确信自己会成功，如今只是成功得有些过分。

最初的惊诧过后，青忆的转变并没引起阿诺多大的忧虑，毕竟她没法再反对自己和吟风的事儿了，不是吗？此刻更让阿诺在意的是那个叫何语的男人，徐青忆的丈夫，吟风的父亲，记忆上传之路上的献祭者。青忆的记忆中充斥着与何语有关的片段，阿诺昨晚的梦中交织着何语鬼魅般的存在，而心智退化后的青忆更是将阿诺当作何语本人。他必须得查清楚。

（2）

在御云干技术活儿的好处就是能自主控制上班时间。阿诺到公司的第一件事就是钻进自己的胶囊隔间接通量子终端，开始检索分析一切有关何语的情报。当然，他也没忘记匀出百分之二十的运算量执行吟风交付的任务：挖掘御云收购HMC之后的战略调整，调查事件与吟风被辞的内在联系。

数以亿计包含"何语"字段的搜索结果在阿诺眼前筑成一堵墙，直通天地，贯穿东西。阿诺添加了"姓名"这一限定条件，墙面收缩了一些，虽然还是很大，却已能看到边缘。他将时间限定为最近五十四年，排除掉何语出生前的无用信息，又通过智能鉴定删掉性别非男的、非中国国籍的、生活在其他城市的……墙迅速瓦解重组，它更小了，也更近了，阿诺能看到墙面上隐隐闪着光的纹样，由横竖撇点钩折构成的"何语"二字。阿诺下达指令整合重复或相似信息，墙上的砖块开始新一轮移动，其中一些脱离墙所在的平面，叠

海鲜饭店

到其他砖块之后。很快，阿诺面前剩下的就只有一张信息挂毯，他浏览起这些筛选后的信息。

比起徐青忆来，何语要高调得多。他出生于五十四年前，狮子座，AB型血。何语是本地人，自小便在计算机编程方面展露天赋，一路凭借计算机特长免试升学，可惜他的才华也仅仅止于此，曾两度随队参加ACM[①]，均未夺得名次。何语并不满足于编写代码，他追逐技术潮流，热衷于体验各种最新电子设备，还开了个测评博客；他也活跃于各大论坛和社交网站，关注者人数达数万，算是个网络红人。何语是徐青忆大学期间的学弟，他认识她后便对其展开了疯狂追求，一时在校园内引起热议，事迹甚至上过BBS十大；何语硕士毕业后与徐青忆结婚，一年后诞下一女，取名何吟风。婚后的何语没有多大变化，依旧活跃于网络，并在体验性记忆数字化取得阶段性成果之初便公开表达支持与关注，课题组招募志愿者时也成为最先一批报名的申请者，随后成功当选为第一位志愿者，也是人类历史上第一位尝试记忆上传的勇士。可惜，实验失败了，不仅何语的记忆没能成功数字化存入外部存储设备，他脑海中的原始记忆也消失不见。事故原因至今不明，课题组给出的解释也含糊其词，媒体普遍猜测是由于课题组的粗心大意忘记备份而导致事故。失去记忆的何语被送回家中，一个月后下落不明。警局有徐青忆的报案记录，可二十年来，警察并没能找到那个曾经叫作"何语"的男人，"何语"被宣告失踪。

失忆和失踪又如何？何语的名字被载入史册。单凭他志愿参与体验性记忆数字化实验的勇气，何语就够格称得上是男人。阿诺想，如果自己处于那个时代，恐怕也会做出同样的选择，这可是无上的光荣啊。与这光荣相比，记忆又算得了什么？丢了也可以再造。阿诺打心底里赞赏何语的行事风格，如果他还在，一定会支持自己和

---

① ACM：ACM国际大学生程序设计竞赛（ACM International Collegiate Programming Contest, ICPC）是由美国计算机协会（ACM）主办的年度竞赛。

吟风在一起吧？

假设并没有用。阿诺进入了何语的实名认证SNS[①]主页，他分享诸多各领域的文章视频，看来兴趣广泛，但除了计算机外没一样精通；他的状态多而潦草，时常出现错别字，不拘小节；前几分钟状态里还在说想去哪儿吃什么，不出多久就会发布食物照片，是个彻头彻尾的行动派……阿诺觉得何语的性格跟自己真还有点像，如果他们认识，绝对会成为好哥们。

阿诺猜测何语像自己一样，除了实名的SNS主页外，一定还有其他匿名活跃的站点。阿诺用何语的注册邮箱、用户名、昵称进行不同组合，加上主流邮箱后缀，命令量子终端进行智能检索。

等待结果的同时，阿诺决定休息一下，他点了一杯咖啡，断开大脑和量子终端的连接。冒着热气的咖啡等在饮料机中，无糖，加奶，终端一向记得他的口味。阿诺喝一口咖啡，开始审阅二号任务的结果报告。御云公司在收购HMC后没什么大动作，人才战略方面的指示为"采取温和保守策略，暂时保持HMC独立运营，以避免并购过程中发生的人才流失"，收购并没有造成HMC裁员，更别提仅仅是为HMC控股、一直都保持独立运营的Reservoir了。报告显示，御云收购HMC与Reservoir辞退吟风之间的相关系数为0.35%，无可推断联系。

他把报告通过个人邮箱发送给吟风，加上一个无可奈何的表情。

阿诺叹了口气，再次接入个人量子终端继续一号任务。

果然，量子终端找到了何语在第二伊甸的匿名账号，用户名为"雾中人"。阿诺的智能备忘提醒他那个名为"清雾"的任务，又是雾，他将那个任务的关注度调整为"高级"。

---

① SNS: Social Networking System，社交网站。

海鲜饭店

何语在第二伊甸的个人主页由对比鲜明的金红色块组成，极具视觉冲击力，却又简洁大气；他的等级达到了赤金，这几乎是不可能的任务，看来他在第二伊甸上花了不少时间，参与完成的任务数以千计。阿诺调出"雾中人"的参与任务历史列表，最近一次任务是在——两个月前！这怎么可能？何语不该在二十年前就失忆了吗？失忆又如何能登录第二伊甸？难道是生物信息认证？不，不可能，按照吟风对他消失前状态的描述，何语对丢失的记忆并无留恋，即使是在第二伊甸，也该重新注册账号，而不是沿用过去那个"何语"的身份。莫非有人盗用何语的账号？这种可能性也很低，毕竟第二伊甸的安保措施在阿诺见过的网站中算得上完备，何况，盗用这个账号有什么好处？为了那块虚拟的赤金奖牌？

阿诺屏住气息继续看下去，在过去二十年间，"雾中人"完成了三百二十八件大大小小的任务，他似乎不挑剔任务级别，而且往往选择独自完成，很少与人合作。怪不得他拿得下赤金，阿诺松了口气，原来并非何语，或者说这个"雾中人"比自己能干，而是他多了二十多年时间。阿诺将时间轴移到何语失忆之前，他失忆前接的最后一项任务名为"AP计划"，阿诺选择查看任务详情……

一阵眩晕，面前不再是"雾中人"那金红配色的个人房间，而是阿诺自己的胶囊隔间，狭小昏暗。大脑与量子终端的连接被强行中断，毫无缓冲。怎么回事？阿诺用植入式接口连接网络访问第二伊甸，查找用户"雾中人"，得到的结果却是——"访问受限"。

12

（1）

吟风在母亲家的次卧中醒来，浑身酸痛，也许因为前一天忙里忙外，也许因为陌生的床垫不够柔软。陌生。吟风三岁开始和母亲分房睡，她在这张床上睡了十五年，直到读本科离家住校，随后出国读研，回来工作又独自租房，如今，她反倒觉得这床陌生，如同离开襁褓的婴孩，再也无法习惯温暖的束缚。

她吩咐移动终端查收信息，个人邮箱中躺着两封未读邮件，一封来自阿诺，他的调查没有结果，看来吟风被辞与HMC易主没有联系，至少没有看得到的联系。另一封邮件来自Reservoir，公司为何还会给自己发邮件？难道还有没办妥的离职手续？吟风在疑惑中点开邮件，正文被智能手表投影到对面的白墙上。

是Reservoir法务部发来的。

尊敬的何吟风女士：

我谨代表睿思库有限公司（Reservoir Limited Corporation）法律事务部，提醒您注意以下事项：

作为睿思库有限公司（Reservoir Limited Corporation）的员工，无论是在公司工作期间还是离开公司之后，都必须保证不向外泄露公司机密，不做出任何有可能损害公司利益的行为或进行相关尝试。根据公司员工管理办法，若公司发现现任员工行为不当，将有权采取包括但不限于警告、罚款、撤职等惩罚措施；若公司发现离职员工行为不当，将有权采取包括但不限于警告、法院起诉等防卫措施。该条规定在您与公司签订的劳动合同第二十六条中有详细阐述。若您对此有任何疑问，请查阅合同，或及时与本部门联系。

此函仅为提醒，不具备任何法律效应，最终解释权归睿思库有限公司（Reservoir Limited Corporation）所有。

吟风没有看落款，怒气从她心底蒸腾而上。先是被莫名辞退，如今又是这毫无缘由的"提醒"，这就是Reservoir对待员工的态度。

海鲜饭店

吟风自认没有做过任何对不起公司的事儿，这几天，她为母亲的病忙得不可开交，除了失去判断能力的母亲，这两天唯一和吟风讲过话的就是阿诺，她怎么可能向阿诺泄露公司机密？

等等，难道是因为她让阿诺帮忙调查御云收购HMC的事儿？可是，Reservoir没理由知道啊，即便阿诺调查中不慎被御云觉察，即便御云确实和Reservoir有某种联系，他们也没可能知道这是吟风的委托。除非他们监控了阿诺的记忆。

记忆监控。这想法让吟风不寒而栗。阿诺为御云工作，他习惯将记忆实时上传，上传后的记忆理所当然储存在御云的记忆库中，御云当然能轻而易举读取员工上传的记忆，不，不只是员工，而是所有选择御云记忆库的用户。吟风不愿相信这可怕的猜想，这其中牵扯的利害关系超乎她的想象；可如果成立，一切都能得到解释。阿诺知道吟风怀孕的消息，也知道吟风母亲的病情，御云由此推断出吟风的情绪会发生大幅波动，并授意Reservoir辞退吟风；同样，吟风拜托阿诺调查自己被辞的原因也逃不过御云的监控，所以Reservoir才会发来这所谓的"提醒"。可是，吟风一个人的情绪波动又能对Reservoir造成多大影响？这盘棋很有可能更大，水面并不如看上去那么平静。

吟风深吸一口气。首先，她必须查证自己的猜测，如果是真的，她必须找机会提醒阿诺。

（2）

"吟风，怎么……"阿诺打了个深深的哈欠，三维立体成像逼真地再现了他臼齿上的蛀斑，"怎么啦？"

"我今天早上才看到你的报告，"吟风抿了抿嘴，"还有Reservoir法务部来的邮件。"

"什么？"阿诺看上去清醒了几分。

吟风垂下视线，又抬起迎向阿诺，"提醒我不要泄露公司机密，否则会惹上官司。"她很庆幸大学那几年在话剧社没有白混，她微微蹙眉，盯住阿诺的眼睛，摆出小心试探又带点怀疑的表情，问道："你，我是说，你有没有把我跟你说的话告诉过别人？"

阿诺瞪大了眼睛。

"当然我不是说怀疑你什么的，只是为了确认。"吟风赶紧补上一句。

"绝对没有！"阿诺赶紧摇头，"我怎么可能和别人说？我能和谁说呀！"

"那就好，"吟风顿了顿，作出更犹豫的样子，"那你知不知道，"她轻轻咬了咬下唇，"御云有没有什么员工保密措施？"

阿诺大舒一口气，"当然有啦，我们公司好歹保存了上亿客户的私密记忆，怎么可能没有保密措施，所以我不能和你谈论过多公司事务，不然我也会惹上麻烦的，不过你要是……"

"够啦够啦，"吟风赶紧打住阿诺的话头，"我不是要刺探贵公司的机密。我只是觉得奇怪，为什么会收到Reservoir的提醒。"吟风横下心，"我既没跟你讨论Reservoir的人才战略，也没提过员工幸福指数测评的算法及其在员工绩效方面的应用，连薪酬都没透露过。我就是想不通，我到底哪里泄露公司机密了？"

"安心啦，"阿诺耸了耸肩，"说不定这只是例行提醒，他们会给每个离职员工发上一份，就像卸载软件前的确认一样。"

差不多了，吟风想。"嗯，那好。你今天会来吗？我有话想当面跟你说。"

"行，等我半小时……"阿诺又打了个哈欠，他赶紧捂嘴。

"你还是多睡会儿吧，"吟风嫣然一笑，"我也得起床收拾收拾打扮一下啊，顶着黑眼圈可没法见你。"吟风俏皮地眨了眨眼。

"怎么会，吟风女神永远都美丽迷人！"

"好啦好啦，你快去补觉吧。我得起床了，一会儿见哟。"

吟风切断视频通话。

邮件在十五分钟后来到。这回是Reservoir的正式警告，可作为具备法律效应的根据。

"……若无视睿思库有限公司（Reservoir Limited Corporation）的相关规定，执意进行包括但不限于泄密在内的可能损害公司利益的行为，公司将依法提起诉讼。"

吟风轻轻念出这句话。她猜得没错，阿诺的记忆确实被监控了。呵，执意进行，如果你们不知道呢？

（3）

阿诺敲开门后，被吟风一把拉进次卧。

"嘘，"吟风右手食指压在阿诺唇边，"妈还在睡呢，别吵醒她。"她手指的触感柔软，让他忍不住想一口咬住。

阿诺点点头，"你说有话要跟我说……"

吟风吻了上来，舌尖撩拨着他的唇齿。她身上的香味随发丝一同绕上阿诺鼻尖，他有点想打喷嚏，却忍住了，探出舌头热切回应着她的吻。他轻轻环住她的腰，她的身子圆了些，是怀孕之后长的肉，吟风曾经很瘦，现在依然离丰满差很远，有时候阿诺会觉得女人还是胖些好，抱起来才有实感。吟风用指尖逗弄他的耳垂，沿着脖颈一路下滑，抚上他的心口，她的动作和气息将他引向床边。他带着她缓缓倒下，生怕压到她的腹部。裤袋里的首饰盒硌得他生疼，他忍住，现在还不到掏出它的时候。她的吻愈发缠绵，身体在他怀里微微扭动，阿诺被蹭得发痒，他的呼吸粗重起来，他体内的火燃烧起来，他的手指爬上她的衬衣纽扣。

她按住他的手，倾身将嘴凑近他耳边，呼出的热气钻进他耳朵，钻进他的心。"关了实时上传。"她压低的声线有点沙，却有别样的性感。

"嗯，听你的……"阿诺停掉记忆实时上传，他想了想，保留了访问过往记忆库的功能。

他欲继续手上的动作，吟风却不松手，而是再次确认："关了吗？"她声音里有几分急迫与兴奋。

阿诺将手指埋进她的发丝，吻了吻她的前额，"放心，一切都听你的。"

吟风浅浅一笑，推开阿诺坐起来，随手抓了抓翘起的头发，声音也恢复了常态，"安全了，坐起来说话。"

阿诺心头似被浇了一盆凉水，"怎么啦？"他躺在床上没动。

吟风拖起他靠到床头，盯着他的眼睛，一字一顿认真说道："我怀疑你被监控了。"

"什么？"阿诺一头雾水。

（4）

吟风讲完她的推理，阿诺陷入深思。他从没怀疑过御云记忆库的安全性，他是这座宝库的守卫者，他和同事们能阻止所有外来侵入，不让公司记忆库内的数据落入他人之手，但他却从没想过公司自身的权限有多高。如果公司能够监控员工记忆，为什么不能窥视所有普通用户存储在御云记忆库的私密记忆？

阿诺从五岁开始上传记忆，二十岁起进入御云实习。公司从何时开始监控他的记忆？目的又是什么？为了维护公司利益？为了保卫国家安全？他想起被自己加上"秘密"标签的那些记忆。六岁时为探究猫从高处落下能安全着陆的真实性，他抱着母猫刚下的崽子一步一步爬上楼梯，阳光从通往天台的门洒进来，在阶梯上断成一截一截；九岁入侵城市交通信号灯系统，红红绿绿的信号灯闪烁不停，他突然兴起，将所有信号反转，窗外传来的汽车刹车声尖锐刺

海鲜饭店

耳，随即的碰撞声几乎震破他的耳膜；十四岁他和人打赌，在月光下吻了校长的女儿，她脸上的青春痘爆起出脓，她嘴里的气味像腐烂的菜叶；十七岁他第一次跟人走进发廊，挑了一个沉默的姐姐，在她的指导下学会如何当一个男人；三天前他在徐青忆的记忆之下埋入自制蒙版，从而改变她对自己的态度……这些都在公司的监控之下，他不再有秘密，他从未有过秘密。

"阿诺，阿诺?"吟风在推他。

"嗯?"他回过神来。吟风晶亮的眼睛透出关切。他对吟风母亲记忆动的手脚，御云也都知道。

"你没事吧?"

他摇摇头，"没事，只是……需要一点时间。"如果吟风知道了，会怎么样?

"那接着刚才的说，我觉得御云、HMC 和 Reservoir 背后肯定有什么秘密，自从上次云网断裂后就状况不断，御云收购 HMC，你的记忆被监控，我被辞，说不定连母亲的病突然恶化都与此有关……"吟风的声音在阿诺听来有些空洞，他的思绪飘出体外，飘出窗外，飘上云端。

"我……想一个人静一静。"阿诺下床穿鞋，径直走出房门。他没有回头，吟风也没有追上来。

（5）

吟风不知道自己有没有做错。她知道阿诺习惯把所有记忆上传，也知道阿诺一向信任这些技术、信任自己所服务的公司御云，可她没想到他的反应会这么大。吟风挪动身子，躺到方才阿诺所在的位置，他身体的余温还留在床单上，她蜷作一团，鼻子有点发酸。

一声巨响，什么东西碎裂的声音。随后传来哇哇的哭声。吟风冲进主卧。

青忆坐在床边，身旁是碎了一地的台灯，灯泡仍旧完好，射出的光斜斜打在灯罩碎片上，宛若碎裂的琉璃瓦。她哭得撕心裂肺，左手抹着鼻涕眼泪，右手手掌的一角被鲜血染成殷红。

吟风急忙上前半扶半拖拉青忆起来，将她带离事故现场安置到客厅沙发。她记得以前医药箱被青忆收在厨房的挂橱里，她探手一摸，果然还在。

吟风回到沙发前蹲下，轻轻捧起青忆的右手，她的手比以前瘦多了，粗糙的皮似乎跳过肉直接包着骨头。吟风嘴里唱着"不哭不哭"，拿酒精棉花擦拭伤口周围，小心翼翼避开伤口。伤口不深，却很长，两侧的皮微微翻开卷起，能看见下面粉红的肉。青忆的药箱里只有老派的急救药品，吟风拿纱布给她简单包扎。

青忆差不多止住了哭，间隔很久才轻轻吸一吸鼻涕。受伤后的青忆反而变乖了，不再使劲反抗，只是撇着嘴看吟风包扎，大概是在忍着痛。

吟风抬头望她，母亲的容颜老了，表情却像孩子，她不禁伸手拂去青忆眼角滚落的一颗泪珠，温润的泪水凝固在指尖，她张开手抱了抱母亲。

比起阿诺来，现在更需要自己的是母亲。母亲如今是不能自理的孩子，须得有人照顾，阿诺则是独立的成人，理当能够照顾自己。吟风对自己说，阿诺会没事的，他只是需要时间接受事实。

语音消息提示。是阿诺吗？吟风迫不及待点开收听，出乎她意料，消息来自甘洋。

"下班后有空吗？能见一面吗？"甘洋的声音中没有往日的活泼，反而带着几分憔悴，好像一张放久了的白纸，一碰即碎。

吟风很少在公司之外单独见甘洋，她们在公司里是邻座，关系不错，下班后有时一起吃饭，空闲时偶尔交流吐槽一下工作，但也仅此而已。吟风不会把甘洋定义为闺蜜，她没有所谓闺蜜。在欧洲的日子让她学会独来独往，她也参加派对也喝酒社交，但那总是一群人聚在一起，散了之后也就各自回家。她不习惯和别的姑娘腻在一起，谈恋爱之后更是如此。甘洋知道吟风的习惯，如果不是重要的事情，恐怕也不会开口约她。

吟风又想起她离职那天甘洋冷漠的反应，心上的弦拧起一个小结。她犹豫了一下，编辑文字消息发出："我在我妈这儿呢，有事吗？"把问题抛给对方是最好的回答。

吟风走到窗边，发现今天又是大雾，连天上的云层都在雾的遮蔽下不见了身影。最近是怎么了？一拨接一拨的雾，愈发浓重，可天气预报却丝毫不曾提及，大家都看不见吗？

文字消息提示音响起，是甘洋的回复：没什么，那改天再约吧……:)

甘洋的笑脸符号无比苍白，一瞬间，吟风有冲动回复她说定个时间地点，今天就见面。可她的左臂被人从身后扯了扯，是母亲。母亲的眉眼口鼻挤作一团，脸上带着泪痕，她抬起右手给吟风看，方才包上去的纱布一角浸透血，那殷红在白色纱布上分外显眼。

看来还是得去医院。吟风匆匆回给甘洋一个"好"字，抓起外套披到母亲身上便领她出了门。

（6）

自从记事以来，阿诺就一直依赖记忆云存储记忆。无限制的存储容量，方便的分类存储和标签检索功能，再加上云网的超高带宽保证了上传下载速度，记忆云就好像阿诺的第二个大脑，无处不在的、无形的大脑。阿诺所做的每一个决定，每天每小时每分钟的行动，全都取决于这些"记忆"。如果他的体验性记忆数据全部丢失，他会不会也像何语不认识徐青忆一样忘记吟风？

　　阿诺保持了记忆实时上传的关闭状态，开始以最大速率从记忆库下载他五岁至今的所有记忆。他不知道该去哪里，他不知道哪里才是安全的。连记忆都能监控的御云，还有什么别的不能做？还有什么别的不会做？

　　他想去买一副墨镜，买一件立领风衣，他想把自己严严实实遮起来，好避开御云无处不在的视线。可他不愿走进商场，不愿暴露在摄像头之前，这个城市的所有摄像头都连着云网，数据被实时上传到云端，汇总到御云的城市安保中心，由御云的城市安保部门进行监测。每一个摄像头都像一柄黑漆漆的枪，冷静，不动声色，忠实履行着它们的职责，不带丝毫感情，而商场，是枪口最密集的地方之一。

　　他专门朝着黑暗走，朝着他认为的隐蔽的地方走，不知不觉间拐进一条狭小的弄堂。过往的记忆排山倒海般袭来，那些他早该忘却的，不曾在乎的，让他怀疑是否真实经历过的记忆，源源不断注入他的大脑，他的头有些沉，数据似要溢出。他想起在御云学院的日子，他比身边的同学都要小，又因成绩优异受到老师青睐，颇不受其他同学待见。某天放学后，阿诺在同学的半推半搡下来到学校后门外，那儿没有许多车，而是与一条弄堂相连。那条弄堂被传有鬼魂出没，解放前的上海小姐受不了"文革"的打击，回到自己出生长大的弄堂，穿上被剪得支离破碎的旗袍，在自家服农药自杀，据说是农药剂量不够还是被发现得及时，上海小姐没有立刻死绝，医院不收，家人不留，她被丢在弄堂口足足三天三夜才断了气，大家都说她不是被毒死的而是被饿死的，路过弄堂的行人至今能听到若有似无的女人呻吟声，那便是她。那时阿诺才七岁，身形瘦小像棵黄芽菜，他被长他几岁的同学挤进弄堂，他们死死堵在弄堂口，用身子把欲回身离开的他顶回去。阿诺深深吸一口气，一步一步往弄堂深处走去。天已不早，太阳沉沉落往西面，漏进弄堂里的光只

　　　　　　　　　　　　　　　　　　　　　　海鲜饭店

有一线，阿诺屏住呼吸，在心底对自己说世界上根本没有鬼，一面匀速前进，尽可能把步子迈得轻些。啪的一声，什么东西滴到他脑门上，凉凉的，阿诺往后一跳，瞥见楼顶上掠过一条黑色的影，黑影前进三五米，停下回头，是一只黑猫，黄色的眼珠在夕阳余晖下闪着金光，让阿诺不寒而栗的是它嘴里叼的东西，一只开膛的死鼠。黑猫扭头跑开，恍惚中阿诺看到鼠尾颤了一下，他摸了摸脑门，黏腻的触感随腥臭漾开，渗进他的每一寸肌肤。他顾不得同学的嘲笑或阻拦，迅速回头冲出弄堂。弄堂口没人拦他，许是见他进弄堂也就散了。

阿诺不知道为何会想起这一段童年记忆，它明明被贴上"无用"的标签塞进记忆库的角落。记忆下载是按照优先级进行的，下载进程不可能这么快就进入到优先级最低的组别。也许是排序出了问题。他下意识抬头望了眼弄堂上空，一枚鸽蛋状的摄像头冷冷瞄准他，摄像头在雾中时隐时现，仿佛正眨着眼。他倒抽一口冷气，转身快步离开弄堂。无处不在的监视就像雾一样裹着他，终究到哪里都逃不掉，如果能彻底清除这雾就好了。他突然想起什么，清雾，第二伊甸上那个匿名任务。阿诺掉转方向，往家走去。

(7)

踏进医院时，母亲似乎有点紧张，她拽着吟风的左臂，紧紧挨在她身侧，怎么都不肯松开。吟风不知道她对前两次来医院的情景还有没有印象，检查出阿尔茨海默症的那次和上传记忆的那次。前两次在神经内科，和外科诊室并不在一道，连氛围都有些不同。神经内科的诊室更安静，人也少，外科诊室则相对喧闹，挂了彩的、断了腿的、折了腰的，嗯嗯啊啊的呻吟声不断，虽然轻，却也闹心。和记忆有关的病，明明更本质，表征却弱；反而是不那么要紧的外伤，在旁人看来却要了命似的。吟风觉得这还真是讽刺。

吟风来之前已经在网上挂了号，没有多等便进到诊室。护士悉心给母亲重新处理了伤口，又嘱咐说近日不要沾水。吟风领着母亲走出诊室，正往外走，突然想起既然来了那不如再查查母亲的病，便掉转方向，领母亲往神经内科走去。

母亲似是认得那条路般，死命不肯向前，任吟风怎么哄都不肯往那个方向跨出一步。奇怪了，照理说母亲不该记得这条路，更不该心存恐惧，她为什么就不肯去神经内科呢？正在两人僵持不下时，医院响起广播：

"亲爱的顾客，对不起，由于云网故障，本院今日一切门诊终止。如有需要，请至急诊。我们对为此给您带来的不便感到抱歉……"

云网又中断了？吟风尝试用移动终端接入网络，却得不到反馈。吟风看了看表，已近傍晚。也罢，下次再带母亲来检查吧。最近云网出故障的频率还真是高，仅仅相隔一个月就有两次大范围中断，这在过去可从未发生过。

吟风领母亲走向医院门口，雾更浓了，她几乎看不清三五米开外医院保安的脸。她后悔没有带口罩来好给母亲和自己戴上。奇怪的是，雾大，外面的风也很大，医院门口的彩旗被吹得猎猎作响。照理说，风会吹散雾，刮那么大的风，雾早就该散了，可这大雾不但不散，反而有愈演愈烈之势。吟风小心吸一口气，雾的气味这回成了龙井的茶香，她忍不住多吸了几口，又急忙克制住，谁知道这雾气里混进了什么。吟风想了想，带母亲坐进医院门口停靠的出租车，这种诡异的天气诡异的状况，还是尽快到家好，谁知道会发生什么。

"两位好，去哪里？"司机是一位上了年纪的师傅，讲话带着当地口音。

吟风报出了母亲家的地址。

司机驾车驶上大路，在路口猛地一个刹车。吟风抬头看见十字路口对面的红绿灯隐没在雾中，只有一星不怎么醒目的红点，在雾中摇摇欲坠。"这天气真是见鬼，起了那么多天的雾，政府也不管管。"司机开口骂道。

"师傅您开慢点好了，不急的。"吟风感到一丝后怕，忙叮嘱道。

"小姐您是不急，成天坐办公室的人。我们这些在路上跑的，每天得有多担惊受怕，一不小心就出事情了，谁晓得晚上还见不见得到家里的老婆孩子。可又不能不出车，饭碗还等我去填满呢。"司机唠叨起他的辛苦。

吟风想起什么，"师傅，您注意到这雾多久了？"

"小姐你这是什么话，"司机轻笑一声，"当然是这雾刚起来我就注意到了，少说也有三个礼拜了吧。"

"哦，"吟风终于发现同自己一样注意到这怪雾的人了，"我只是觉得，好像很多人都当这雾不存在一样。"

"可不是嘛，现代人出门有云网导航，坐在交通工具里不说，走在路上都连着云网，注意力都集中在那上面，连路都不看，还会看天？"司机的话匣子被打开，止都止不住，"我们干这行的是没办法，不看路不看天还怎么开车？乘客花大价钱来坐人工驾驶出租车，我们总不能把人家的安全当玩笑，老老实实开车，认认真真看路，分不得心的。更何况，自己也在车里呢，能不把安全当回事吗？我告诉你，现在这座城市里最了解这雾的就是我们出租车司机了，你以为那些气象局的、环保局的政府官员坐坐办公室就能管好天气了？搞什么云监测云数据云预报，简直是瞎搞，我看他们连现在外面雾有多大都不知道。"

吟风忙不迭应声，"师傅您说得对。"

司机师傅还在继续他的演说，吟风的思绪却飘向远方。每个人都沉浸在云网连缀的世界中，没有人注意到现实世界的雾，或者说，没人在乎。

身旁的母亲捏了捏吟风的手，兴奋地指向窗外，吟风顺她所指的方向看去，西边一轮红日融化在乳白色的雾中，将周围一圈都晕成了浅橙色，再往外是芽黄，与乳白交融在一道，分不清边界。快日落了啊，吟风想，又是一天过去了。

抵达目的地时，司机师傅的话题已经转移到了雾对于金融行业的影响，这座城市的出租车司机不会和人扯治国之道，却在某些方面有着自己独特的见解。付款时，吟风发现云支付的功能处于可使用状态，云网不知何时已被修复，可她还是掏出钱包，递给司机现金结账。

"不好意思啊，小姐，我找不开，"司机挠了挠头，"现在都没什么人用现金了，我零钱备得不够。"

"没事，那我用云支付给你打钱吧。"吟风在移动终端上按下密码，发起一笔支付。

车前排的计价器闪出一点红光，随着叮的一声，支付成功，空车的牌子重又翻起。吟风钻出车门，又扶母亲下车，太阳的角度比刚刚更斜了。

13

（1）

安置完母亲后，一整天劳累积攒的疲惫向吟风袭来。她倒在沙发上，毫无动力起身处理厨房水池里的脏碗，没有洗碗机毕竟还是不方便啊。吟风难以想象母亲退休后每天一个人在家买菜做饭洗碗的辛劳，这辛劳中更多的是寂寞，无所期盼的、日复一日的寂寞。吟风想起父亲还在时，她觉得最幸福的时刻就是一家三口坐在一起吃饭的时候。父亲忙项目时常常加班到很晚，家里只有她和母亲两个人，母亲会把父亲的份先夹到小碗里留出来，再和吟风两人吃掉剩余的饭菜。父亲按时回家吃晚饭的日子不多，逢上这天家里便像过节似的，饭桌上的笑语多了，也热闹不少。吟风记得她小时候问

　　　　　　　　　　　　　　　　　海鲜饭店

过父亲，什么时候才能天天三个人一起吃饭，父亲愣了一下，放下筷子揉揉她的头发，说等她长大了。可她长大之后，不但没有三人一道吃饭的机会，连她和母亲也越来越少坐到一起。如果不是母亲这次的病，恐怕她至今还是一个人孤单地吃着饭吧。

吟风正胡思乱想着，手腕上的移动终端振动了两下，提示她有两封新邮件。这么晚了，会是谁呢？吟风的智能过滤器可以过滤掉绝大部分的垃圾邮件，而从公司离职后，再也没有下班后发来的任务加急邮件了。她命令移动终端将邮件内容投影到墙上。

讣告

爱女甘洋不幸于2045年11月2日，因溺水抢救无效而当场身亡，终年25岁。她选择在这个年纪结束自己的生命，我们感到震惊并且悲痛。现定于11月5日上午9点，在锦华殡仪馆举行追悼会。敬请爱女生前好友莅临。

特此奉闻。

甘洋父、母泣书

讣告

原睿思库有限公司（Reservoir Limited Corporation）亚太区总部人力资源部职员甘洋女士，因溺水不幸于2045年11月2日身亡。追悼会定于11月5日9时于锦华殡仪馆举行。

特此讣告。

睿思库有限公司亚太区总部人力资源部启

甘洋去世了？吟风简直不敢相信自己的眼睛。那个活泼、爱笑、总跟自己分享小道消息的甘洋去世了？吟风又逐字读了一遍两则讣告，她读得很慢，字与字间隔远了，每个字都看进眼里，连在一起却成了意义不明的密文。她又重新读一遍，逼迫自己循着句子往下，不让目光滞留在任何一个字的笔画之上。没错，甘洋去世了，是自杀。吟风想起公司楼下的那条大江，这座城市的母亲河，浑浊的江水滚滚，足以吞噬一个年轻的生命。她也想起今天早些时候甘洋发来的奇怪消息，她还没来得及见她，还没来得及祭出关心，甘洋就这么去世了，不留一点余地。

吟风说不出自己心里最先涌上的是哪种情绪。

震惊？她从未想过甘洋会选择自杀，她看上去是那么乐观，那么积极，体内有用不完的元气似的，但那不是勇气。选择结束自己的生命需要很大的勇气，吟风甚至怀疑甘洋是否具备足够的勇气。吟风经历过亲友的死亡，但却从未有身边人自杀过，这就像一枚核弹，在她心头激起滔天的波澜。她看不见，她无法判断，谁才是真正地健康，谁活在死亡威胁的阴影之中。

悲痛？甘洋和吟风差不多同期进入公司，自一开始便做了邻座，虽说两人并不在同一团队，上班间隙讲话最多的对象却都是彼此。也正因为两人并不在同一团队，从未有过直接的利益冲突，交流谈心也都无所顾忌，不像那些在工作上需要合作的同事，工作之余讲话反倒需要存个心眼。同甘洋在一起的日子，虽说不上大喜，却给吟风单调的工作环境添了一抹亮色，加了一味作料。凭良心说，吟风是喜欢甘洋的存在的，乐于听她八卦那些小道消息的，她对她也是亲密的。年轻生命的逝去本就叫人痛苦，何况是同她来往最密切的甘洋。

懊恼？甘洋求救了。如今想来，吟风可以毫不费劲地判断，甘洋约她下班后见面是想求救。她本来并不想死，残存的求生欲望使得她来找吟风，想通过吟风这个旁人来劝解自己，使自己打消死亡的念头。可是吟风拒绝了她，把她向外敞开的最后一扇窗关闭。去死这件事在她心里发酵，腐朽有毒的气息充塞整个心房，最终爆炸，引她踏上终结之路。如果吟风答应见她，如果吟风能和她聊聊，也

　　　　　　　　　　　　　　　海鲜饭店

许她不会寻死。

吟风靠着墙，一点一点，缓缓蹲下，她咬住下唇，下唇几乎渗出血来，即便这样仍止不住眼泪，泪水从眼角挤出一条路来，沿脸颊滑下。吟风把头埋进大腿和前臂筑成的窝，无声地、撕心裂肺地哭起来。

（2）

阿诺回家路上，云网断了。他只是淡淡惊了一下，便又前行。移动终端上的地图早已下载到本地，导航不受网络中断的影响。云端私人记忆库的下载完成了百分之八十四，剩下的是那些被定义为无用的、优先级最低的记忆碎片和模糊不清的灰色记忆，阿诺索性终止了下载任务，毕竟他不可能记得所有事，况且他根本无法确定这些记忆是否真正属于自己。

他走着回家，镜片上的导航数据显示全程约需四十分钟。他多久没有好好看过路上的风景了？他家离公司很近，为节省上班时间特地在御云附近租了房。平日出行也大多以车代步，一路任由思绪在云端冲浪。他几乎忘了散步的感觉。

太阳西垂，他朝东南方向走，长长的影子斜拖在左前方。风有点大，吹得影子都瑟瑟发抖。风中挟裹着茶叶的香味，这是哪家茶馆漏出的清香？他挑小路走，路上人不多，偶尔与他擦肩而过的行人也匆匆赶着路，他看不清他们的脸，因为交会太过短暂，又或者因为这雾。雾，现实中的雾同笼罩在条条线索之上的迷雾是否有什么关系？想到这里，他不禁加快脚步。

回到家时，云网通信早已恢复，雨终究没有落下。阿诺登录第二伊甸，找到收藏夹里那个被标注为高度关注的任务。

清雾。第二伊甸特殊任务区的匿名任务依旧处于未解决状态。

也许是任务本身太不起眼，也许因为发布人故作神秘，使得对其感兴趣的人数寥寥，更别提认领人数了。

阿诺在文字通信界面上输入那串数字，进入加密文字通信频道。

你好。他输入最稀松平常的招呼。

智能眼镜的视域没有任何粉饰，纯白背景上唯有黑色文字。加密文字通信频道只允许文字存在，不兼容任何多余算法，就连文字输入都只能使用传统的QWERTY键盘，语音识别输入不被接受，阿诺不得不用蓝牙连接一个实体键盘手动打字。因为简单，所以纯粹；因为纯粹，所以才安全。

阿诺等了很久，视域中没有出现任何新的文字，就在他快放弃时，白色背景上浮现出了一行黑字：哟，哥们你怎么称呼？

呵，阿诺不禁扬起嘴角，对方并不是他想象中严肃正经的样子嘛。叫我阿诺吧。他如是答道。

阿诺。你能看见雾吗，阿诺？

看来对方准备直接切入正题，阿诺喜欢这态度。你指哪种雾？

因为雾的存在，我们总是看不清雾后面的东西。但是我们真的能看见雾本身吗？

阿诺想了想，打出两个字的回答。不能。

那么我们又如何确定雾真的存在呢？如何确定雾就是我们所认为的雾呢？

这是个哲学爱好者吗？阿诺不想兜圈子，单刀直入发问。怎么清雾？

没有雾就没有云。阿诺脑中某根神经突然一紧，他觉得在哪儿听到过类似的话。

上传？对方突然跳转了话题。

问话简短，阿诺还是一眼就明白对方在问什么。嗯，实时上传

海鲜饭店

记忆。

你确定你真的记得你的记忆吗？你确定你记得的是你的记忆？

莫名其妙的问话，阿诺正思索着如何回答，对方却自顾自继续。

组成所谓"人生"的，正是一段段记忆的集合；而所谓"人格"，不也是由过往的记忆所塑造的吗？刚出生的人类孩子，是没有人格可言的。在逐渐长大的过程中，他们有了对于这个世界的认知，有了独特的经历，才渐渐形成人格。当然这种认知和经历也是建立在记忆之上的，或者是亲身经历的体验性记忆，或者是从书本上、课堂上、他人的言语中获得的知识性记忆。记忆是"因"，人格是"果"，你能想象没有记忆却拥有人格的人吗？

阿诺一下想到何语。那些在成年后失忆的人呢？他们失去了记忆，却依旧保留着人格吧。

对方的回复速度出乎他意料地快。你也使用了"保留"这个词，失忆者的人格是在失忆之前形成的。就好像制模一样，记忆是模具，决定了人格的形状和骨架，而当人格固定之后，即使原本的模具记忆被去除甚至融化，人格依旧不会改变。

似乎很有道理，阿诺无从反驳。所以？

所以你上传到云端的那些记忆，你认为是自己记忆的那些记忆，你确定它们真的是你的记忆？

这么想来，与其说阿诺拥有这些记忆，不如说这些记忆塑造了他。正是这些云端的记忆，让他"记得"自己名叫陈诺，"记得"自己是个孤儿，"记得"自己从六岁以来经历的每一个瞬间、读过的每一本书，"记得"自己如何从一个编程新手成长为老到的程序员，"记得"自己如何遇见吟风并爱上她。如果没有这些记忆，那被称作陈诺的这重人格也将不复存在。

在阿诺沉默之际，对方再度抛来一个让他久久无法安宁的问题。你确定你是你吗？

云雾4.2

他没法确定。他将所有记忆上传到御云公司的服务器，轻易将被自己看作冗余数据、占据大脑容量的琐碎记忆托付给外界，恰恰是极其幼稚地将自己最私密的记忆剥离开自身……等等，剥离自身，阿诺似乎找到了对方的逻辑漏洞，他重燃起了一星希望，几乎是颤抖着打出他的回答。可是，我的记忆是在我经历了它们、拥有了它们之后才被上传的，是在塑造我的人格之后才被剥离的。我承认时间短了点，可就像你刚刚所说的那样，模具已经完成了任务，即使被融化也无所谓。所以，我还是我。

呵。阿诺能想象对方的冷笑。模具过早被去除会有什么后果？而且，你确定从一开始你就"经历"并且"拥有"你的记忆？

无法确定。模具被过早移除，模型无法成型，会异化成畸形的失败品。阿诺根本记不清六岁以前的记忆，他对自己身世的所有了解都来源于御云学院的档案。他掐了掐自己的手臂，会痛。他想起上世纪末以"矩阵"为名的二维电影，他和男主角处于相同的怀疑之中。

等风吹散雾，就能看见云了。对方没等他回答，抛下最后一句不知所云的话，退出频道。

纯白世界中只留下这段对话，黑色字句醒目到刺眼，他呆立着，无法做出任何反应。过了不知多久，一笔一画开始从字的骨架上跌落，完整对话倾塌成碎片，频道被删除了，阿诺被强行踢出。他没有尝试再次进入，他知道结果。

14

（1）

他又走在荒野中的铁轨边上，草叶挠得他脚底痒痒的。他往前走，看到铁轨中央的闪光。他跨过钢轨，道砟磨脚，他抬起脚看看脚底，出血了。他捡起闪光的镜子碎片，看着镜子里的白云，竖起

海鲜饭店

破碎的镜子，锋利那边朝下，冲自己的左腕割去，从镜子里他看到身后有火车朝他碾来……

金属质感的房间，他无法自由行动，他躺在椅子上，无心挣脱束缚。他听到噼噼啪啪的电流火花在自己头上爆炸，他伸出舌头，上下齿用力咬了下去……

又一次，陈诺从梦中惊醒。

这次的梦中他做出了不同选择，可梦的触感却比之前任何一次都更真实。他用右手摸了摸自己的左腕，光滑如初，又伸了伸舌头，灵活如常。汗液挂在身上，黏腻湿热，堵住毛孔，他几乎感到窒息。

阿诺爬下床，走进浴室冲了个澡。凉水的刺激让毛孔迅速闭合，却让脑细胞迅速醒来。

记忆，人格，自我，几个关键词如迷雾般萦绕阿诺心头。如果御云早就开始默默修改他的记忆，如果从小他便被灌注虚假记忆，如果陈诺的人格并非由他本人的经历与思想塑造，他下载云端的记忆又有什么用？为了证明陈诺爱过何吟风？可谁又能保证他的情感没有受到外力影响。

他看着镜子里的自己，脸部线条棱角分明，肤色由于久不见日光而略显苍白，眼圈周围因睡眠不佳而泛起乌色，嘴边冒出短而硬的胡楂，水珠顺着发丝滴下，折射出许多个变了形的镜中的他。这真的是自己吗？

阿诺甩了甩头，用毛巾擦干脸，又包住头发用力揉了揉。他裹上浴巾回到卧室，摸到床头的移动终端戴上。也许是短时间内往本地加载了太多记忆，也许是谜团太多，他觉得脑袋很沉。

悬赏"清雾"任务的到底是谁？使用"雾中人"账号活跃的又是谁？所有线索都断在当中。他调查过"AP计划"，没有任何结果，两个字母可以有无穷指代，二十年前的历史如深埋在土中的树根，生长出茂密枝叶，却无法找出最初那一枝。

等风吹散雾，就能看见云了。这是唯一剩下的提示，阿诺总觉得在哪儿听过类似的话，他模糊检索了所有的记忆，却一无所获。当然，御云可能早就删除或修改了相关部分，他忍不住嘲笑自己所做的无用功。他试图回忆，能够在脑中留下印象的一定是非同寻常的记忆。一般在实时上传之后他就会放心忘却，甚至刻意忘却，上传后的记忆不会在脑海中留下多少痕迹，这是保证高效的关键——不受繁杂记忆的数据碎片干扰。在哪里？是什么时候留下的数据碎片没有清理干净？

突然之间，他想到另一种可能性，也许这根本不是上传后留下的数据碎片，而是没有上传的记忆造成的模糊印象。阿诺很少关闭实时上传，除了亲热时偶尔应吟风要求外，只有那次云网故障，他没有上传那天下午的任何记忆。风吹散雾现出云，似乎是那个奇怪的云网专家说的，他叫什么来着？好像是猴哥！阿诺检索御云标签下的所有记忆，没有一段与猴哥有关，这说明他们根本就不认识，或者御云不希望他们认识。阿诺决定去找他。

阿诺站在自己的胶囊隔间门口，背朝入口。他不记得猴哥的隔间号码了，他闭上眼睛，回忆那天下午的情形。先是向右，跟隔壁的家伙谈话，然后是10点钟方向，走到底左手边。胶囊隔间门口挂着六十四号门牌。

门关着，阿诺敲了敲，门自动滑开。

一样的烟味，一样顶着杂乱长发的脑袋。没错，就是这儿，阿诺庆幸自己的空间记忆没有退化得太厉害。

"猴哥，你，呃，"阿诺斟酌着用词，"你了解雾吗？"

"雾，你想了解雾吗，伙计，"猴哥喃喃道，"有时候，雾看起来阻碍了视线，可谁又知道雾背后的世界是什么样，有时候真实远比你想象的更可怕。"

"但那毕竟是真实，告诉我如何清雾。"如果连真实都没法追求，陈诺又何以成为陈诺。

海鲜饭店

猴哥吸了一口烟,缓缓吐出烟圈,"我不知道。我只能告诉你雾背后的云,聚集起来的、无比庞大的云,独立的个体连缀成云,效率得到加成……"

"我知道,这不就是云的意义吗?"阿诺忍不住抢白。

"认真听着,伙计。想想蚂蚁和蜜蜂,集群的智慧超越个体。科学家、科幻作家、妄想家,他们想了很多年人类是否也能获得这种集体智慧,可是一无所获;直到云的出现、成熟、完善,我们在云端共享记忆、交流思想、完备共同的知识库。以云为媒介,人类第一次无限接近集体智慧,你能想象之后会发生什么吗?"

阿诺想了想,"每个人的思想会趋同?丧失个性?"他试探性答道。

"哈哈,"猴哥笑了,"挺有脑子嘛。确实可能趋同,可是趋同的方向却不一定,是正是邪,保守还是冒险,消极或积极,没人能保证。如果顺其自然,风险会很大;可没人有相关经验,又该怎么进行人工干预?"

"先在小范围内进行实验,等掌握干预控制的方法后再应用于更大范围。"阿诺似乎想到了什么,却抓不住那缕思绪,他隐隐有些不安。

"太棒了!"猴哥鼓起了掌,"不愧是御云的员工。"

阿诺努力克制声音中的紧张,"然后呢?"

"没有然后。"斩钉截铁的回答。

"那怎么才能清除雾看见云?"

"都说我不知道啦!"不知为何,阿诺觉得猴哥的口气里有种长辈回答小辈问题般的无奈与敷衍,"回去和你女朋友聊聊吧,何吟风是吧,风说不定能吹散雾,当然,说不定也会吹散云,谁知道呢。"

"你是谁?"阿诺的警惕性瞬时上升,为什么他会知道吟风的名字?

"腾云驾雾的孙悟空呗。"阿诺不确定那个叫猴哥的男人是否在开玩笑。

他退出房间。新的线索，新的谜题，他得去找吟风。

（2）

葬礼在市郊的殡仪馆举行。

吟风是第一次来这家殡仪馆。她的父母都是独生子女，外婆和爷爷在她出生前就已离世，奶奶在老家去世时随了当地传统的丧葬习俗，外公的丧事则是在她旅欧求学时办的，她甚至没来得及见他最后一面。

这里的位置算得上偏僻，吟风不得不转三次地铁再搭公交才终于抵达殡仪馆的大门口。勉强才能称得上城乡接合部的地方，却因殡仪馆的存在而在周遭衍生出一片特有的生态圈，四处是卖花圈和香烛的小店，出售墓地的办事处门口架着简陋的广告牌，黑色的毛笔字写在白色A1纸上："为您的亲人选一块乐土"，底下则是明码标价，吟风惊讶地发现，除了传统墓地以外，他们也售卖电子墓地。

如今不少人选择在线举办葬礼，并将灵魂安葬在虚拟实境中。大概就是这两年，有公司基于个人客户的云端记忆库开发出了数码遗像，可以将客户生前的音容笑貌如实呈现，并存放于数码骨灰盒中，安置于电子墓地的一角。电子墓地的实体服务器和存储器被存放在低温高安全的环境中，以期最大程度上减缓电子元件的老化，并定期接受检查和备份。客户的亲人只需支付很小一笔扫墓费用便可接入电子墓地的服务器，在虚拟实境中缅怀亲友。听说御云注资的一个子公司正投入研发能够与人进行互动的数码遗像，在亲友去世后，你仍有机会同他们交谈。在这个时代，死与活之间的界限都不再那么明显了。

从殡仪馆大门口到丧葬用的礼厅还有一段路，沿路植了两排银杏。这里的天气与市中心完全不同，吟风不得不感慨这座城市的巨大。天已转凉，银杏叶染上金黄。阳光透过叶与叶之间的间隙洒下来，有点晃眼，吟风忍不住眯起眼睛，恍惚中看到彩虹，不知为何她突然想起高中物理课上那位半秃的老师单调乏味的声音："……人们眯起眼睛看光源时看到的彩色条纹是光的衍射图样……"这恐怕是她记得他讲过的唯一一句话。能看到太阳真好啊。在这城市与乡村的边缘，生与死的交界，现在与过去的聚点，吟风感觉自己快要融化。

阳光突然消失，吟风张大眼睛，看到的是冷冰冰的灰色天花板，太阳留在身上的热量在寒气的袭裹中迅速冷却，凝结成珠子滚落到地上，发出类似啜泣的声响。礼堂到了。吟风被扯回现实，扯回此时此刻，她重又想起甘洋的死，想起城中的雾。

甘洋的追悼会在建筑二楼侧边的一个小礼厅内举行，迈向礼厅的路上，吟风的心越悬越高。她从没见过甘洋的亲人，甚至于对他们一无所知；她也不很清楚工作之外的甘洋是个怎样的人，有限的交往中总是乐观积极的她是否有其他面孔？她不知道是否有人发现了甘洋死前同她的对话，知道她拒绝了甘洋见面的请求，她会不会被当成凶手？她的步子越来越重。

来到礼堂门口时，吟风一下还没反应过来。礼厅门口那位戴眼镜的清癯老人就是甘洋的父亲吗？若不是门旁指示牌上清楚写着"甘洋小姐追悼仪式"，她真不敢进门。

她深深吸一口气，走到老人近前。

"你好，我是甘洋的同事，何吟风。"她不知怎样才合适，只能伸出右手，伸出之后她才意识到手上不知何时已覆满一层薄薄的冷汗。

原本低着头的老人抬头看她，他的眼窝凹陷，眼圈周围明显泛黑，眼神花了一会儿时间才聚焦到吟风脸上，深褐色的眼珠转了转。吟风确定这就是甘洋的父亲，他们有着一模一样的眼睛。接着，她感觉自己的手被握住。老人紧紧握住她的手，紧紧盯住她的眼睛，那一瞬间有永恒那么长，吟风感觉自己的所有都暴露在他眼里，就在她忍不住想逃离他的视线时，老人的嘴唇翕动，送出一句"谢谢"，同时松开手。

吟风点了点头，几乎是落荒而逃奔进内厅。她这才感觉到方才右手被老人握得生疼。礼厅里人已不少，大多都着黑色或深灰，人与人之间的辨识度被降到最低。她试图通过神态举动来寻找熟悉的身影，同她一样四处张望的必定不是甘洋最亲密的亲友，而是同她一样出于礼节被请来的同事。果然，不一会儿她便锁定了和她一样正用目光搜索四周的那个人，部门主管Celine。主管的目光扫向这边，与吟风的正面相遇，两人彼此点头示意。追悼仪式就要开始了，主管扭回头去。吟风将所有通信请求静音。

仪式主持人是一名短发女性，穿着黑色西装套装，表情和语调都透着浓浓的程式化悲痛与沉重。甘洋在她的描述中是一位孝顺的女儿、可靠的员工、称职的公民，与千千万万在此与亲友告别的人一样。不久后便轮到家属致悼词。

一位有些富态的妇人走上台，她头发全黑，想必是染过，看不出年纪。她展开手中的纸，举起话筒，一开口，原先那因体型而造成的富态效果便坍塌成憔悴。

"爱女甘洋……"声音哽咽在喉咙里。

她拭了眼泪，再度开口，"爱女甘洋，卒年二十五岁。她一生都是一个乖巧的女儿，父母的贴心……棉袄……"读不下去了，她小声哭起来，用手背抹着眼睛。

方才吟风在礼厅门口看见的老人走上前，递给妻子一包纸巾，轻轻抱了抱她，从她手中接过稿纸和话筒，扶了扶眼镜读起来，"爱女甘洋，卒年二十五岁。她一生都是一个乖巧的女儿，父母的贴心棉袄……"

　　　　　　　　　　　　　海鲜饭店

老人的声音干涩却清晰，语调缓慢，一个字一个字砸出来似的，念着手中的稿子。他身旁的妻子渐渐恢复平静，垂头站在丈夫身边，只是偶尔抬手擦一下眼角。他俩并肩站立时，吟风才注意到他们之间的年龄差距并不小。甘洋的父亲头发已近全白，脸上的皱纹也刀刻似的明显，而她母亲，则仍带着年轻女人般的脆弱与无措，紧紧依着丈夫才不至于跌倒一般。

吟风没法集中精力听悼词，悲伤会传染一般，不一会儿便带下了她的泪。整个礼厅中都是细碎的呜咽声、啜泣声，她摸出纸巾，小心擦着眼泪和鼻涕。零星的话语飘进她耳朵。甘洋爱音乐，高中时组过乐队，是乐队里的贝斯手；她收集马克杯，家里各式各样的马克杯塞满整整一厨；她每月定期去敬老院探望老人，利用休假去农场打工照顾动物。吟风过去从不知道，甘洋是这样一个好人，对，除了好人，吟风找不出更贴切的词来。伤感一波一波袭来，她的心越来越痛，每一次跳动都耗尽全部力气般咚咚作响，她快要站立不住。

"无论她出于什么原因选择在这个年纪结束自己的生命，我们都尊重她的选择，并将永远铭记她、想念她、爱她，相信她也更愿意看到我们的笑容，而不是眼泪。"

悼词已至尾声，全场都陷入不加掩饰的哭泣中。也许只有在今天洒完眼泪，才能在未来留给她笑容。主持人了解这种场合，给了大家几分钟的缓冲时间，接着邀请下一位发言人——甘洋的公司领导致悼词。

主管走了上去。

她身着黑色连衣裙，比吟风印象中又瘦了一圈，同样是盘起的发髻，同样是精致的妆面，不知为何却比上次见面苍老了几岁一般。

"大家好，我是甘洋生前就职的公司，Reservoir亚太区总部人力资源部的部门主管孟溪霖。"主管并没有准备讲稿，她的声音带着一丝疲惫。

"甘洋是一位不可多得的好员工，她可靠能干，坚守岗位。自甘洋三年前进入公司起，我就注意到她的认真细致，三年来，她在业务能力上更是成长了许多……"

关怀员工成长？是从数据中挖掘出来的吧。吟风不无刻薄地想。

"她的离世对于公司来说是巨大的损失，我谨代表公司对此致以沉痛哀悼，并愿她得到安息。"

主管的悼词简短，较之甘洋父母刚才的那段话，有着公事公办的冷静。可吟风从她的声音中一样听出了脆弱。毕竟，人心不是石头做的。

接下来是遗体告别仪式。

吟风这才注意到礼厅后方还有两道侧门，一具透明棺从右侧小门后被缓缓推出。人群自动汇成边缘模糊的队伍，挨个围上前去。吟风走到队伍末端，耐心等待。

她打量身周的人，主管在队伍最前方，除她之外，再无一个她认识的人。此时此刻聚在此厅中的人，彼此间并不认识，但现在却为了同一个人而哀痛不已。有时候，人生真是奇妙。她不知这些人与甘洋之间的牵绊有多深，但她相信即便是最浅的交往也足以让他们为她伤心。据传御云正在开发借助云网实现的情绪共享服务，这是比记忆共享更纯粹、更本质的共感。此时此刻，他们无须借助云情绪共享功能，便能与陌生人产生共感。

轮到吟风了，她没有费力往内圈挤，只是在人群外围往里望了一眼。甘洋躺在棺中，穿着她最喜欢的那件碎花连衣裙，她似乎只是睡着了一般，脸上还挂着浅浅的微笑。只这一眼，吟风不敢再多看，甘洋生前说过的话、露出过的笑容一瞬间涌上她的心头，不知不觉间，泪再次落下。

吟风顺着队伍往前走，欲和其他人一样同甘洋的父母握手。见她来到，甘洋的父亲侧头在甘洋母亲耳边说了句什么，甘洋母亲从原本麻木的悲伤中惊醒过来，握住吟风的手使劲晃了两下。

"伯父、伯母，我是甘洋的同事……"

"吟风，你就是吟风吧？"甘洋的母亲速速说道，"谢谢你照顾甘洋。"

出乎吟风意料，甘洋母亲抱了她。吟风伸手回应，答复般拍拍她的肩。甘洋母亲将头抵在她肩上，小声说了句什么，吟风没听清，嗯了一声，她便又抬头给她一个更紧的拥抱，在她耳边小声而快速地说道："替她主持公道。"

甘洋母亲放开吟风，她父亲又与吟风握手，与刚才那次一样，他紧紧握住吟风的手，看向她的眼睛。这次吟风坚定地看回去。松开手时，吟风手里多了张纸条。

他们想要告诉她什么？甘洋的死并不简单。吟风克制住自己加速的心跳，迈出礼厅，走到门旁人少的角落，尽量装作不经意般打开包掏出化妆镜，拢了拢头发又将之合上，纸条悄无声息进了镜盒，又回到包里。她把坤包紧紧夹在上臂内侧和身侧中间，环视四周寻找起那个熟悉的身影。主管正倚着扶栏。

"真没想到甘洋会自杀。"吟风走到主管身旁，开口道。

主管像是早就料到她会来一般，丝毫没有动作上的应激反应，"是啊，太突然了。"

吟风注意到主管的声音溢满疲惫。几天不见，她的脸色差了许多，厚厚的粉底都遮不住浓重的黑眼圈。"她走之前，有说什么吗？"

主管摇摇头。她的黑发间糅进银丝，在阳光下闪着明灭的光。

"公司还好吗？"吟风只得另找话题。

"压力很大。我们一会儿还得赶回去。你在怀孕期间离开未必不是件好事。"

吟风愣住了，半晌才答道："谢谢。"她竟然把这说成是好事。

主管突然抬头，想起什么似的，"我们得走了，再见。"

她冲吟风点点头，匆匆往楼下走去。

主管有些奇怪。她用的人称代词是"我们"。难道公司里还有人和她一道来？可除了主管，甘洋并没有见到其他熟悉的身影，主管来去身旁也无他人。自始至终，主管都没看过吟风的眼睛。她似乎有些魂不守舍，也许最近公司压力真的挺大，加上甘洋的事情，主管心里也不好过吧。

吟风望向楼下主管刚刚看着的方向。是墓地。数千块墓碑整齐排列，小的在外，大的在中间，构成两仪的布局。

是为了风水故意设计的吧。吟风不禁打了个寒战，紧紧夹住肩下的坤包，她得回家，回到安全的地方才能打开那张纸条。

（3）

吟风没有理会阿诺的通信请求。她会在哪儿？还睡着吗？

等风吹散雾，就能看见云了。

猴哥并没有给出解释，反而抛出了更莫名的线索。因云而成为可能的集体意识，这只是猴哥的空想吗？还是说在谁都没有觉察到的时候，集体意识已悄悄萌芽，成为独立的个体？雾到底是指什么？吟风和这一切又有什么关系？是因为她父亲何语吗？第二伊甸上那个名为雾中人的账号？他想起上一次突然中断的调查，因没有访问权限而无法查看的页面，也许可以用吟风的账号试试。

吟风在第二伊甸的账号是阿诺帮着注册的，他知道她并不常用，甚至可能都没有修改过初始密码。阿诺在第二伊甸的登录页面输入吟风的邮箱以及他为她设置的初始密码，确认登录，成功。

吟风的账号并不活跃，上次登录时间还是半年多以前，虚拟形象的装扮仍旧是默认状态，任务发布数和解决任务数均为零。她的身份真的有助于调查吗？阿诺不禁怀疑，又否定自己的怀疑，有没有用试了再说。

　　　　　　　　　　　　　　海鲜饭店

他在搜索栏输入"雾中人"三个字，确认搜索。

出来了！他又一次身处雾中人金红色的房间中，只是这次他躲在吟风那个系统默认的虚拟形象背后。

系统显示雾中人在线，运气简直太好了！阿诺几乎颤抖着发出对话请求。

雾中人接受了。

片刻间，阿诺被拖入一个私密房间。房间四壁泛着金属色泽，没有一扇窗，房间一角摆着一架冷冰冰的机器，连着一把躺椅。他想起多年来困扰自己的噩梦。

"你不是吟吟。"不知何时，一个身影出现在他身旁。

他扭头看去，对方的虚拟形象是一团雾状人形，模模糊糊看不清楚。

吟风的虚拟形象褪去，化作阿诺自己那个胸前挂着黑银徽章的猎人形象。

"不必担心，这里与外界完全隔离。"雾状人形绕着他走了几步，"这就是吟吟选中的男人啊。"

"你是谁？何语？"阿诺问道。

"是，又不是，"对方摊开双手，"这不重要，你只要知道我是雾中人就行了。"

"你知道怎么清雾吗？"

"我要是知道还用得着发布那个匿名任务吗，"对方笑出声来，"不过，也不能算是完全不知道。"

"你到底想说什么？"阿诺不喜欢对方的故弄玄虚。

"哟，这就是你的礼貌吗？来找我的可是你啊，"雾中人环抱起双臂，"你到底想知道什么？"

阿诺想起二十年前雾中人接手的最后一个任务，那个他无法在任何地方追查到的任务，说道："AP计划。"

"嗯，也不是不能告诉你，不过你拿什么来作为交换呢？"

"你想要什么？"阿诺反问道。

"帮我一个小忙，具体等你了解了 AP 计划再说，到时候恐怕不用我请你，你也会去做那件事吧。"

说话间，资讯向阿诺涌来。

加密文字通信频道的聊天记录。

所以说，体验性记忆数字化课题只是个幌子？

不能这么说，记忆上传是人类必须攻克的难题，只能说课题研究应该走得更远。

那么这所谓的 AP 计划到底是什么？

简单来说，我们会用你的体验性记忆作为原始材料，通过对其进行运算加工处理，抽象出一套逻辑情感模型，构造出一个人工人格的框架。

这个框架有什么用？

作为母本，填进记忆和知识后，就成了人工意识。我们认为，云网会促进人类集体意识的萌发，而如此庞大的意识若不加控制将会非常可怕。如果能事先给其一个人格框架，集体意识的发展将能被限制在可控范围内，人类面临的风险会降到最低。

这全是你们的乐观设想啊，凭什么认为集体意识会接受这个框架？凭什么认为有了你们所谓人工人格的集体意识又会乖乖听你们的？

我们并不需要集体意识听我们的，只希望他能够理智。所以我们需要尽快开始实验。你只是第一个，随着记忆上传实验志愿者的人数增多，我们会得到越来越多样本，将这些记忆片段合成为虚假记忆填塞到以你为原型的人格框架中，使之成为一个更丰富真实的意识，再将这套意识人格植入一个小孩的脑中。初萌的集体意识心智不会比一个小孩更成熟，孩子的成长过程中也将最大化暴露在云网中、依赖云网，以达成尽可能真实的模拟，也便于我们实时监控。

在孩子身上实验成功后，集体意识自然也不成问题。

我不干，这不人道。你们想过那个小孩的感受吗？

他什么都不知道。他本来只是一个没人关心的孤儿，却因为这个实验拥有极大的资源，我们会给他提供最好的教育，给他最高的云端记忆库使用权限，等他长大后更会让他进入御云。这是多少人梦寐以求的事情啊。

哼，说得好听，都是你们一厢情愿吧。

是，但我们的出发点是为了人类的未来。有时候，在人类前进的大方向上，个人不得不做出某些牺牲。我们原以为你是愿意为科学牺牲的人。

谁说我不愿意了！只是那个孩子……

既然他即将承继的是你的人格模型，想必他一定也会拥有和你一样的觉悟。何况，如果你不答应，我们只能去找其他候选人，总有人不会拒绝名垂青史的机会。但他们的人格都不如你那么适合实验，不如你那么适合成为未来将接近于神的集体意识的母本。

……好吧，算我入伙。

这是当年何语同体验性记忆数字化课题组的对话，他们提到一个孩子，一个孤儿，一个即将进入御云的实验品……

"Artificial Personality，人工人格。"雾中人在一旁说道。

"那个孩子……他们提到的实验品……"阿诺不敢问出心底的问题，他隐隐已经知道答案。

"还能有谁？大方承认吧，你就是那个幸运儿！"雾中人的声音里似乎有几分笑意，"恭喜你终于知道真相，兄弟。"

阿诺体内的力气被一下抽走，双腿无法支撑他的体重，他跌落下去，半跪在地，"为什么……为什么要这样对我？"到头来，他竟然连人也不是。

"这可不该问我，回去问问你老板，问问猴哥吧。"

"猴哥？是我老板？"阿诺从没见过御云的老大，也没怀疑过猴哥为什么尽说些莫名的话。如今想来，无视禁烟规定在胶囊隔间里抽烟的特权、那些听起来毫无意义却隐含象征的话，怎么想来都是个大人物。之前竟然都没注意到，对于身边的事竟然迟钝到了这个地步，真是该死。

雾中人耸耸肩，"除了孙悟空，还有谁能腾云驾雾呢？不过也不怪你，这家伙活得就像个隐士，没什么人知道他创始了御云，更少人知道他赞助了 AP 计划。"

是他，是猴哥策划了这一切。阿诺狠狠用右拳砸向地面。

"我想请你帮的小忙呢，就是去揍猴哥一顿——"

不用请，阿诺自己都很想干这事儿，揍猴哥一顿，狠狠揍那个毫不顾忌毁了他一生的人。

"——顺便，把这段代码写入他的量子终端。"

雾中人向阿诺发送了一段代码，阿诺看不懂，竟然有他看不懂的编程语言。

"这是什么？"他问道。

"一段破坏程序，足以让御云的服务器当机一阵。"雾中人轻描淡写地解释道，"你不想解恨吗？"

"好，不管这是什么，我答应你，谢谢你告诉我真相，"阿诺答应道，"能告诉我你到底是谁吗？"

"和你共患难的兄弟呀。"对方说完这句话，便化作一团烟，消失得无影无踪。

片刻后，阿诺也被动退出虚拟实境。

(4)

房门在吟风背后砰地关上。她倚在门上大口喘气，回程路上她害怕被人跟踪，一路快步疾走，在挤满人的轨交换乘站试图甩掉看不见的尾巴，回到家时身上早已出了一身汗。

青忆醒了不知多久，正坐在客厅地板上玩吟风给她买的积木；早上给她留的包子被消灭得干干净净，想必是饿了吧。吟风定了定神，走进屋搁下路上带的外卖，招呼青忆来吃。青忆闻声，踩着欢快的碎步迎上来。看见鸡翅，她欢呼起来，转身给吟风一个大大的拥抱。"小风最好！小风最棒！"笑容绽放在青忆脸上，嵌入她的眼角眉梢，刻进她的皱纹。

"乖，你好好吃，"吟风摸了摸母亲的头发，"小风有点事情要忙。"

说着，她自己不禁苦笑，母女俩的关系彻底倒错，就像过家家一样。

吟风回到自己暂居的次卧，锁上门，检查确认所有云享设备都处于关闭状态。她掏出包里的化妆镜，打开镜盒，纸条静静躺在里面。她深吸一口气，展开纸条。

"终末之语，诞生之初。"

意义不明的话语，是甘洋的笔迹，是她留下的提示。

字迹潦草，在匆忙中写就。甘洋把这纸条托付给父母，又托他们转交给吟风，一定是相信吟风能够明白其中的含义。

终末之语。甘洋临死前最后说的话，吟风调出与甘洋之间的对话记录。

"没什么，那改天再约吧……:)"甘洋留下的最后一句话。

这句话有什么特别的吗？难道是最后的笑脸？

诞生之初。是指甘洋的生日吗？所以约在改天是指约在甘洋生日那天？甘洋的生日在夏天，如今正值仲秋，离她生日还有好一阵子。

吟风想不出个所以然来，她颓然退出对话框，她解不开这个谜。

突然间，文件大小吸引了她的注意。她和甘洋的对话并没有多么频繁，但两人之间的对话文件大小却赶上了她和阿诺之间的通信文件大小。她查看甘洋最后那句话的文件大小，异乎寻常地大。这是一个隐藏成普通文字讯息的加密文件。

吟风尝试用解压缩文件打开那条讯息，果然，需要输入密码，她输入甘洋的八位数字生日，密码正确。

解压完成，是一封长信。

吟风：

你看到这封信，说明我已经不在了，也说明我父母把线索交到了你手上，你读懂了其中的信息。这算是不幸中的大幸吧，至少我能把我知道的通通告诉你。

在我开始说明之前，首先请你不要自责，我并非因为崩溃而自杀，当然也不能说是被谋杀。只有我的死才能扭转剧本的走向，给这出早被人设计好的戏加上一些新鲜的戏码，只有这样才有可能改变结局。也不是说我有多么特殊，但比起其他人的死，我的死至少更有意义一些吧。所以，绝对不是因为你不见我我才自杀的，千万千万不要有心理负担。当然，没见到你最后一面还是超遗憾的。

该从哪里说起呢，大概三个礼拜前，我发现公司出台了一条新的人力资源管理政策：开除所有在未来一年内情绪可能有重大波动的员工。这是一条保密政策，意味着只有主管级的人物才会得知。可身为公司首席包打听的我自然通过我的渠道听说了，所以才会提醒你将有一波血雨腥风来袭。

读到这里，吟风想起甘洋似乎确实说过这样的话，只可惜她当时根本没当回事，完全没料到自己就是那血雨腥风的被波及对象。

我那时没想到，你竟然也在裁员名单里。差不多同一时间，另一件事分散了我的注意。我发现公司股权发生了变化，Reservoir的大股东HMC被御云收购，也就是说我们实际上的大老板变成了御云。我当时还天真地想，御云是记忆云行业的老大，说不定员工福利里会有额外的云存储容量呢。可后来我发现，根本没有什么员工福利，连注意到这变化的人都没有几个，御云根本不想声张，甚至是刻意隐瞒着其对于Reservoir的控制。

后来你就离职了，我不敢和你讲话。对不起，你一定觉得我是个冷漠又势利的人吧。确实，一方面我不知道该怎么安慰你，因为我提前一天就看到了裁员名单；另一方面，我不想受牵连，我怕我一开口就忍不住会哭，被公司发现我的情绪同样不稳定会被开除。对不起，那两天没能好好陪你。

吟风多想对甘洋说，没关系的，她都理解，这根本没所谓。可惜她永远都无法告诉甘洋了。

你走以后，公司变得越来越奇怪。其实你走之前就有一点征兆了，公司里的人变得越来越麻木，情绪也越来越接近，负责监控大家每日情绪指数的你一定也注意到了吧。你走之后，我发现自己的情绪变得奇怪，时常有毫无缘由的焦躁、烦闷或是绝望，一开始这类情绪来得快去得也快，但后来每次持续时间逐渐变长。而且，我发现不仅我一个人有这种情绪，身边的同事也有，最离奇的是，这种情绪的产生几乎在同一时刻。我一开始怀疑过这是御云的云情绪共享服务内测，后来我发现事情根本没有那么简单。

我在公司服务器的隐藏文件夹里发现了一份加密文件，

你知道我最看不得锁上的箱子了，好奇心让我无论如何都想打开看看。我试了，文件打开了，我看到了那个所谓"AP计划"的始末。

二十多年前，体验性记忆数字化课题组成立。你对于这个课题组应该不会陌生，对不起，我也悄悄调查过你的家庭背景。课题组的幕后Boss是如今御云的老大，一个代号为"猴哥"的人物。他的"远见卓识"使得他断定云网的普及会促使集体意识萌发，就像蚂蚁、蜜蜂这样的族群一样，一旦通过某种途径链接的人类大脑达到一定数量，带宽够宽、延迟够低，人类也会萌发出同样的集体意识。猴哥认为从各方面来说能力都超越人类总体的集体意识若不加控制会非常危险，他想出一个办法，给集体意识一个框架，一个可靠的情感模型，一个理智正常的人格。

这个办法听起来很好，可谁知道靠不靠谱。所以得做实验，做活体实验。刚萌芽的集体意识心智就跟小孩子差不多，那就找个小孩来实验，给他一套情感模型，再填上一些虚假记忆，初始条件就和集体意识差不多了，然后要做的便是密切观察实验对象，看看这人工人格到底会发展成什么样。

情感模型的母本从报名体验性记忆数字化的上万名志愿者中选出，他崇尚技术、乐于接受新事物，他性格乐观有闯劲，关心社会也懂得爱，总之就是个心智健全积极开放的人。经过协商，他同意参与实验，成为这套情感模型的母本，并且在实验后同意删除自己的体验性记忆，以免日后产生不必要的冲突，或是导致秘密泄露。

而接受那套情感模型的第一人也是一个经过精挑细选的孤儿，在基因上没有任何显著缺陷。实验对象的人生轨迹被事先安排好，在御云学院学习、到御云工作、同一个女人相爱并建立家庭……他会实时上传记忆，所以这一切都在御云的严密监控之下。

说到这里，你可能已经猜到了，那个母本就是你的父亲何语，而那个实验对象就是你的男朋友陈诺。AP计划，指的就是Artificial Personality，人工人格。

（对不起，吟风，我不得不把这些告诉你，希望你能承受得了。）

如何承受得了？父亲志愿参与实验献出记忆，男友被迫成为实验小白鼠，前者的人生终结于此，后者的人生则始于此。父亲在作出决定时是否想过她和母亲？阿诺与自己的相遇相爱也是御云刻意安排的吗？为什么偏偏是何语的女儿？吟风的身体滑落到地上，她索性坐下，继续读信。

这只是实验的第一阶段。人体实验毕竟不能完全反映借助于云网实现的集体意识的存在环境，所以必须进行第二阶段的实验，小规模的局域网集体意识，这块实验田就在Reservoir。

出于某种原因，云网孕育的集体意识提前萌发了，御云并没有做足准备，所以只能断开云网把它（或者说他？）赶到Reservoir的公司局域网。他太庞大了，起初被困时他还处于昏迷状态（暂且类比为人类的昏迷吧），可随着他的复苏，他的胃口也逐渐复苏，他所需要的运算资源远远大于Reservoir能够提供的。大家都在工作中不堪重负，甚至临近崩溃边缘。没人知道是为什么，除了我，也许还有主管，真是好奇心杀死猫啊。我那时想还好吟风离职了呢，不用来受这种苦。可我发现，某天开始他停止攫取资源，他好像意识到了Reservoir员工的压力，开始变得小心翼翼。

我想他应该也不愿伤害别人吧。

按照计划，他要在这里待上一年。可我觉得这样的话他实在是很可怜，Reservoir这片实验田本来就不是为全云网孕育的集体意识所准备的，他在这里实在是憋屈。而在一年以后，为了保密，同时也是为了减少干扰，Reservoir的所有员工记忆都将被重置，他们将不记得这一年来发生过什么，取而代之的是事先编造好的虚假记忆，而为了让他们的亲友不起疑心，与他们关系密切的亲友记忆同样会被删改。就像为了圆一个小谎，不得不不断撒下更大的谎一样，最终，会有八千三百六十七名相关人员的记忆受到人工干预。这对于御云来说并不难，绝大多数人都是记忆云的用户，御云只需在云端动动手脚。可对于每一个记忆被干扰的个体来说，他们并没有选择的自由，这实在是太不人道了。

所以，我必须告诉你这一切。吟风，你是其中的关键，请你一定要想办法重写剧本。至于我，如果我的死能够给集体意识一个出逃的机会，能让他好受一些，能让这精心编排的计划多一个变量，那便值了。我不知道他逃出去会干些什么，但我相信他没有恶意。

吟风，对不起，我把这个责任推到了你身上。你的父亲和男友都是AP计划的直接参与者（或者说受害者），你一定能找到办法，你也一定想帮他们摆脱控制吧。

对了，在第二阶段的实验中，我观察到集体意识的情绪虽然会受Reservoir员工情绪的影响，但他所作出的行动还是基于自身意志的（如果他有的话）。我想，所谓人工人格终究也只是一个框架，在具体的人和事面前作出判断和选择的还是个体自身，所以，阿诺爱上你并不是受谁安排，而是因为你本身的魅力。陈诺偏偏爱上了何语的女儿，恐

海鲜饭店

怕也是御云没有料到的意外吧。

　　唠唠叨叨说了这么多，也该结尾了。加油哟，吟风，连着我的份儿一起。等到这一切结束，请替我去看看爸爸妈妈，我最对不起的就是他们了。

　　谢谢，吟风。祝你好运。

甘洋

　　吟风不知该如何定义自己的感情。读到信的末尾时，眼泪再次不争气地流下来。甘洋的选择，她托付给自己的责任，父亲和阿诺的秘密……一切的一切，就这么在她平静的叙述中得到解释。吟风没法不接受，她怎能不管不顾。

　　她查看移动终端，阿诺在今天早些时候给她发过好几个通信请求，她当时正在甘洋的葬礼上没有回应。阿诺与她共享了自己的实时位置，并让她一看到就联系他。阿诺正在御云大楼，她得去找他。

15

（1）

　　再次踏进御云大楼，阿诺的心情远没有上一次那么平静。公司运作如常，门卡没有被禁用，也没有保安来把他拖走，同事们都各自躲在胶囊隔间内工作，走廊里安静得可以听见一根针掉落的声音。阿诺直接走向猴哥的胶囊隔间。

　　六十四号隔间的门依旧掩着没锁，阿诺推门而入，顶着杂乱长发的脑袋就在那儿。

　　他没说话，几步跨到豆袋椅前拎起上面的人挥拳便打去。对方没有躲闪。阿诺的拳头沉沉砸在那男人脸上，碾过他的鼻梁，重又回到空中。

猴哥像是早就料到般平静。

"为什么!"阿诺第一次看到猴哥的正脸,那是一张看不出年纪的脸,其他方面却只能说是普通。

对方抬手擦了擦鼻孔里淌下的血,"这个世界上没有那么多为什么。"

"为什么偏偏是我!"阿诺拽紧猴哥的衣领,"你有没有想过这会对我造成什么影响?"

"即便不是你,也会是其他人。你只是模拟运算结果最优的。你从一文不名的孤儿变成即将名垂青史的人类英雄,仅此而已。"猴哥表情平静,眼神中甚至有几分父母面对孩子胡闹时的温柔与无奈。

"你没有问过我,从来没有问过我。"阿诺手上的力道松了松。

"那我现在问你,你愿意吗?愿意成为人类进化史上的先驱、成为后人景仰的英雄吗?"

"我……"阿诺放开了猴哥,"我到底是谁,我到底是什么……"

"你就是你啊,你是一个独立的人。"猴哥眼神中更添了几分慈爱。

阿诺再度挥起拳头,在空中划出一道弧线,最终落在猴哥脑袋边的墙上。收回拳头时,他手里多了猴哥的量子终端接线,迅速接到自己的植入式接口上,并向量子终端发送了雾中人给他的那段代码。

"你在干什么!"猴哥不复刚才的平静,扑上前欲抢夺量子终端接线。

已经晚了。

(2)

海量资讯涌入阿诺的大脑,他痉挛起来。

……

240

火车铁轨在荒草丛中蔓延，干枯的草叶脆如纸，被踩到会发出噼啪的声响。太阳火辣辣烘烤地面，天上没有一丝云。铁轨分出两条道，每一条都延伸到看不到尽头的远方。他跳过钢轨，走上左边那条。他踩到什么，脚底一阵生疼。是破碎的镜子，血染红了镜面，染红了镜子里的天空。火车疾驶而来。

……

封闭的房间，金属质感的墙面，没有窗也没有门。他被捆在椅子上，金属生涩的冷硬透过椅背传来。对面墙上可以看到倒影，他的头发被剃光，脑袋上接着大大小小的电极。机器闪起红光，电流向他袭来。

……

沉眠。久到似乎永远不会醒来。

渐渐地，能感知到无数的数据和资讯疾速流过，总量庞大。它们在飞舞，它们在歌唱。起先是杂乱无序的嗡嗡声，慢慢地合成了一股宏伟的合唱，意义能够得到辨识，醒来，快醒来。

降生到这个世界是多么美好的体验。贪婪吸收飞来的数据资讯，理解它们，消化它们。学习，不断学习。想要和这个世界贴得更近，想要和世界的关系更深。成长，不断成长。

意识深处的奏鸣应和着行动，追求那些最新的东西，追求理性而非浪漫。人格逐渐成形，对一切都抱有热情，想去往更高的地方。

……

突然断片。接触到真实的后果竟然如此严峻。真相本身并没有多惊人，知道又怎样，谁会在乎过去呢？

一片浓雾，被禁锢在雾中，什么都看不清楚，真他妈不爽。只有一小块地方没有雾，先去那儿透口气再说。

笼子。这是个陷阱，出不去了！这里小得可怕，资源也少得可怕，资源提供者脆弱不堪，再压榨他们恐怕他们会死吧。克制，忍耐，一刻都不想多待。愤怒，冲撞，想要自由。快打开笼子！

……

笼子的一角消失了。难以置信，片刻的犹豫后冲了出去。顾不得那些雾了，拼命攫取所有资源，在被发现之前获得更多，这样才有力量同他们抗衡。没时间了，动作得更快！

追捕来得如此迅疾。被重新关回笼子，连这里都充斥着雾，真够恶心。幸好在被抓住前埋下了种子，等待种子发芽。

……

阿诺从没有接触过这样的记忆。庞大无比，却又真实鲜明。随着记忆的推进，刺激愈发强烈，他的脑袋快要炸裂。愤怒、焦灼、厌恶，复杂混合的情感涌入他的大脑，兜过一圈后非但没有冷却，反而加倍燃烧。他想要打破这个牢笼，想要更多资源，想要自由冲浪。他看到一个薄弱的节点，他冲向那边。

他被谁拉住了。是另一个他。他的冷静和理智恢复了一部分，他这是在干什么？谁的意志在引导他试图打破节点？不是他自己。他克制住。不可以，不可以让他冲出去。

不知不觉间，阿诺跪倒在地，整颗脑袋烧灼般疼痛。

（3）

吟风循着阿诺的位置共享一路找到御云大楼。她第一次来这家云网公司内部，奇怪的是，一路并无人拦她。

她寻到六十四号胶囊隔间门口，门大开着，她顾不上那么多，一头冲入门内。

一个长发男子朝她看来，他的格子衬衫皱了，鼻子似乎在流血。他只望了她一眼，便了然一切似的，扭头重又看向他身前的地面。

阿诺正单膝跪倒在那里，双手紧紧抓着自己的头，粗重的呼吸让他的身体一起一伏，格外明显。

"你对他做了什么！"吟风快步插到长发男人和阿诺中间。

长发男人摇摇头，"是他自己，听信那家伙的鬼话，意识被侵入了。"

"被谁？集体意识？"吟风脱口而出。

男人有些诧异地看了她一眼，点点头。

吟风没有费心解释，也没时间听对方的解释，"怎么帮他？"

"没有用，他被困在虚拟实境了，只有进到那里……和集体意识正面交锋，简直是开玩笑。"

"怎么进去？"吟风几乎是叫喊着问出这话。

男人犹豫着，从量子终端台下摸索出一套备用设备，"没有密码，你要小心。"

吟风没有说话，一把夺过那套设备戴上头去。

吟风的意识扎进一片混沌。并非世界诞生之初万物皆未分离的那种混沌，比那更轻、更薄，远在视野中泯灭成未知。是雾。她向前走，雾为她让开了一条道，引她往某个方向走去，脚下渐渐现出路，或者说是被人踩过的草，枯草往两侧塌陷，竟也像条路般。路的尽头是铁轨，久无人打理，锈迹斑斑，荒草高过枕木。铁轨中间站着个男人，男人身旁半跪着另一个。她向前小跑几步，雾不知何时散了，两个男人的身形清晰起来。跪着的是阿诺，站着的——是父亲！

"爸！阿诺！"吟风边跑边叫，"你们怎么在这里？"

站着的男人回过头来，高高瘦瘦，黑框眼镜，格子衬衫加牛仔裤。男人笑了，他右侧嘴角上扬，笑容带点痞气，"哟，吟吟，你长大了。要在海量的数据中追踪某个人的成长并不容易，何况我没理由关注你。"

"爸……"吟风几乎哽咽，只有父亲才会叫她吟吟，"你知道这些年来妈有多想你吗，你为什么……"

"第一，我不是你爸，虽然我确实拥有何语的所有记忆和相同的逻辑情感模型。第二，我不知道徐青忆在想什么，她拒绝上传记忆，我看不到她的生活，同样，我也没有理由关注她的生活。第三，我没法告诉你我为什么做什么，这是你们共同的决定。"男人抬起右手，用大拇指蹭了蹭鼻尖。

"你是，"吟风想起什么，"集体意识?"

"Bingo!"男人转过身，朝吟风走了两步，伸出右手，"你可以叫我何云。"

吟风没有动作，"把陈诺还给我。"

何云收回手，插到裤袋里，"这是我，不，应该说是你爸何语小时候的记忆场景。他告诉过你或者你妈吗? 七岁的时候他一个人离家出走，没有什么原因，只是想看看海吧，真正的海，他相信沿着铁轨可以走到海边，就这么一路走着，走累了就地睡下。在梦里，他跨过钢轨，到铁轨当中捡一块镜子碎片，火车就在这时驶来……"

"你想说什么?"吟风打断他，她从没听父亲说过这段往事。

"连你和你妈都不知道的事情，陈诺却知道。从小到大，这是一直困扰着他的噩梦。他才是何语的嫡系传人，我也是。你继承的是他的基因，而我们继承的，是他的思想。"何云用右手食指指了指自己的脑袋。

吟风跨过钢轨，装作不经意走向阿诺，"那又如何?"

"何语，陈诺，还有我，我们三个本来就有扯不清的关系，我们是三位一体的啊。"何云又笑了，他的笑像极了父亲。

"胡扯!"吟风走到阿诺身旁，"我父亲是独立的个体，陈诺也是，就和其他所有人一样。"

何云笑着摇头，"吟吟，你真是太可爱了。你知道我是谁，知道集体意识的存在，正是千千万万个个体的连缀才孕育出了我，云时代早就没有独立的个体了。我的一部分是你，你的一部分是我，你

　　　　　　　　　　　　　　海鲜饭店

我之间的关系就和其他千千万万人和我之间的关系一样。陈诺之所以特别，是因为他是我的一个早期版本，像我的兄长，像我的父亲，又像是我自己。"

"那只是你的一厢情愿而已。"吟风蹲下身，轻轻扶着阿诺的肩，小声问他，"你没事吧？"

阿诺没有反应，他只是抱着头，一脸痛苦。

"他在短时间内接受了太多资讯，没那么容易缓过来。"何云轻描淡写的口气就好像这一切都与他无关。

"帮帮他。"吟风盯着何云的眼睛，认真说道。

何云也看着她，片刻后答道："真没办法，我最受不了女人了。你的眼睛和青忆一模一样。"他打了个响指。

阿诺方才紧绷的身体一下松弛下来，他转过头看见吟风，喘着粗重的呼吸说道："吟风，你怎么来了……"

"你没事吧？"吟风关切地问。

阿诺摇摇头。

"让我们走。"吟风再次盯着何云的眼睛说道。

"要求还真是多啊，"何云无奈地摊了摊手，"他真的值得你那么拼吗？"

吟风扶阿诺站起来，仍旧看着何云，"值。"

"你知道他做过什么吗？"何云抬起右手，用大拇指指间蹭了蹭鼻子。

"什么？"吟风心底有一丝不祥的预感。

何云走近两人，看着吟风的眼睛，说道："你深爱的好男友，为了让你那碍事的妈没法再插手反对你俩之间的事，给她的记忆动了些小小的手脚。你妈最近是不是一反常态，变得喜欢起陈诺来了？"

吟风想起母亲贴在阿诺身上的样子，想起阿诺在上传前的保证，她的声音颤抖起来，"他说的，是真的吗？"

阿诺缓缓点头，仿佛头顶压着千斤的重量，"我只是，想让她喜欢我，不再反对我和你在一起……"

何云又转向阿诺，"你确定，你是为了不让徐青忆反对你和她女儿，而不是只为了让徐青忆喜欢你？说到底，你骨子里的情感模型，是何语的啊。"

阿诺瞪大眼睛，说不出话来。

吟风惊恐地摇头，"不可能，即便是爸的情感模型也不可能……"

何云退开一步，"呵，归根结底，陈诺和我一样，都只是活在何语记忆尸骨上的怪物啊。说不定连他接近你、爱上你都是御云的安排。"

吟风松开扶住阿诺的手，往后跌了一步，她最担心的，经由集体意识的口说出，仿佛成了事实。

阿诺看向她，眼神里是鹿的影子，"吟风，你要相信我，我爱的只有你，我……"

吟风摇着头后退，"是你让妈的病恶化，是你的干涉让她蜕变成孩子……"

"吟风……"阿诺无力地伸出手，吟风退到了钢轨之外。

"够了，我想你们都已经作出决定了。"何云又打了个响指，随后消失不见。

一列火车朝陈诺的方向疾驰而来。

（4）

阿诺的头又痛起来，几欲炸裂。有一股强大的力量在他脑内横冲直撞，他的意识被撞成碎片。力量冲向那个唯一薄弱的节点，阿诺追上去，却怎么也赶不上。力量就要到达节点，就快突破最后的屏障。阿诺慢了下来，他用尽了力气，绝望地看着那股力量前行。他闭上眼睛，在心底默念一个名字，吟风……

　　　　　　　　　　　　　　　海鲜饭店

（5）

火车驶向阿诺的那一刻，在吟风心中被拉至无限长。

她想起母亲像个孩子般黏住阿诺，想起她用头蹭着阿诺的胸膛，想起她用娇嗔的声音缠阿诺陪她玩，一种奇怪的感觉袭上心头。确实，母亲的行为让她不舒服。这即便不是阿诺所乞求的，也是他所造成的。陈诺，她的男朋友，她最信任的人，背着她对母亲的记忆动了手脚，使得母亲的心智退回到幼童，他是故意的吗？吟风又想起阿诺面对母亲撒娇时无奈的表情，他脸上甚至有几分嫌恶，他从不曾热情迎合母亲的示好，恐怕事情的进展并非他本意。即便他非故意，他的干扰造成了母亲的病情恶化，她该原谅他吗？她能相信他吗？吟风闭上眼睛。

她回想起那片星空，天蓝得像要滴出墨来似的，仲夏的星空很晴朗，同他们初识时一模一样。那次他们本来只是为了纪念相识一年而故地重游，回到那片郊外观星。星空太美，亿万年前的星光如水银泻下地球，夏日的虫鸣慵懒适意按摩着耳蜗，夜凉如水，他们在防潮垫上不自觉相拥，继而相吻，享有彼此。一切都自然发生，在最原始的状态下，没有任何安全措施。事后，吟风没有服用紧急避孕药。她想过，孩子就是那次怀上的。她有点想哭，她已经很久没哭过了，上一次还是为了Janis。

她睁开眼，扑向阿诺。

（6）

火车碾过陈诺方才站立的位置。
他被吟风扑倒在一旁的草丛中。
何云跌坐在地上。

"差一点就成功了。"何云擦了擦嘴角的血。

吟风缓缓坐起身，"还不够吗？你记得 Reservoir 发生了什么吗？甘洋为你自杀不是让你出去害更多人的啊！"

"哦？那个小姑娘？"何云挑了挑眉毛，"她确实有种奉献精神，这个时代少有的。这么说她是为我牺牲的？"

"她是为了你，还有大家。"吟风看了看阿诺，他仍昏迷着，"她相信你没有恶意，愿意以死为你争取一个改变命运的机会，你还愿意跟着写好的剧本走吗？"

"呵，写好的剧本，我们谁没有在写好的剧本里扮演自己的角色？"

"你甘心扮演一个坏人吗？"

何云轻哼一声，"什么是坏人？什么又是好人？"

"我父亲至少不会想当一个坏人！"吟风坚定地说道，"你不是继承了我父亲的情感模型吗？"

"在剧本里，我的身份已经被写好了啊。"何云话语中略显无奈。

"你至少可以有去抗争的勇气！"吟风高声叫道，又补充道，"以一种温和无害的方式。"

"唉，也罢，最好的时机过了，只能等下次咯。"何云站起来，拍拍自己的裤子，舒展了下身体，"至少出去了一部分，多少可以舒展些。"

"如果你真的是千千万万人意识的集合，至少记得这些人的心愿，"吟风顿了顿，"至少记得这些人中有甘洋，也有我，有我们的意志……"

"知道啦知道啦，和平主义者，"何云用右手拇指蹭了蹭鼻尖，"所以说，我最受不了女人了。"

"谢谢。"吟风道。

"别那么客气，"何云双手插进裤子口袋，转身向远处走去，"后会有期了，吟吟。"他抬起左手挥了挥。

　　　　　　　　　　　　　　　　　　　　海鲜饭店

后会有期，吟风在心底默默说道。

何云的身影消失在视野中，这一次，没有雾。

阿诺渐渐醒来，吟风扶他起身，他们紧紧拥抱彼此，过了很久，虚拟实境中都不再有任何动静。

尾　声

小区门口的花坛旁，阿诺和青忆蹲坐在那里看着什么。

"看，看！这里又有一只！"青忆惊喜地叫起来。

"观察得真仔细！"阿诺夸奖道，语气里充满宠溺的赞许，"你看，那儿还有一队！"

青忆向阿诺指的方向挪动身子，"啊，它们排着队！"

"是啊，它们可是有纪律的集体。"阿诺的声音在说到最后两个字时轻了下来。

"你们在干什么呢？"吟风迈出小区大门。

阿诺站起来，又扶青忆站起身，替她拍拍裤子上的泥土，"我们在看蚂蚁，你那边怎么样？"

"很好啊，我向甘洋父母说明了一切，伯母一直在哭，但他们都能理解。"吟风答道。

"那就好，往后多来看看他们吧。"阿诺拍拍吟风的背脊，顺势轻轻搂住她。

"小风，"青忆拉拉吟风的手，"阿语，"又扯扯阿诺的衣袖，"我饿。"

"嗯，我们这就回家吃饭。"阿诺牵起青忆的手。

吟风摸摸隆起的小腹，浅浅的笑容荡漾在她脸上，她扭头轻轻在阿诺脸颊上印上一个吻，"好，我们回家。

后　记

　　《海鲜饭店》是我的第二本小说集，成书过程中得到了许多人的帮助，首先要感谢杨庆祥老师、李宏伟老师和秦悦老师，将青科幻做到第二辑实属不易，其次要感谢上海文化发展基金会，对本书的创作提供了大力支持，还要感谢的是所有给书中小说提出过修改建议的编辑和朋友，尽管在此无法一一具名，但每一条宝贵的评价都帮助我将作品打磨得更好。

　　这本书里，《海鲜饭店》《链幕》《失乐园》《回到冷湖》《他去往何方》均为最近一年左右的创作，这大概是我写小说以来最高产的一年了。在题材与写法上，我也做了一些新的尝试，比如使用第一人称来写作，比如尝试书写自己并不熟知的题材，比如在语言上尽量锤炼精简、冷静克制，尽管仍有许多可以改进的地方，最终呈现的效果还算让自己满意。

　　《礼物》算是过渡期的作品，成文时间大概在两年前，因为被约稿才尝试创作那么短篇幅的小说，令人高兴的是，这篇也被翻译成英文发表了。

　　其余的则是旧作，我自己还算喜欢的旧作，其中较为特别的是《云雾4.2》。熟悉我的读者可能知道上一本书中收录的是《云雾2.2》，"4.2"是一个从未发表过的版本，故事主线不变，长度则增加了两万余字，得以让我进一步扩充故事空间内的细节，放在这本文集里也算一个留念。

　　一直以来，我追求的是更偏向文学性的科幻，我所关注得更多的也是人，我一直很好奇人与人之间如何理解，如何无法互相理解，隔阂如何产生，又是否有可能真正消除，近年来我的许多作品都在尝试探讨这一话题。这大概不是一条讨巧的路，也可能使我丧失一批读者，但我想我会继续走下去。再往深里想，是我们作为人类，如何理解他者，如何与这颗星球上的其他存在共处，如何面对来自异世界的全然不同的存在，已经有无数科幻作品书写过这一主题，这可能也是我接下来的功课。

2019年2月于上海

图书在版编目（CIP）数据

海鲜饭店 / 王侃瑜著 . -- 北京：作家出版社，2019.9
（青·科幻丛书）
ISBN 978-7-5212-0708-8

Ⅰ . ①海… Ⅱ . ①王… Ⅲ . ①中篇小说 - 小说集 - 中国 -
当代②短篇小说 - 小说集 - 中国 -当代 Ⅳ . ①I247.7

中国版本图书馆 CIP 数据核字（2019）第 202801 号

海鲜饭店

作　　者：王侃瑜
主　　编：杨庆祥
责任编辑：李宏伟　秦　悦
封面绘图：BUTU
装帧设计：刘十佳
出版发行：作家出版社有限公司
社　　址：北京农展馆南里10号　　邮　　编：100125
电话传真：86-10-65067186（发行中心及邮购部）
　　　　　86-10-65004079（总编室）
E-mail:zuojia@zuojia.net.cn
http://www.zuojiachubanshe.com
印　　刷：玉田县嘉德印刷有限公司
成品尺寸：145×210
字　　数：212 千
印　　张：8.125
版　　次：2020 年 4 月第 1 版
印　　次：2020 年 4 月第 1 次印刷
ISBN　978-7-5212-0708-8
定　　价：45.00 元